4

비블리아 고서당 사건수첩

— 시오리코 씨와 두 개의 얼굴

원제 biblia koshodou no jikentecho 4

비블리아 고서당 사건수첩 4

— 시오리코 씨와 두 개의 얼굴

ビブリア古書堂の事件手帖

미카미 엔 지음, 최고은 옮김

비블리아 고서당 사건수첩 4
- 시오리코 씨와 두 개의 얼굴

1판 9쇄 발행 2023년 3월 23일 | **지은이** 미카미 엔 | **옮긴이** 최고은 | **펴낸이** 신현호
편집장 김승신 | **편집** 권세라 | **북디자인** 이혜경디자인 | **본문조판** 한방울
흑백 일러스트 녹시 | **마케팅** 김민원
펴낸곳 (주)디앤씨미디어 | **출판등록** 2002년 4월 25일 제 20-260호
주소 서울시 구로구 디지털로 26길 111 JnK디지털타워 503호
전화번호 02.333.2513 | **팩스** 02.333.2514

ISBN 978-89-267-9504-0 (04830)
ISBN 978-89-267-9364-0 (SET)

정가 12,000원

비블리아 고서당 사건수첩 4

ビブリア古書堂の事件手帖 4

프롤로그

영업 마감 시간이 얼마 남지 않은 저녁에 여진이 일어났다.

금전출납기의 동전을 동전계수기로 옮겨 담던 나는 첫 진동에 동작을 멈췄다. 천장에 매달린 형광등이 흔들거렸고, 낡은 건물에서는 삐거덕거리는 소리가 났다. 가게 안에는 나밖에 없었다.

진동이 계속 이어지기는 했지만 책장은 꿈쩍도 하지 않았다. 얼마 전에 보강 장치로 바닥과 벽에 단단히 고정시켜 둔 덕이리라. 책이 바닥에 떨어지는 기척도 없었다. 일단 건물에서 나가야 하나 망설이는 동안에 서서히 진동이 잦아들었다.

카운터 안에 있는 라디오를 켰다. 마침 지진 속보가 흘러나오고 있었다. 진원지는 이바라키 현. 꽤 거리가 있어서인지 가나가와 현의 진도는 그리 크지 않았다.

휴대전화를 꺼내 메시지를 보냈다.

나, 고우라 다이스케는 기타가마쿠라에 있는 고서점 비블리아 고서당에서 아르바이트를 하고 있다. 2010년 여름에 일을 시작했으니 벌써 반년이 지났다.

오늘은 혼자 가게를 보았다. 이곳의 주인 시노카와 시오리코는 동생과 함께 요코하마 랜드마크타워에 있는 호텔에서 열리는 사촌의 결혼식에 참석하러 갔다. 나이는 나보다 두 살 많은 스물다섯이다. 오늘 아침에 업무 지시를 내릴 때는 웬일로 정장스타일의 베이지색 원피스에 하얀 재킷을 입고 화장까지 하고 있었다. 하얀 살결과 단정한 얼굴에 잘 어울려서 저도 모르게 눈길을 빼앗겼다.

그래도 수수한 뿔테 안경은 벗지 않았다. 이따가 안경을 벗을 거냐고 묻자 오히려 왜 그래야 하냐고 되물었다. 결혼식이라 나름대로 격식을 갖췄을 뿐, 본인은 그다지 좋아하는 것 같지 않았다.

지금쯤은 한창 피로연이 열리고 있으리라. 지은 지 오십 년 된 고서점보다는 덜 위험하겠지만, 지진이 나면 고층 빌딩도 심하게 흔들린다고 들었다.

메시지를 보내는 건 두 사람의 안부를 확인하기 위해서였다. 하지만 보내기 전에 먼저 메시지가 도착했다. 보낸 사람은 시오리코 씨가 아니라 동생인 시노카와 아야카였다.

'가게는 안 무너졌어요? 여긴 꽤 흔들렸지만 괜찮아요. 걱정하지 마요!'

별일 없는 모양이다. 가슴을 쓸어내리는데 다시 메시지가 왔다. 이번에는 시오리코 씨가 보낸 메시지였다.

'괜찮은 거죠? 저희는 별일 없어요.'

굳이 따로 메시지를 보낼 것까지야. 대지진 직전부터 시노카와 자매는 서로 거리를 두고 있다. 다소 사이가 틀어진 것이다.

가게에는 별일 없다는 간단한 답장을 두 자매에게 보냈다. 라디오에서는 지진 뉴스가 계속 흘러나왔다. 수도권에서 일시적으로 멈췄던 전차는 금세 운행을 재개했고, 원전 사고를 수습하는 작업자들에게도 피해는 없었다. 쓰나미가 발생할 위험도 없다고 했다.

뉴스의 화제가 벚꽃 전선 예상도로 옮겨갈 무렵에 라디오를 끄고 다시 계산대로 돌아왔다. 그때 다시 메시지가 도착했다. 이번에도 시오리코 씨였다.

'다이스케 씨 말이에요.'

잠시 그 메시지를 바라보다 그녀가 물었던 건 내 안부였음을 깨달았다. 물론 아무 일 없다고 메시지를 보냈다. 봄이라기에는 쌀쌀한 날씨였지만 조금이나마 따스해진 기분이 들었다.

대지진이 동일본을 휩쓴 지도 벌써 3주가 지나, 4월에 들어선 지금도 며칠 간격으로 이렇게 여진이 일어났다. 막대한 피해를 입은 도호쿠 지방에 비하면 이 부근의 피해는 그리 심하지 않았지만, 나에게는 난생 처음 겪은 대지진이었다.

지면이 흔들리기 시작한 순간 나와 시오리코 씨는 평소처럼 카운터 안에 있었다. 책에 적힌 낙서나 메모를 지우개로 지우고 있는데 덜덜덜덜 작은 진동이 일어나더니 금세 똑바로 서있기조차 힘들 정도로 심하게 흔들렸다.

그로부터 있었던 일은 단편적으로밖에 기억나지 않는다. 진동이 잦아들어 제정신이 돌아오자 바닥에 무릎을 꿇고 벽에 두 손을 짚은 채 온몸을 움츠리고 있었다. 시오리코 씨는 내 몸과 벽 사이의 비좁은 공간에 주저앉아있었다. 의자에서 떨어진 그녀를 내가 감싼 모양이다.

"괜찮아요?"

그녀는 그렇게 물었다. 하얀 뺨은 평소보다 핏기가 없었다.

"네? 괜찮고말고요."

대답하고 나서 조금 등이 쑤시는 걸 깨달았다. 카운터 안쪽에 쌓아놓았던 책이 무너져 내리면서 그 중 몇 권의 모서리에 찍힌 모양이다.

"시오리코 씨는 괜찮아요?"

"괜찮아요. 그런데 책이……."

이런 상황에서도 책 걱정인가. 아무리 '책벌레' 라도 도가 지나치다. 내심 혀를 차며 일어난 나는 가게를 둘러보고 말문이 막혔다.

통로에 세워놓은 책장이 비스듬히 쓰러져 대량의 책들이 바닥에 전부 널브러져있었다. 정전이 됐는지 조명도 죄다 꺼져서 통로는 여느 때보다 훨씬 어두웠다. 무너지기 직전의 동굴 앞에 있는 기분이었다. 만일 누가 통로에 있었다면. 그런 생각을 하니 등골이 오싹해졌다.

지금 비블리아 고서당은 예전 모습을 되찾았다. 우리는 책장을 똑바로 세우고 흩어진 책을 제자리에 꽂아 정리하고 사흘 만에 영업을 다시 시작했다. 여진은 전보다 줄었고, 요 며칠 동안은 전력부족에 대응하기 위한 계획 정전도 실시되지 않았다.

다행히도 우리 가족과 친구, 지인들은 모두 무사했다. 시오리코 씨도 비슷한 상황이었지만 어머니의 안부는 확실히 밝혀지지 않았다. 그녀의 이름은 시노카와 지에코. 딸을 뛰어넘는 '책벌레'라고 들었다. 애초에 행적이 묘연해진 건 벌써 십 년 전 일이니 이제 와서 행방불명이라 할 건 없지만.

지진이 일어나기 며칠 전, 시오리코 씨는 한 권의 고서를 손에 넣었다. 장소는 안채 거실, 그 자리에 함께한 사람은 나 혼자였다.

시노카와 지에코가 시오리코 씨에게 남긴 사카구치 미치요의 『크라크라 일기』. 과거 분명히 시오리코 씨의 손을 떠났던 그 책이 돌고 돌아 동생 아야카에게 온 것이다. 책의 면지에는 'shinokawa@chieko-biblia.com'이라는 메일 주소가 적혀있었다.

"잠깐 퇴원했을 때 아빠가 이 책을 나한테 맡겼어."

아야카는 그렇게 말했다.

"아빠가 그랬어……. 언젠가 언니가 이 책을 처분한 걸 후회할지도 모른다, 그때 돌려주라고."

"……지금까지 왜 말 안 했어?"

가만히 있는 시오리코 씨 대신 내가 물었다.

"언니가 이 책을 찾는지도 몰랐고…… 괜히 돌려줬다가는 언니가 버려버릴지도 모른다고 생각했어."

그도 그런가. 시오리코 씨가 이 책을 찾는 걸 아는 사람은 거의 없다. 나 혼자일지도 모른다.

"……아야카, 너 이 주소로 메일 보냈지?"

시오리코 씨가 조용히 물었다. 아픈 데를 찔린 듯 아야카는 얼굴을 찡그리며 밖으로 튀어나갔다. 무슨 일인가 했는데 잠시 후에 노트북을 안고 돌아왔다.

"어……?"

화면을 들여다본 나는 말을 잇지 못했다. 노트북 화면에는 보낸 메일이 죽 정렬되어 있었다. 거의 하루에 한 번 꼴로 메일을 보낸 것 같았다.

"작년부터…… 그날 있었던 일을 대충 써서 엄마한테 보냈어."

그렇다면 우리 동향을 훤히 꿰고 있었던 것도 이해가 간다. 아니, 그보다 궁금한 게 있었다.

"엄마한테 답장은 왔어……?"

조시스레 묻자 아야카는 바로 고개를 저었다.

"하나도 안 왔어. 하지만 엄마도 우리가 어떻게 사는지 궁금해할 것 같아서."

"엄마라고 부르지도 마."

시오리코 씨가 낮은 목소리로 말했다.

"우리를 버리고 떠난 사람이라고."

"그래도……."

"엄마 자격도 없는 사람이야."

"말이 너무 심하잖아. 그래도 엄마는 엄만데."

"……엄마 아냐."

"엄마 맞아. 바꿀 수 없는 사실이라고."

"그만해!"

그런 식으로 서로 한 발짝도 물러서지 않고 한동안 말도 섞지 않았다.

지진이 일어난 바람에 험악한 분위기는 일단 누그러졌지만, 지금도 앙금이 남은 모양이었다. 어머니의 이야기는 자매 사이에 금기가 되었다.

어쨌든 『크라크라 일기』는 시오리코 씨가 가지고 있다. 지진이 일어난 직후, 시오리코 씨는 고민 끝에 '우린 무사해요.' 라고만 적어 메일을 보냈지만, 여전히 답장은 없었다고 한다.

내가 좀 걱정된다고 말하자, "연락을 못 하는 상황은 아닐 거예요. 원래 이런 사람이에요"라며 쓴웃음을 지었다.

말은 하지 않았지만 나는 내심 으스스한 기분이었다.

시노카와 지에코는 거의 1년 남짓 딸이 보낸 메일을 그저 받기만 했다. 엄청난 대지진이 일어났어도 먼저 딸들의 안위를 확인하려 하지도 않았다. 보통의 어머니라면 분명히 어떻게든 반응했으리라. 어떻게 계속 무시할 수 있는지, 대체 어떤 정신 상태인지 나로서는 상상조차 가지 않았다.

'보통의 어머니'가 아니라는 사실은 분명했다. 애초에 가족을 버리고 집을 나간 이유도 분명하지 않다. 듣기로는 머리는 비상하지만 속을 알 수 없는 의뭉스러운 인물이라고 했다.

유리문 너머로 저녁노을에 물든 승강장이 보였다. 비블리아 고서당은 JR기타가마쿠라 역과 이웃해있다. 곧 전차가 들어오리라. 짙은 그림자를 드리운 지붕 밑에 많은 승객들이 서있었다.

묵묵히 계산대의 현금을 세고 있는데 전화벨 소리가 가게 안에 울려 퍼졌다.

"감사합니다. 비블리아 고서당입니다."

나는 수화기를 들자마자 말했다.

"……여보세요?"

잠시 후에 귀에 익은 여자 목소리가 들렸다. 시오리코 씨다.

"네, 무슨 일이에요?"

그렇게 물으며 아까 보낸 메시지를 떠올렸다. 걱정이 돼서 일부러 전화까지 한 것일까?

"지진 때문이면 별일 없다니까요. 지금 피로연 중 아니에요?"

침묵이 흘렀다. 밖에서 거는지 잡음 섞인 바람소리가 들렸다.

"피로연?"

"어? 아니에요? 오늘 사촌……."

나는 입을 다물었다. 뭔가 이상하다. 피로연이 열리는 호텔은 요코하마 랜드마크타워의 고층에 있다. 통화를 하려고 식장 밖으로 나간 것까지는 이해할 수 있다 쳐도, 왜 일부러 건물 밖으로 나간 것일까.

"랜드마크타워 아닌데."

시오리코 씨는 똑 부러지는 목소리로 말했다. 평소의 그녀라면 책 이야기를 할 때가 아니면 이런 식으로 말하지 않는다. 그러고 보니 목소리도 조금 낮은 것 같다.

순간 등줄기가 얼음처럼 오싹해졌다. 지금 내가 통화하는 사람이 정말 시오리코 씨가 맞을까? 아니, 이렇게 목소리가 비슷한 사람이 있을 리 없다.

그녀와 아주 가까운, 피가 섞인 사람이 아니면.

"누구시죠?"

스스로도 놀랄 만큼 목소리가 갈라졌다.

"그쪽이 고우라 다이스케 군?"

"질문에 대답하시죠."

나는 마른 입술에 침을 적시며 천천히 말을 이었다.

"시노카와 지에코 씨 되십니까?"

불현듯 웃음을 머금은 숨소리가 들렸다. 역시 틀림없다. 자기가 먼저 물었는데도 현실감이 전혀 없었다.

"다른 친척이라는 생각은 안 했어요?"

"그, 그랬으면…… 처음부터 이름을 댔겠죠."

"방금 떠올린 이유죠? 다른 가능성이 생각나지 않았던 것뿐이고."

정곡을 찔린 나는 당황했다. 무슨 생각을 해도 내 속을 훤히 들여다보는 느낌이 들었다.

"그래도 둘러댈 배짱이 있는 건 장하네."

그런 칭찬을 들어도 기쁘지 않다. 동요를 가라앉히기 위해 허리를 꼿꼿이 펴고 심호흡을 했다.

"그렇게 냉정함을 되찾으려는 것도 중요해. 그나저나 우리 애들은 집에 없나 보죠?"

"……네."

"아쉽네. 둘 다 잘 있죠?"

마치 지나가는 소리처럼 툭 던지는 그녀의 말투에 나는

울컥했다. 어머니 이야기를 할 때 시오리코 씨가 보였던 어두운 표정과 아야카가 보여줬던 수많은 메일이 뇌리를 스쳐 지나갔다.

"……연락 정도는 하시지 그랬습니까?"

"무슨 말인지?"

"십 년 동안 어디서 뭘 하시다 이제 전화하시는 겁니까!"

고함을 치고 나서 퍼뜩 정신이 들었다. 이러다 전화가 끊어지면 다시는 연락하지 않을지도 모른다. 그리고 이 집 식구도 아닌 내가 이렇게 언성을 높여도 되는 건가.

"아니, 저기, 지금 어디 계십니까?"

"일본."

사람을 놀리는 듯한 대답에 나는 기가 막혔다. 그걸 무슨 대답이라고…….

아니, 잠깐. 그제야 머리가 돌아가기 시작했다.

"그럼 지금까지 해외에 계셨습니까?"

"맞아요, 지난주에 귀국했어요."

시오리코 씨가 메일을 보낸 다음이다. 요즘 같은 시기에 일본을 떠나는 사람은 많아도 돌아오는 사람은 거의 없다.

"그럼 따님들을 만나러……."

"아뇨, 일 때문에."

단박에 부정했다. 어처구니가 없었다.

"무슨 일이요?"

"물론 고서 거래죠. 그럴 때잖아요."

그럴 때가 어떤 때인지 나는 모르지만, 명확해진 게 하나 있었다.

"해외에서 고서점을 하시는 거군요. 지금."

"뭐, 그런 셈이죠."

먼저 근황을 자세히 이야기할 생각은 없는 듯했지만, 물어보면 대답은 해줬다. 나는 머리를 쥐어짜 다음 질문을 생각했다. 이 대화는 언제 끝날지 모른다. 시오리코 씨와 아야카를 위해서라도 가급적 정보를 얻어내자고 다짐했다.

"그럼 지금은 어디에 계십니까?"

갑자기 철로 건널목의 경보음이 울려 퍼졌다. 대답을 놓치지 않도록 수화기를 귀에 바싹 붙였다.

"어머, 아직도 모르겠어요?"

뭐라고? 그게 무슨 뜻이지?

전차가 들어오는 소리가 가까워졌다. 평소보다 훨씬 더 시끄럽게 느껴졌다.

"아."

나는 나지막이 외쳤다. 소리는 가게 바깥뿐 아니라 수화기 너머에서도 들렸다.

한마디로 시노카와 지에코는 이 소리가 들리는 곳에 있

는 것이다.

고개를 들고 유리문 너머를 뚫어져라 쳐다봤다. 휴대전화를 든 긴 머리의 여자가 상행선 승강장에 서있었다. 그림자처럼 긴 코트에 같은 색의 긴 치마. 얼굴에서는 세월이 느껴졌지만, 멀리서 보기에는 오싹할 정도로 시오리코 씨와 닮았다. 어머니라기보다는 사위스러운 분신 같았다.

"만나서 반가워요, 고우라 다이스케 군."

시노카와 지에코는 옅은 선글라스 너머로 나를 바라보았다. 찌르는 듯한 그 날카로운 시선에 나는 꼼짝도 하지 못했다.

그 상태로 얼마나 있었는지는 정확히 모른다. 승강장으로 들어온 전차가 우리의 시야를 가로막았다. 나는 무의식적으로 한숨을 내쉬었다.

수화기 너머로 전차 문이 열리는 소리가 들렸다.

"또 올게요. 우리 애들에게 안부 전해줘요."

전화가 뚝 끊겼다. 수화기를 내던지고 가게 밖으로 뛰쳐나가자 상행선 열차는 서서히 역을 빠져나갔다. 마지막 차량이 지나갔다. 시노카와 지에코의 모습은 더는 찾아볼 수 없었다.

인기척 없는 어스름한 승강장에 하나 둘 조명이 켜졌다.

孤島の鬼

01

외딴섬 악마

에도가와 란포 | 江戸川乱歩, 1894년~1965년

일본의 추리소설가이자 평론가. 1923년 문예지《신청년》에 단편「2전짜리 동전」을 게재하며 데뷔했다. 일본 추리소설의 '삼대 명탐정' 중 필두로 불리는 아케치 고고로를 창조했으며, 현재 일본 소년탐정물의 원형인 〈소년탐정단〉시리즈를 집필하고, 요코미조 세이시와 같은 후배 작가 발굴에도 힘을 쏟는 등 일본 추리소설 역사에 지대한 영향을 미쳤다.

1

시노카와 지에코가 나타난 이튿날, 나는 이른 아침부터 비블리아 고서당에 갔다.

정확한 목적지는 안채 2층, 사장인 시오리코 씨의 지시대로 고서를 묶어 옮기고 있다. 근무 시간에 하는 일과 별반 다를 바 없지만, 이건 개인적인 부탁을 받고 하는 일이다.

2층은 두 개의 방이 하나로 이어진 공간으로, 시오리코 씨는 여기서 생활한다. 상상을 뛰어넘는 '책벌레' 답게 사방을 둘러봐도 수많은 고서들로 가득했다.

"……전화 착신 이력 확인했어요?"

문지방 너머 옆방에서 시오리코 씨가 물었다. 어제 들었던 그녀의 어머니의 목소리와 꼭 닮았다. 작업을 하며 어제 있었던 일을 이야기한 참이었다.

"아, 네. 했는데 발신자번호 표시제한으로 거셨더라고요."

나는 바닥에 쌓인, 상자에 든 양장본을 끈으로 묶으며 대답했다. 국서간행회의 《세계환상문학대계》. 다양한 색깔의 책등이 눈길을 끌었다.

발신자 번호는 전화를 끊자마자 제일 먼저 확인했다. 표시제한으로 전화를 했다는 건 딸들이 자신을 찾기를 원하지 않기 때문이리라. 자기 편할 때 또 오겠다는 뜻이다. 정말이지 자기밖에 모르는 사람이다.

"……고서에 관련된 일을 할 거라고 생각은 했어요."

"어떻게요?"

나는 저도 모르게 돌아봤다. 시오리코 씨는 등을 돌리고 바닥에 앉아 있었다. 체크무늬 롱스커트 아래로 스타킹을 신은 발목이 보였다. 아직 날이 쌀쌀한 탓인지 니트 카디건을 걸치고 있다.

"워낙 이 일을 좋아하고…… 고서에 관계된 일을 하는 지인들과도 가끔 연락을 주고받는다고 들었거든요."

머릿속에 크리스마스카드 한 장이 떠올랐다. 작년 연말에 히토리서방이라는 고서점 사장에게 시노카와 지에코가 보낸 카드다. 그녀를 눈엣가시처럼 여기는 사장은 완전히 무시한 모양이지만, 다른 동업자들과는 우호적인 관계를 유지하고 있더라도 이상할 건 없었다.

"이런 시기에 뭐 하러 온 걸까요?"

일 때문에 왔다고는 했지만 그뿐만은 아니리라.

"그 사람이 그렇다면 그런 거겠죠."

시오리코 씨는 담담하게 대답했다.

"큰 지진이 일어나면 수집가들은 소장품을 내놓는다고 해요. 실제로 16년 전의 한신 · 아와지 대지진 때도 시장에 대량의 고서가 쏟아져 나왔고요. 이번 경우에는 어떨지 모르겠지만, 좋은 물건을 건질 걸 기대하고 돌아왔을지도 모르겠네요."

그래서 '이런 시기'에 돌아온 건가. 정말 그렇다면 역시 정상적인 사람은 아니다. 지진을 장사 기회로밖에 여기지 않다니.

"계속하죠. 시간이 얼마 없어요."

시오리코 씨의 재촉에 나는 다시 작업을 시작했다. 다 묶은 《세계환상문학대계》를 들고 복도로 나갔다. 바닥이 삐거덕거리는 소리에 무심코 발밑을 확인했다. 착각일 테지만, 왠지 2층이 기운 것 같은 느낌이 들었다.

최근 우리는 2층에 있는 책들을 1층으로 내려놓고 있다.

물론 지난달 있었던 지진 때문이다. 가게뿐 아니라 2층에 놓인 책장 몇 개도 쓰러져서 한때는 발 디딜 곳조차 없을 지경이었다.

본격적으로 정리를 시작한 건 영업을 재개한 뒤였지만, 벽에 간 큰 금이 문제를 더욱 확대시켰다. 시오리코 씨가 아는 건축사에게 문의했더니, 수리도 수리지만 내진 보강을 해야 하는 상태고, 대량의 책을 보관할 거라면 바닥 보강 공사도 하는 게 좋다는 조언을 들어서 공사를 결정한 모양이다.

공사를 시작하기 전에 시오리코 씨의 물건을 2층에서 치워야 했다. 이 기회에 장서를 조금 정리해, 중복된 책들을 처분하기로 했다. 나는 매일 아침 영업 시작 전에 이곳에 와서 그녀의 지시를 따라 고서를 정리해 옮기고 있다. 따로 수고비는 받지 않았으니 업무의 연장이 아니라 그냥 내가 도와주는 것이다.

나는 책 더미를 안고 계단을 내려가 창고 방으로 옮겼다. 2층으로 다시 올라가려던 찰나, "고우라 오빠"하고 부르는 소리가 들렸다.

구겨진 운동복에 하얀 후드티를 입은 자그마한 소녀가 복도에 서있었다. 한눈에도 잠옷임을 알 수 있었다. 하나로 묶은 머리는 지난 반 년 동안 많이 자랐다.

"아야카, 일어났어?"

나는 인사를 건넸다. 오늘은 처음 얼굴을 봤다.

"아, 미안해요, 오빠."

"뭐가 미안해?"

"매일 책 옮기느라 고생하잖아요. 난 책에는 문외한이니까 도와줄 수도 없고. 대충 정리됐어요?"

보아하니 자매는 아직도 완전히 화해하지 않은 모양이었다. 평소라면 2층으로 올라가 직접 확인했으리라.

"아니. 아직 반쯤 남았어."

아야카는 고개를 갸웃거렸다.

"생각보다 시간이 걸리네요?"

"뭐……. 양이 워낙 많으니까."

말을 마친 나는 다시 2층으로 올라갔다. 장서 정리는 시오리코 씨와 둘이서 하고 있지만, 아야카의 말대로 작업은 그리 진척되지 않았다.

2층으로 돌아가자 시오리코 씨는 아까와 같은 자세로 앉아있었다. 나는 방 안을 둘러보았다. 침대와 옷장, 책상이 하나씩 놓여있을 뿐, 다른 가구는 전부 책장이었다. 널브러진 책들을 대충 치우고 나자 바닥과 벽이 보였다.

지금까지 가려져있던 문 안쪽에도 벽장이 있었는데, 그 안에도 당연히 책이 가득했다. 지금은 그 책들을 정리하고 있다. 무엇을 처분하고 무엇을 남겨둘 것인지 슬슬 정리가 끝날 때인데…….

"휘, 휘, 휘, 휘휘, 휘."

숨소리도, 속삭임도 아닌 어떤 소리가 들렸다. 아마 휘파람을 부는 것이리라. 시오리코 씨가 뭔가에 몰입했을 때의 버릇이다.

또 시작됐군. 나는 한숨을 쉬었다. 어깨 너머로 들여다보자 예상대로 무릎 위에 책을 펼쳐놓고 읽고 있었다.

"그건 무슨 책입니까?"

그녀는 홱 돌아보더니 책을 들고 좌우로 흔들었다. 연분홍빛 입술에는 미소가 번졌고, 안경 너머의 까만 눈동자가 반짝거렸다. 발그레 상기된 살갗에 가슴이 두근거렸다.

"고바야시 노부히코의 『겨울의 신화』 초판본이에요! 안 보여서 찾고 있었는데."

"네?"

평소였다면 무슨 내용이냐고 물었으리라. 나는 책 이야기를 듣는 걸 좋아하고, 시오리코 씨도 한번 이야기를 시작하면 멈추지 않았다.

"1966년에 간행된 장편소설인데, 본인의 체험을 바탕으로 태평양 전쟁 중의 학생 집단 피난을 그린 걸작이에요. 음험한 폭력에 지배당하는 학생들 속에서 반장인 주인공이 차츰 고립되어 궁지에 몰리는…… 아."

그제야 정신을 찾은 모양이다. 이야기에 빠져들고 있던 나 역시 퍼뜩 정신이 들었다. 그녀는 몸을 움츠리고 눈을 꼭 감았다.

"계속 찾던 책이라 기쁜 마음에……. 이 책은 보관하는 쪽에 두세요."

시오리코 씨는 두 손으로 나에게 책을 내밀었다. 기분 탓인지 아쉬운 기색이 역력해 보였다.

책 정리가 좀처럼 끝나지 않는 건 이런 식으로 그녀가 정신없이 책을 읽기 때문이었다. 평소에 남의 책을 대량으로 구입했을 때는 금방 정리하면서, 정작 자기 책을 정리하려면 뜻대로 되지 않는 모양이다.

"죄송해요, 저 때문에……."

"괜찮아요. 천천히 하면 되죠."

나는 『겨울의 신화』를 건네받아 전후문예서 더미에 올려놓았다. 정말 미안할 것 없었다. 이렇게 함께 뭔가를 한다는 것만으로도 기뻤으니까. 가게에서 일할 때와 달리 찾아오는 손님도 없었다. 우리 둘뿐이다.

고작 이 정도로 기뻐하면 어쩌려고? 라는 생각도 들었지만.

시오리코 씨는 동작을 멈춘 채 나를 올려다보았다. 움직일 때마다 빤히 쳐다봐서 가만히 있을 수가 없었다.

"뭐 시킬 일이라도……?"

"다이스케 씨."

시오리코 씨는 그렇게 부르고 나서 어째서인지 자기 무릎을 내려다보며 두 손을 꼼지락거렸다. 한동안 침묵의 시간이 이어졌다. 안채 현관에서 초인종 소리가 들렸다. 누가 온 모양이다.

"다이스케 씨에게는 여러 모로 신세를 졌고…… 조만간……."

나는 입을 떡 벌렸다. 내 착각일지도 모르지만 데이트 신청을 하는 것처럼 들렸다. 다른 사람은 몰라도, 설마 시오리코 씨가 그럴 리는 없을 테지만. 그게 아니라면 대체 뭘까?

"조만간……."

쿵쾅쿵쾅.

시끄러운 발소리가 울려 퍼졌다. 시오리코 씨는 입을 다물고 의아스레 복도를 보았다.

하필 가장 중요한 순간에. 나도 모르게 쯧, 혀를 찰 뻔했다.

"언니!"

발소리의 주인은 아야카였다. 웬일로 당황한 기색이 역력했다.

"지금 현관에 엄마……."

거기까지 말하고 숨을 내쉬었다. 우리는 순간 얼어붙었다.

어제 그렇게 전화를 끊어놓고 오늘 찾아온 건가?

하지만 다음 순간 아야카의 입에서 튀어나온 건 우리가 예상치 못한 말이었다.

"엄마를 찾는 사람이 왔어. 없다고 했더니 고서를 잘 아는 사람을 불러달래."

2

1층으로 내려간 나는 가게 청소를 시작했다.

시오리코 씨는 안채 거실에서 손님과 이야기 중이었다. 2층에서 할 일이 없어진 나는 영업 준비를 하러 가게로 나왔다.

굳이 시노카와 지에코를 지명한 걸 보면 평범한 볼일은 아닌 모양이다. 지난달에도 미야자와 겐지의 『봄과 아수라』 초판본을 찾아달라는 의뢰가 들어왔는데, 그와 비슷한…… 아니면 훨씬 성가신 일일지도 모른다.

'어제 일과 뭔가 관련이 있는 건가?'

책장의 먼지를 털며 생각에 잠겨 있는데 안채에서 현관

문 닫히는 소리가 희미하게 들렸다. 분명 손님이 돌아간 것이리라. 조금 이른 시간이었지만 가게 문에 친 커튼을 걷었다. 안채 현관으로 나가 역으로 가려면 가게 앞을 지나쳐야 하기 때문이다.

잠시 기다리다 보니 싼 티 나는 플리스 재킷에 레이스로 짠 핸드백을 든 통통한 중년 여자가 눈에 들어왔다. 나이는 아마 50대 초중반, 처음 보는 얼굴이다. 나를 힐끗 보더니 빠른 걸음으로 지나갔다.

나는 고개를 갸웃거렸다. 고서에 관심이 있으면 가게 안을 들여다볼 법도 한데. 그냥 지나치는 걸 보면 고서 수집가는 아닌 건가.

안채와 연결되는 문을 열고 지팡이를 짚은 시오리코 씨가 나타났다. 난처한 듯 미간을 찌푸리고 있다.

"무슨 볼일이래요?"

내 물음에 시오리코 씨는 그 표정 그대로 고개를 갸웃거렸다.

"……희귀한 고서와 관련해 특별히 상담하고 싶은 게 있으시대요. 자세한 얘기는 직접 만났을 때 하겠지만, 고서를 잘 아는 사람이 와달라고 하시네요."

"네? 직접 만나서 하겠다니……. 아까 그분은요?"

"대리로 오신 분이에요. 저희에게 볼일이 있으신 분은

오늘 오신 분의 언니 분이시고요."

시오리코 씨는 카운터 서랍을 열고 안을 뒤지며 말했다. 그렇군. 대신 말을 전하러 온 것이었나.

"왜 본인이 직접 오지 않고요?"

"지난달 대지진으로 책장이 쓰러져서 다치셨대요."

뭔가 미심쩍은 느낌이 들었다. 집에서 나갈 수 없다 해도 전화 등으로 연락할 방법이 있을 것 같은데. 왜 일부러 대리인을 보냈을까?

"그 의뢰인은 뭐라고 하는 사람입니까?"

"……기시로 게이코 씨라는 분이세요."

기억을 더듬어 봤지만 처음 듣는 이름이었다.

"가게 손님인가요?"

"저도 몰랐는데, 그러시대요. 유키노시타에 사시는데, 예전에 우리 가게에서 자주 책을 사셨다고 들었어요. 목록 통판으로요."

나는 흠칫했다. 과거 비블리아 고서당의 통판 업무를 담당했던 사람은 시노카와 지에코다.

인터넷 쇼핑이 보급되기 전, 가게에서 보낸 목록을 보고 전화나 엽서로 주문하는 방식으로 고서 통판이 이루어졌다고 한다. 물론 지금도 목록으로 판매하는 가게가 많은 모양이지만 비블리아 고서당에서는 지난 몇 년 동안 실시하지 않았다.

"그럼 가게에도 자주 들렀겠네요."

유키노시타는 가마쿠라의 지명으로 쓰루가오카하치만구 일대를 뜻한다. 가게에서도 그리 멀지 않다.

"글쎄요. 구입은 거의 목록 통판으로 하시는 손님도 계셨던 모양이니……. 아, 여기 있네."

그녀는 서랍에서 검은 가죽 장정의 두툼한 노트를 꺼냈다.

"그게 뭡니까?"

카운터 반대편에서 들여다보자, 장부처럼 튼튼하게 만든 노트였다. 꽤 낡았는지 모서리가 다 벗겨져 나갔다.

"옛날에 가게에서 쓰던 고객 명부에요. 지금은 컴퓨터로 정보를 관리하지만, 예전에는 전부 여기다 기록했어요."

그렇게 말하며 시오리코 씨는 명부를 넘겼다. 생각보다 작은 글씨로 주소와 이름이 적혀있었다. 오십음도 순으로 페이지를 구분해놓았는데, 내용이 늘어날 것을 상정한 탓인지 공백도 눈에 띄었다. 취소선을 그어놓은 이름도 많았다. 아마 이사 간 주소를 모르거나 세상을 떠난 것이리라.

시오리코 씨는 '기' 항목의 페이지를 펼쳐 가냘픈 손가락으로 이름을 하나씩 훑었다. 하지만 '기시로 게이코' 라는 이름은 찾아볼 수 없었다.

"이상하네요."

그녀는 앞 페이지로 돌아가 다시 한 번 이름을 확인했다.

"결혼해서 성이 바뀐 게 아닐까요?"

"아뇨, 아마 독신이신 것 같아요. 동생 분 이야기로는 성인이 되고 나서 계속 혼자 사셨다고 들었어요. 지난달에 다친 뒤로는 동생 분이 같이 살며 간병을…… 아."

"찾았어요?"

"여기 좀 보세요."

그녀는 앞 페이지, '가'로 시작하는 이름 중 하나를 가리켰다. '가야마 아키라', 주소는 가마쿠라 시 유키노시타 6초메. 번지 다음에는 '기시로 게이코 님 댁'이라고 적혀 있었다.

"아마 이분인 것 같네요."

"이 가야마란 사람은 누구죠?"

"저도 처음 보는 이름이에요. 명부가 정확하다면 기시로 씨 댁에 같이 사셨던 분 같은데."

"계속 혼자 사셨다면서요."

"동생 분이 몰랐을 수도 있지만……."

그래도 이상하다는 사실에 변함은 없었다. 목록 통판으로 자주 책을 구입했다는 손님의 이름이 고객 명부에 제대로 올라있지 않은 까닭은 무엇일까.

"어머니 글씨에요. 어머니가 이 주소와 이름을 적은 거예요."

침묵이 흘렀다.

역시 뭔가 이상했다. 의뢰 내용도 확실치 않았고, 가야마라는 인물의 존재도 수수께끼였다. 시노카와 지에코의 존재도 보일 듯 말 듯 숨어있었다.

"이번 의뢰, 어머님이 찾아오신 일과 뭔가 상관이 있는 걸까요?"

나는 그렇게 물었다.

"아직 뭐라고 말하기 어렵네요. 타이밍이 너무 절묘하다는 생각은 들지만, 고서에 관련된 일이라면 절대 놓치지 않는 사람이니까요. 단순한 우연일지도 모르죠."

"그분을 만나러 갈 겁니까?"

"가야죠."

뜻밖에도 시오리코 씨는 선선히 대답했다.

"만일 어머니가 뭔가 일을 꾸미는 거라면 그냥 둘 수 없고요. ……내일 오후에 가겠다고 했어요."

나도 그러는 게 좋다고 생각했다. 무엇보다 고서 거래에서 협박이나 다름없는 수단까지 동원했던 사람이다. 나는 어제 처음 만났을 뿐이지만 시오리코 씨의 불안을 헤아릴 수 있었다.

"그래서, 혹시 다이스케 씨가 시간이 괜찮으시면……."

시오리코 씨는 눈을 내리깔고 말을 우물거렸다. 무슨 말을 하려는 것인지 짐작이 갔다.

"아, 당연히 같이 가야죠. 제가 운전할게요."

"네? 정말이요?"

"처음부터 그럴 작정이었어요. 내일은 쉬는 날이고 딱히 볼일도 없으니까요."

그녀는 눈을 깜빡거리더니 호소하듯 나를 뚫어져라 바라보았다.

"고마워요. 이 빚은 다음에 꼭 갚을게요. 약속해요."

비밀스러운 속삭임에 나는 침을 꿀꺽 삼켰다. 아까 2층에서도 비슷한 이야기를 했는데, 대체 오늘 왜 이러는 걸까? 말로 하려면 용기가 필요한 이야기라서?

기대해도 좋은 건지 모르겠다.

"아, 네……."

목소리가 갈라지려고 해서 헛기침을 했다. 어떻게 갚으시게요, 하고 물어보기도 어려웠다. 어쨌든 '일이 마무리된 다음'의 일이다.

"그나저나 '특별한 상담'이 대체 뭘까요? 그 동생이란 분은 아무 얘기도 없던가요?"

"구체적인 내용은 딱히……. 하지만 어느 작가의 저서에 관련된 의뢰인지는 알아냈어요."

"누군데요?"

불현듯 시오리코 씨의 눈빛이 아련해졌다. 아마 애착이 있는 작가 중 하나이리라.

"란포예요."

"란포……."

저도 모르게 되뇌었다. 나도 들어본 적 있는 작가였다.

"네."

시오리코 씨는 고개를 끄덕였다.

"에도가와 란포요."

3

다음날은 화창한 날씨에 기온도 따스했다.

엔가쿠지 앞, 기타가마쿠라 역 임시개찰구 옆의 벚꽃나무도 어느새 반쯤 꽃봉오리가 벌어져있었다. 역에서 나오는 관광객들이 뜸해진 순간을 노려 나와 시오리코 씨가 탄 봉고차는 붉은 꽃봉오리가 달린 꽃나무 아래를 지나갔다. 기시로 게이코의 집으로 가는 길이다.

"다이스케 씨는 에도가와 란포를 아시죠?"

조수석에 앉은 시오리코 씨가 문득 생각났다는 듯 물었다.

"읽어보지는 않았지만 이름은 압니다."

나는 씁쓸한 기분으로 대답했다. 어릴 적의 트라우마가 원인이겠지만, 나는 묘한 '체질'이라 오랫동안 활자를 읽을 수가 없다. 그래도 책에 대한 관심은 남들 못지않다. 시오리코 씨와 친해진 건 그녀가 하는 책 이야기를 계속 들을 수 있기 때문이다.

에도가와 란포에 대해서도 어제 이야기를 듣고 싶었지만, 대량 매입 건을 의뢰한 손님이 연이어 찾아와서 여유 있게 이야기를 나눌 기회가 없었다.

"《소년탐정단》 시리즈를 쓴 사람이죠?"

도서위원이었던 초등학교 시절, 대출과 반납 작업을 할 때 자주 접했던 작품이었다. 표지마다 기괴한 괴인과 아이들의 얼굴이 그려져있었고, 책등에는 으스스한 웃음을 짓는 가면 마크가 찍혀있었다. 서가에 꽂힌 모습을 보면 멀리서도 소년탐정단임을 알 수 있었다.

"괴인 이십면상……이 나오던가요?"

"네."

시오리코 씨는 고개를 끄덕였다.

"폭력을 좋아하지 않는 괴인 이십면상이 장기인 변장을 이용해 값비싼 미술품을 훔치려 하고, 소년탐정단과 명탐정 아케치 고고로가 그에 맞선다는 게 이야기의 큰 줄기에요. 란포는 모리스 르블랑의 아르센 뤼팽 시리즈 아동판을 염두에 두고 썼고요."

"시리즈가 많죠?"

서가에 한 줄로 꽂을 만큼 출간작이 많았던 걸로 기억한다. 괴인 이십면상뿐 아니라 투명인간이나 외계인이 들어간 제목도 있었던 것 같다. 시리즈를 독파한 반 친구에게 물어보니 모두 비슷한 내용이라고 했지만.

"네, 중단된 시기도 있었지만, 쇼와 11[1936]년에 첫 작품 『괴인 이십면상』 연재가 시작된 뒤로 25년 동안이나 출간되었어요. 란포가 후반생에 발표한 소설의 대부분은 이 시리즈인데……."

"네? 잠깐만요. 언제 시작됐다고요?"

저도 모르게 그런 물음이 튀어나왔다. 우리가 탄 봉고차는 가마쿠라의 중심가로 통하는 언덕길을 올라 다시 완만한 내리막길로 접어들고 있었다.

"쇼와 11년이요. 2 · 26사건1936년 2월 26일 일본 육군의 천황 중심 사상을 가진 청년장교들이 1,483명의 병력을 이끌고 일으킨 반란사건. 반란군이 4일 동안 수상관저와 의사당 등을 점거했으나 곧 진압되었다이 일어난 해죠."

"정말입니까?"

옛날 작품인 줄은 알았지만 그렇게 오래된 줄은 몰랐다. 동시대에 읽었던 독자들은 우리 할아버지 세대보다 윗세대일지도 모른다.

"네. 첫 작품이 단행본으로 출간된 게 75년 전이에요."

"……그렇게 오래된 줄은 모르겠네요, 독자들도."

"그럴지도 모르죠. 시대에 맞춰 장정이나 제목을 바꾸거나, 본문을 일부 수정했으니까요. 독자들의 위화감을 최소화하기 위해서이기도 했지만……. 역시 시대를 초월한 보편적인 매력이 있기 때문이라고 생각해요."

분명히 초등학교 도서실에서 소년탐정단 시리즈를 읽는 남학생들을 제법 보았던 기억이 난다. 소년들로만 구성된 탐정단이라는 설정이 매력적이다. 이런 '체질'만 아니라면 나도 읽었으리라.

"……아케치 고고로는 이 시리즈 말고 다른 책에도 나왔던가요?"

나는 운전하며 물었다. 옛날부터 유명한 일본의 명탐정 하면 먼저 떠오르는 인물은 아케치 고고로와 긴다이치 코스케다. 드라마 같은 데서 보았을 뿐이지만, 검은 옷의 미녀와 대결하거나 천장 위에 올라간 모습이 기억에 남는다.

"네. 아케치 고고로가 처음 등장한 작품은 『괴인 이십면상』보다 훨씬 이전, 다이쇼 14[1925]년에 발표된 「D언덕의 살인사건」이에요."

"아, 들어본 적 있어요."

알파벳이 들어가서 왠지 기억에 남았던 제목이다. 어떤 내용인지는 전혀 모르고, 에도가와 란포의 작품이라는 사실조차 처음 알았지만.

"그나저나 에도가와 란포는 어느 시대 사람입니까?"

"메이지 27년…… 1894년에 태어났어요. 쇼와 40[1965]년에 사망했고요. 데뷔는 다이쇼 12[1923]년, 만 스물여덟 살에 했죠."

시오리코 씨는 청산유수로 대답했다. 이런 세세한 연대가 전부 머리에 들어있는 것도 이 사람의 대단한 점이다. 머릿속이 대체 어떻게 되어 있는 걸까?

"다이쇼 시대 말기, 일본 추리소설은…… 당시에는 탐정소설이라 불렸지만, 아직 사람들에게 널리 알려지지 않은 장르였어요. 란포 이전에는 전업 탐정소설 작가조차 전무했다고 봐야죠. 데뷔 당시에는 이른바 '본격파' 작가로 논리적인 수수께끼 풀이에 중점을 둔 단편을 연이어 발표했어요.

시대에 따라 집필한 작품의 내용은 달라지지만, 탐정소설, 추리소설계에는 변함없이 중요한 위치를 차지해온 작가예요. 란포, 그와 인연이 있는 사람들의 발자취가 일본 추리소설의 역사라 해도 과언은 아닐 거예요."

거기까지 말하고 시오리코 씨는 한숨을 돌렸다. 봉고차

는 쓰루가오카하치만구 앞의 사거리에 접어들었다. 때마침 횡단보도의 신호가 바뀌어, 해외 관광객들이 봉고차 앞을 지나 도리이 밑을 지나갔다.

오른편으로 뻗은 와카미야 대로 한가운데에는 단카즈라라고 불리는 참배로가 있다. 그 길을 따라 늘어선 벚나무는 아직 활짝 꽃을 피우지는 않았지만, 오가는 이들의 눈길을 사로잡기에는 충분한 광경이었다.

"……아름답네요."

조수석에 앉은 시오리코 씨가 창문에 바싹 얼굴을 붙이며 중얼거렸다.

"어디 놀러 가고 싶은 날이에요."

"그러게요. 날씨가 참 좋군요."

생각 외로 반응이 괜찮았다. 불현듯 어제 시오리코 씨가 말했던 '보답'을 떠올렸다. 이 분위기라면 볼일이 끝난 다음에 어디 들렀다 가지 않겠느냐는 말을 꺼내도 이상하지 않으리라. 아니, 다른 사람도 아닌 시오리코 씨니까 어떤 반응이 돌아올지는 미지수지만.

"아, 다이스케 씨."

시오리코 씨는 앞유리창 너머를 가리켰다. 어느새 신호가 파란불로 바뀌었다. 나는 하는 수 없이 액셀을 밟았다.

"……아까 하던 얘기 말인데요."

아무 일도 없었던 듯 시오리코 씨는 말을 이었다.

"우리와도 조금 인연이 있어요, 란포는."

"그게 무슨 뜻이죠?"

나 역시 책 이야기가 나오면 관심을 보이고 만다.

"란포는 작가로 데뷔하기 전에 고서점을 경영했다고 해요."

"네? 정말이요?"

느닷없이 메이지 시대에 태어난 작가가 가깝게 느껴졌다. 나처럼 책 더미를 나르기도 했을까.

"란포는 작가가 되기 전에 여러 직업을 전전했어요. 아주 잠깐이었지만 도쿄 센다기의 단고자카 언덕에서 고서점을 경영했고요……「D언덕의 살인사건」에는 그 시절의 경험이 반영되어 있어요. 고서점에서 밀실 살인사건이 일어난다는 내용이에요."

D언덕이 단고자카 언덕이었구나. 고서점에서 어떤 밀실 살인사건이 일어났는지 궁금했지만, 안타깝게도 목적지가 코앞이었다.

"여기네요."

나는 그렇게 말하며 대나무 울타리 앞에 차를 세웠다. 시오리코 씨에게 들은 주소는 여기였다. 집 주변에는 대나무 숲이 울창했고, 잎사귀 사이로 기와지붕이 보였다. 이곳은

큰길에서 벗어난 주택가 한 모퉁이로, 하치만구에서 그리 멀지 않지만 오가는 이들은 훨씬 적었다.

차에서 내려 대나무 울타리를 따라 걷자 지붕이 달린 위풍당당한 문이 나타났다. 녹이 슨 빨간 우편함에는 '기시로' 라 적힌 하얀 스티커가 붙어 있었다. 시오리코 씨는 지팡이를 짚고 신중하게 문턱을 넘었다. 정원은 넓었지만 울창한 대나무가 시야를 가렸다.

"……집이 참 좋네요."

시오리코 씨가 감탄한 듯 말했다. 좋은 집이라는 말에는 동의했지만 꽤 낡은 단층집으로, 벽에 칠도 벗겨져있었다. 세로로 긴 직사각형 창문에는 덧창이 달려있었고, 정원 쪽으로 발코니도 있는 듯했다. 다이쇼나 쇼와 초기에 세워진 서양식 별장 같은 느낌이었다.

희한하게도 사람이 사는 느낌이 들지 않는 집이었다. 마치 숨을 죽이고 기척을 지운 듯한……. 어렸을 적이었다면 귀신 나오는 집이라 생각했을지도 모른다.

현관 초인종을 누르자 발소리가 나더니 누군가가 힘차게 문을 열고 나왔다. 어제와 같은 플리스 재킷 차림의 중년 여성이 얼굴을 내밀었다. 미끈한 둥근 얼굴에 노안경을 끼고 있다.

"와줘서 고마워요. 어서 들어와요."

여성은 친근하게 미소를 지었다. 관동 출신이 아닌지 말투에서 귀에 익지 않은 억양이 조금 느껴졌다.

"아, 저희야말로 감사합니다. 이야기를…… 들으러 왔습니다."

시오리코 씨는 횡설수설하며 고개를 숙였다. 이렇게 낯을 가리는 시오리코 씨를 보는 것도 오랜만이었다. 요새는 주로 내가 접객을 맡고 있는 까닭에 그녀가 처음 보는 손님과 이야기하는 일은 거의 없었다. 그래서 왠지 신선한 광경이었다.

"이쪽은 저희 가게 직원인 다이스케…… 아, 고, 고우라 씨에요."

직원을 손님에게 소개하는데 이름을 부르다니. 그녀는 실수를 알아채고 황급히 정정하려다 혀를 깨물었다. 상대는 의아스러운 표정이었다.

"고우라라고 합니다. 처음 뵙겠습니다."

나는 하는 수 없이 시오리코 씨의 말을 받아 인사를 했다.

생각해보니 나와 단둘이서 대화할 때는 꼭 책 이야기가 아니더라도 거의 말을 더듬지 않았다. 매일 얼굴을 마주하면 그런 변화를 뒤늦게 눈치채게 되는 건지도 모른다.

들어오라는 말에 신발을 벗고 집 안으로 들어갔다. 걸음을 내딛자 바닥의 나뭇결이 갈라지는 느낌이 들었다. 이 정도로 오래된 집이라면 지난달 지진이 왔을 때도 심하게 흔들렸으리라. 책장이 쓰러질 법도 하다.

"기, 기시로 게이코 씨는……."

"저쪽에 있는데, 먼저…… 시노카와 시오리코 씨라고 하셨죠?"

"아, 네……."

"언니는 먼저 시노카와 씨가 이 집에 있는 책을 보고 난 뒤에 이야기하고 싶대요. 이쪽으로 와요."

기시로 게이코의 동생은 우리 대답을 듣지도 않고 성큼성큼 걸음을 옮겼다. 언니, 하고 부를 때의 친근한 말투가 귀에 남았다. 사이가 좋은 자매일까.

열린 장지문 너머로 들여다보니, 가구가 놓인 방은 거의 없고 구석구석까지 깨끗하게 정돈되어있었다. 주인의 개성을 엿볼 수 있는 물건은 거의 없었다.

"그러고 보니 자기소개도 안 했네요. 난 다나베 구니요라고 해요."

느닷없이 앞장서 걷던 여성이 말했다. 시오리코 씨도 처음 들었는지 당황한 표정으로 잘 부탁드린다며 고개를 숙였다.

"언니보다 두 살 어리고요. 난 결혼해서 성이 바뀌었는데, 우리 남편은 오래 전에 병으로 먼저 가버렸고, 아들은 도쿄에서 대학 다녀요. 지금은 혼자 살고 일도 요새는 못 하는 상황이라 언니 몸이 나을 때까지 이 집에 있는 거예요."

"다, 다나베 씨 댁은 어디인가요?"

"구니요라고 불러요. 집은 미야기 현이에요."

순간 분위기가 어두워졌다. 대지진으로 막대한 피해를 입은 곳이다. 다나베 구니요는 미소를 지으며 돌아봤다.

"아, 우리 동네는 그다지 피해가 크지 않았어요. 바다에서 멀리 떨어진 곳이라. 기껏해야 가구가 쓰러진 정도고 그 밖에는……. 그때는 이쪽도 엄청 흔들렸죠? 서점에는 무거운 게 많아서 위험했겠어요."

그녀는 슬쩍 화제를 바꾸었다. 우리가 신경 쓸까 봐 마음을 써준 것일까? 아니면 자세히 말하기 꺼려지는 일이 있었던 건지도 모른다.

"저희는 그다지…… 아, 책장 몇 개 쓰러진 정도라."

"그럼 언니네하고 똑같네요. 다리도 그때 다쳤어요?"

시오리코 씨가 흠칫하는 게 느껴졌다.

"아뇨, 다리는…… 예전에 다친 거예요."

작년, 시오리코 씨는 다자이 오사무의 귀중한 초판본을 둘러싸고 다나카 도시오라는 고서 마니아에게 떠밀려 다리를 다쳤다. 눈에 띄게 회복되고 있지만, 여전히 생활하는 데는 지팡이가 필요했다.

“이쪽 별채에요.”

다나베 구니요는 막다른 모퉁이의 문 앞에서 걸음을 멈추고 열쇠를 꺼내 문을 열었다. 일부러 문까지 잠가놓은 걸 보면 무척 귀한 책이 있는 모양이었다.

문을 열자마자 먼지 섞인 싸늘한 공기가 낡은 종이 냄새와 함께 흘러나왔다.

“들어가요.”

구니요의 말에 시오리코 씨는 방 안으로 들어갔다. 나도 뒤를 따랐다. 그곳은 널찍한 서양식 방으로 모든 벽이 책장으로 가득했다. 서재로 쓰는 방인지 한가운데에 커다란 책상과 의자가 덩그러니 놓여있었다.

입구 반대쪽 벽에는 쇠창살이 달린 작은 창문이 하나 뚫려있었다. 문을 잠가놓은 것도 그렇고, 뭘 이렇게 철통같이 지키고 있는 거지?

“편하게 둘러봐요. 가서 언니를 데려올게요.”

다나베 구니요는 문을 닫고 나갔다. 나는 늘어선 책들을 한 바퀴 둘러봤다.

양장본뿐 아니라 신서 사이즈의 작은 책과 잡지 과월호도 많았다. 《신청년》, 《보석》, 《고단클럽》, 《킹》. 모두 낡은 잡지였다. ‘살인’, ‘사건’, ‘죽음’이 들어간 제목이 많은 걸 보면 추리소설 컬렉션인 모양이다.

하지만 잡지는 시대 순으로 정리되어있지 않고, 책장 군데군데에 빈틈이 있었다. 전체적으로 어수선한 분위기에, 되는대로 마구 꽂아놓은 듯한 느낌을 받았다.

"에도가와 란포의 책이 많네요."

나는 시오리코 씨에게 말했다. 책등에 '에도가와 란포'의 이름이 들어간 고서가 책장 여기저기에 꽂혀있었다. 내가 아는 제목은 거의 없었지만.

"……아마 전부 있는 것 같아요."

그녀는 애써 흥분을 가라앉히려는 듯 중얼거렸다.

"네?"

"제가 아는 범위에서, 란포가 생전에 출판한 성인 대상 작품은 전부 있어요. 작품이 게재된 잡지 과월호까지."

4

"엄청난 컬렉션인 거죠?"

"네. 이만한 란포 컬렉션은 처음 봐요."

시오리코 씨는 반짝이는 눈으로 말했다. 완전히 장난감 가게에 온 어린애의 눈빛이었다.

"아, 다이스케 씨, 이거 보세요!"

평소답지 않게 큰 목소리로 창문 밑에 놓인 장식장을 가리켰다. 유리문 안쪽에 있는 색지가 특히 눈길을 끌었다.

현세는 꿈, 밤의 꿈이야말로 진실

란포

까만 붓글씨로 휘갈겨 쓴 문구였다. 뭔가 여운이 남는 인상적인 말이었다.

"저 글씨, 란포가 직접 쓴 건가요?"

"아마 그런 것 같아요. 저 좌우명이 적힌 란포의 사인지는 의외로 시장에 많이 나왔어요. 제가 말한 건 그 옆에 있는 거예요!"

그녀는 지팡이를 짚고 장식장 앞으로 다가더니, 허리를 굽히고 사인지 옆에 있는 걸 들여다보았다. 기분 나쁜 웃음을 지은 가면이 놓여있다. 한눈에도 싸구려 재질의 가면으로, 원래 금빛이었을 칠도 완전히 바랬다.

'……어?'

어딘가 낯이 익은 디자인이다. 잠시 생각을 더듬다, 초등학교 도서실에 있던 《소년탐정단》 시리즈의 책등에 이와 똑같은 마크가 찍혀있었다는 사실을 깨달았다.

"이게 뭐죠?"

"황금가면이에요."

"황금가면이요?"

"란포의 장편소설 『황금가면』에 등장하는 괴도에요. 이름 그대로 금빛 가면을 쓰고 나타나 값비싼 미술품을 훔치는……. 괴인 이십면상과 비슷한 계통의 캐릭터에요. 쇼와 5[1930]년부터 이듬해까지 연재됐고, 당시 큰 화제를 끌었어요."

"네? 지금 소설 얘기하시는 거죠? 이 가면은 뭡니까?"

설마 실제로 그런 괴도가 있었을 리 없다. 시오리코 씨는 돌아보지도 않고 대답했다.

"판촉물이에요."

"판촉물?"

"쇼와 6[1931]년, 헤이본샤에서 《에도가와 란포 전집》이 발간되기 시작했을 때, 홍보의 일환으로 셀룰로이드 황금가면을 백화점 옥상에서 뿌렸어요. 아마 이게 그 가면일 거예요. 현존하지 않는 줄 알았는데……. 저도 처음 봤어요."

막힘없이 설명을 계속하며 얼굴이 유리문에 닿을 정도로 찰싹 들이댔다. 정말 귀한 물건인 모양이다. 하지만 내 관심은 다른 데 있었다.

"기발한 홍보네요."

캐릭터 상품을 홍보에 이용했다는 얘기다. 요즘 시대에

도 통하는 방법이다.

"그렇죠? 게다가 처음에는 비행기에서 뿌리려고 했대요. 란포가 직접 낸 아이디어고요."

"작가가요?"

시오리코 씨는 그제야 나를 보며 고개를 끄덕였다. 찰랑이는 앞머리 밑으로 발그스레해진 이마가 보였다. 얼굴을 너무 찰싹 들이댔기 때문이다.

"……본격파 추리작가였다면서요?"

일반적인 작가의 이미지로는 잘 상상이 가지 않는 행동이었다. 그리고 황금가면이나 이십면상은 그다지 추리물에 어울리지 않는 캐릭터 같다.

"분명 데뷔 당시의 란포는 본격파란 호칭에 걸맞은 작품 활동을 했어요. 하지만 잡지에 장편을 연재하기 시작한 즈음부터 작품이 바뀌어 다른 요소가 짙게 나타나게 되었죠. 이걸 란포의 작가적 특성으로 높게 평가하는 사람도 있고요."

"다른 요소라니요?"

"음……. 아, 이런 것도 있네."

시오리코 씨는 장식장 옆에 놓인 책장에서 얇은 책자를 하나 꺼냈다. 이상야릇한 무늬가 들어간 표지에 '감도죄범'이라고 가로쓰기로 적혀있었다.

그녀는 지팡이를 짚고 의자로 이동해 털썩 앉았다.

"그 책은 뭐죠?"

"헤이본샤의 《에도가와 란포 전집》 부록인 『범죄도감』이에요."

나는 무지한 자신이 부끄러웠다. 옛날 책은 오른쪽부터 읽는 걸 깜빡했다. 감도죄범이 아니라 범죄도감. 머릿속으로 변환했다.

시오리코 씨가 팔랑팔랑 넘기는 페이지를 나도 반대쪽에서 들여다보았다. 갖가지 종류의 핏자국, 교수형 순간, 나아가서는 토막 시체까지. 온갖 역겨운 사진과 그림들을 모아놓은 책자 같았다. 범죄와는 그다지 상관없는 게 많았다.

흥미진진한 표정으로 이리저리 책을 훑어보던 시오리코 씨의 손이 멈췄다. 알몸으로 묶여있는 여자 사진에 '사디스트와 마조히스트, 모두 만족시켜줄 즐거운 놀이!' 라는 설명문이 달려 있었다. 사진도 문장도 너무 구닥다리라 별 감흥이 없었지만, 한마디로 SM플레이인 것이리라.

시오리코 씨는 눈을 동그랗게 뜨고 책자에 얼굴을 들이댔다.

"혹시 세이우? 아닌가……."

혼잣말처럼 중얼거리다 나도 같이 있다는 걸 떠올린 모양이다. 황급히 책을 덮었다. 그 반응에 오히려 쑥쓰러워졌다.

"……그 시대에는 이런 책을 내도 괜찮았던 모양이죠?"

나는 분위기를 바꾸려 물었다. 뒷표지의 판권면에는 '쇼와 7[1932]년 5월 10일 발행' 이라 인쇄되어있었다.

"괜찮을 리가요. 이 부록은 금방 판매금지됐는걸요."

그랬어도 이상할 건 없었다. 요즘 시대에 나와도 꽤 자극적인 축에 속하리라.

"왜 이런 부록을 만들었죠? 작가의 전집씩이나 되는데."

"에도가와 란포라는 작가의 전집이기 때문에 그렇다고 생각해요."

시오리코 씨는 그렇게 대답했다.

"헤이본샤 전집이 발행된 시대에는 탐정소설, 특히 란포의 작품에 대해 많은 사람들이 이 책자처럼 그로테스크한 이미지가 어울린다고 여겼을 거예요. 수수께끼 풀이 요소가 강한 초기작의 색깔은 점차 옅어졌고, 이른바 이상심리나 환상적인 장면, 잔혹한 범죄묘사 등을 전면에 내세운 작품이 많아졌거든요. 예를 들면 『파노라마섬 기담』이라는 중편이 있는데요."

"유명…… 한 작품이죠?"

그다지 자신은 없었지만 '파노라마섬' 이라는 단어는 들어봤다. 에도가와 란포의 작품이었나?

"네, 널리 알려진 걸작이죠. 란포는 '범죄환상소설' 이라고 불렀어요. 주인공은 자신과 꼭 빼닮은 대부호가 급사하자 그 신분으로 둔갑하여 막대한 재산으로 꿈같은 별천지를 만들어내죠. 일단 그 과정에서 살인사건이 발생하고, 그것이 해결되는 탐정소설의 구조를 갖추고 있지만, 대부분의 내용은 주인공이 건설하는 '파노라마국' 의 묘사에 할애하고 있어요."

"파노라마국?"

"한마디로 말하자면 인공 낙원이랄까요. 작은 섬에 대대적인 공사를 벌여 다양한 자연을 만들었어요. 주인공들은 백조 인형을 타고 계곡을 건너기도 하고, 당나귀를 타고 숲속을 거닐죠."

"……꼭 테마파크 같네요."

나는 치바 우라야스에 있는 '꿈과 마법의 왕국' 을 떠올렸다. 그 역시 인공 낙원 같은 곳이다.

"그럴지도 모르겠네요."

시오리코 씨는 미소를 지었다.

"란포에게는 일상에서 괴리된 별천지를 동경하는 마음이 있었던 것 같아요. 그런 경향은 《소년탐정단》 시리즈로도 이어진다고 볼 수 있을 것 같아요. 항상 기괴한 괴인의 등장이 이야기의 발단이 되니까요."

장식장의 사인지를 다시 돌아보았다. '현세는 꿈, 밤의 꿈이야말로 진실.' 꿈의 세계에 대한 동경에서 비롯된 말일지도 모르겠다.

어찌된 영문인지 나는 시노카와 지에코를 떠올렸다. 이번 기묘한 의뢰도 그녀의 등장이 발단이나 마찬가지였다. 아무 기척도 없이 느닷없이 나타나 사라지듯 떠난다. 소설은 아니지만 마치 괴인 같았다.

"……어?"

불현듯 나는 테이블에 놓인 '범죄도감'에 눈길을 주었다.

"저 책자 사이에 뭔가 끼어있는 것 같은데요?"

중간쯤에 작은 종잇조각이 삐죽 튀어나와있었다. 책등에 가까운 곳이라 이제껏 알아채지 못했다.

"그러네요. 이게 뭐지?"

시오리코 씨는 종이를 집어 뺐다. 그것은 고서점 가격표였다. 제목과 네 자리가 넘는 금액이 적혀있었고, 가게 이름이 가로로 적혀있었다.

히토리서방

쓰지도 역 앞

우리는 서로 얼굴을 마주보았다. 히토리서방은 쓰지도 역 앞에 있는 고서점으로, 시노카와 모녀라면 질색하는 이노우에 사장이 경영하는 가게였다. 예전에 고서회관에서 『민들레 소녀』라는 절판본을 도둑맞았을 때의 소동에 휘말려 나도 두어 번 만난 적 있다.

솔직히 다시 엮이고 싶지 않은 인물이었다.

"이건……."

기시로 게이코라는 여성은 히토리서방의 고객이기도 했다는 뜻이다. 우연인지 아닌지는 모르지만 묘한 연결고리가 생겼다.

"역시 히토리서방에서 사신 책이었군요."

"역시? 아, 미스터리와 SF 전문이라고 했죠."

"아뇨, 그뿐 아니라 히토리 사장님은 란포에 특별히 애착이 있으신 분이라서요. 직접 이야기를 들어본 적은 없지만."

"그게 무슨 얘깁니까?"

이야기를 들어본 적 없는데 어떻게 아는 걸까?

"그게……."

문 여는 소리가 시오리코 씨의 대답을 막았다. 복도에서 휠체어를 탄 여성이 나타났다. 은테 안경에 어깨 밑까지 내려가는 희끗희끗한 생머리. 평상복인 듯한 베이지색 원피스 자락 밑으로 기브스가 보였다.

한눈에도 책을 좋아하는 조용한 여성 같았다. 왠지 시오리코 씨와 비슷한 분위기를 풍겼다.

“언니, 이 아가씨가 시노카와 시오리코 씨야. 지에코 씨라는 분 따님이래.”

휠체어를 밀고 온 구니요가 어깨 너머로 속삭였다. 전혀 다른 분위기의 자매였지만, 같이 보니 눈썹 모양이나 입매가 닮았다.

“처, 처음 뵙겠습니다. 시노카와 시오리코입니다.”

시오리코 씨는 의자에서 일어나 기어들어가는 목소리로 인사를 건넸다. 그리고 로봇처럼 뻣뻣한 동작으로 나를 가리켰다.

“저희 직원인 다이스케, 아, 저기……, 고.”

아까와 똑같은 대목에서 또 혀가 꼬인 모양이다. 이쯤 되면 좀 고쳐줬으면 좋겠는데.

그런 생각을 하며 나도 기시로 게이코에게 고개를 숙였다.

“고우라라고 합니다. 처음 뵙겠습니다.”

고개를 든 순간 상대의 목둘레에 시선을 빼앗겼다. 스카프를 두르고 있었는데, 모양이 좀 부자연스러웠다.

기시로 게이코는 우리에게 온화한 미소를 지으며 천천히 입을 열었다.

“기…… 게…….”

입에서 새어나온 목소리는 가래가 낀 듯 탁했다. 뭐라고 말을 하는 것 같았지만, 제대로 알아들을 수가 없었다.

'아.'

자세히 보니 스카프 밑 후두에 인공 기구를 삽입해 그곳으로 호흡하는 것 같았다.

그랬구나…….

목 수술을 받으면 목소리를 내지 못하는 경우가 있다고 들은 적이 있다. 기시로 게이코가 굳이 동생을 대리인으로 보낸 건, 다쳐서 움직이지 못했기 때문만이 아니었다.

이야기하기조차 힘들기 때문이었다.

5

서고에서 간단히 인사를 나누고, 우리는 다시 복도를 지나 거실로 이동했다. 볕이 잘 드는 남향 방으로, 전면창 밖 발코니는 작은 정원과 이어져있었다. 특별히 손질이 되어 있는 것 같지는 않았지만, 훤칠하게 자란 잡초 사이로 봄꽃들이 흐드러지게 피어있었다.

다른 방과 마찬가지로 가재도구는 별로 없었다. 눈에 띄는 것이라고는 사이드보드와 둥근 테이블, 그리고 낡은 브라운관 텔레비전 정도였다.

자매는 아까까지 이곳에 있었는지 직접 만든 듯한 펠트 커버를 씌운 책과 레이스 뜨개 도구가 테이블 위에 놓여 있었다. 다나베 구니요는 서둘러 물건을 치웠다.

"미안해요, 지저분한 방에 손님을 들여서. 지금 차 가져올게요."

뜨던 레이스와 코바늘을 사이드보드로 옮겨놓고 테이블 앞에 있는 언니에게 책을 건넸다. 그러고 보니 어제 가게로 찾아왔을 때도 레이스로 뜬 핸드백을 들고 있었는데, 레이스 뜨기가 취미인 모양이다.

문득 사이드보드에 놓인 사진 액자에 눈이 갔다. 어느 해변에서 앞바다를 찍은 풍경사진이었는데, 해안선 위로 안개가 낀 듯 육지가 보였다. 신기루라 불리는 현상으로 알고 있다. 어째서 이런 사진이 덩그러니 놓여 있는 건지 의아스러웠다.

기시로 게이코는 보물처럼 책을 쓰다듬었다. 꽤 낡은 책인지 책머리와 책입이 꽤 빛바래 있었다.

"반년 전쯤에 언니가 후두암으로 이 언저리를 전부 절제하는 수술을 받았어요. 성대가 없어서 말도 못 해요."

보온병에 든 차를 주전자에 따르며 구니요는 자기 목을 가리켰다. 너무 직설적인 설명이라 어떤 표정을 지어야 할지 알 수 없었다. 굉장히 개방적인 성격의 사람인 모양이다.

"지금 식도를 이용한 발성법을 연습하는 중이에요. 나나 가즈히로는 대충 알아듣지만, 다른 사람들은 무슨 말을 하는지 모를 거예요."

"가즈히로 씨는……?"

시오리코 씨가 조심스레 물었다.

"아, 아까 말한 우리 아들이요. 걔 아니었으면 언니도 대지진 때 큰일을 당했을지도 몰라요. 그치?"

구니요는 언니에게 동의를 구했다. 기시로 게이코는 말없이 고개를 끄덕였다.

"그날, 저녁쯤에 가즈히로하고는 통화가 됐지만, 언니 집에는 아무리 전화를 걸어도 받질 않는 거예요. 언니나 나나 휴대전화가 없어서 달리 연락할 방법도 없었고……."

"아, 정전됐었죠."

나는 그렇게 말했다. 우리 집도 그랬지만, 정전이 되면 가정용 전화는 거의 먹통이 된다. 대지진이 일어난 날은 휴대전화 메시지나 통화도 연결 상태가 좋지 않았기에 나는 지진이 일어났을 때에 대비한 음성메시지 사서함으로 어머니와 연락을 주고받았다.

"맞아요. 뭐, 전화벨이 울렸더라도 책장 밑에 깔렸었으니까 꼼짝할 수도 없었겠지만. 결국 가즈히로가 오토바이로 도쿄에서 여기까지 달려와서 제 이모를 구해낸 거예요."

기시로 게이코는 목을 살짝 짚으며 담담하게 말하려 했다. 하지만 역시 정확히 알아들을 수 없었다. 그러자 메모장과 펜을 꺼내 한 글자씩 또박또박 글씨를 썼다. 아직 빨리 쓰는 데 손이 익지 않은 모양이다.

"조용한 집에 혼자 있어서 무서웠어요."

"정말 고생하셨네요……."

시오리코 씨는 자기 일처럼 침통한 표정으로 말했다. 자신도 대량의 장서를 갖고 있는 입장이라 남의 일 같지가 않은 거다.

"언니, 일일이 글자를 쓸 거야? 말해보고 뜻이 안 통하면 내가 대신 얘기해줄게."

구니요가 김이 모락모락 피어오르는 찻잔을 우리 앞에 놓았다. 시오리코 씨는 감사 인사를 하고 나서 의뢰인 쪽을 보았다.

"……아까 보았던 고서 말인데요, 기시로 씨가 수집하신 건가요?"

본론에 들어갔다. 일단 고객 명부에 적혀있었던 '가야마 아키라'에 대해 물으려는 것이다.

상대의 표정이 살며시 어두워졌다. 뭔가 밝히기 힘든 사정이 있는 눈치였다.

"……분명 대부분은 가야마 씨가 수집한 책이라고 했지?

언니가 여기 처음 들어올 때 가져온 것도 조금 있지만."

다나베 구니요가 말했다. 느닷없이 가야마의 이름이 나와서 나는 적잖이 당황했다. 게이코는 고개를 젓더니 짧게 말했다.

"아, 가야마 씨 아버님이 산 책도 있다고? 성함이 뭐랬지? 소키치 씨였나?"

이 말에는 고개를 끄덕이며 메모장에 이름을 적었다. '가야마 소키치'. 다시 새로운 이름이 등장했다.

"저…… 어떻게 된 건가요?"

시오리코 씨의 물음에 자매는 서로를 마주보았다. 눈빛을 주고받더니 동생 구니요가 설명을 시작했다.

"이야기가 좀 길어지는데, 원래 이 집은 가야마 아키라 씨와 그 아버님인 가야마 소키치 씨가 공동으로 관리하던 별장이었어요. 그분들은 그, 에도가와 란포란 작가를 좋아해서 수집한 책을 보관하려고 이 집을 사들였대요. 맞아?"

동생의 물음에 언니는 말없이 고개를 끄덕였다. 책을 보관하려고 별장을 사는 사람이 있다니. 옛날 수집가들은 모두 그랬나?

"가야마 씨 아버님은 30년쯤 전에 돌아가셨고, 그 뒤에 언니가 가야마 씨와 만났어요. 언니도 그 작가를 좋아해서, 그걸 인연으로…… 이 집에 계속 신세를 지게 된 거예요.

가야마 씨는 작년 봄에 갑자기 세상을 떠났지만요. 심근폐색으로."

어찌된 사정인지 조금씩 이해할 수 있었다. 이 집도, 장서도, 란포 마니아가 계속 관리해온 거군.

"신세……라면?"

"여기 살게 해주고 생활비를 받았어요. ……가야마 씨 부인이 돌아가시기 전까지는 내연녀로 살았죠. 가야마 씨가 돌아가신 뒤로는 유언으로 이 집과 책을 상속받았고요."

그제야 시오리코 씨도 사정을 파악한 모양이었다. 귀까지 빨개져서 90도로 허리를 굽혔다.

"……시, 실례되는 질문을 해서 죄송합니다."

"괜찮아요. 이제 와서 숨길 수도 없는 일이고, 언니가 마음대로 그렇게 살았으니까요. 가족들은 계속 반대했는데.

동생의 매몰찬 말을 기시로 게이코는 태연하게 흘려들었다. 전부터 이 정도 말은 들어왔는지도 모른다.

우리 가족도 복잡한 사정이 있기 때문에 이만한 일에 일일이 놀라지는 않는다. 하지만 집과 장서를 상속받았다는 이야기가 마음에 걸렸다. 이 부근은 가마쿠라에서도 부유한 동네에 속한다. 불륜 상대가 죽고 나서 아까 책들을 포함해 상당한 재산을 물려받은 셈인데, 그 문제로 가야마 아키라의 유족과 꽤 마찰이 있지 않았을까?

금전관계가 얽힌 문제를 해결하고 이 집에 계속 눌러앉은 거라면 기시로 게이코라는 여성은 단순히 조용한 독서광이 아니다. 산전수전 다 겪은 강인한 여성이리라.

뭐, 겉모습과 속이 다른 여성을 처음 보는 것도 아니고. 내 바로 옆에도 한 명 있다.

"혹시 「오시에와 여행하는 남자」를 좋아하시나요?"

시오리코 씨가 사이드보드를 보며 게이코에게 물었다. 이 어색한 분위기를 어떻게든 해보려고 나름대로 궁리한 모양이지만, 너무 뜬금없어서 무슨 말인지 알아들을 수가 없었다. 기시로 게이코도 의아스런 표정이었다.

"그게 뭡니까?"

"란포의 단편이에요. 신기루가 나오는 이야기라."

시오리코 씨는 그렇게 말하며 사이드보드 위를 가리켰다. 그러고 보니 신기루 사진이 있었다.

"언니, 그래?"

동생이 묻자 기시로 게이코는 눈을 감고 고개를 끄덕였다. 희미하게 입가에 미소가 번졌다.

"저, 그래서 오늘 보자고 하신 건?"

시오리코 씨가 질문을 계속했다.

"고서에 관한 특별한 의뢰가 있으시다고……."

"언니가 이 집에 있는 책을 몽땅 팔고 싶대요."

"네?"

안경 너머의 눈동자가 한껏 휘둥그레졌다. 말 그대로 할 말을 잃은 모양이었다. 시오리코 씨의 반응을 보고 오히려 다나베 구니요가 당혹스러워했다.

"……희귀한 책이 많다고 들었는데 아니에요?"

"희귀하다는 말로는 부족해요!"

시오리코 씨는 머리가 떨어져라 고개를 저었다. 긴 머리카락이 내 어깨 끝을 때렸다.

"데뷔작인 「2전짜리 동전」이 게재된 잡지 《신청년》부터 만년에 간행된 도겐샤 전집까지, 란포 생전에 출판된 성인용 작품이 전부 한곳에 있어요! 엄청난 가치를 가진 컬렉션이라고요!"

책 이야기만 나오면 늘 그렇듯 딴사람처럼 청산유수로 말을 쏟아냈다. 완전히 스위치가 들어간 모양이다.

"하지만 의뢰 내용은 그게 아니죠?"

시오리코 씨는 쉬지 않고 말을 이었다. 자매에게 대답할 틈도 주지 않았다.

"그렇다면 어제 저희 가게에 오셨을 때 그렇게 말씀하셨겠죠. 저에게 특별한 의뢰를 하시고, 그걸 해결했을 경우에 보수로 책을 팔겠다……. 그런 게 아닌가요?"

실내에 침묵이 흘렀다.

"……역시 보통내기가 아니네. 언니, 이 아가씨한테 부탁해."

다나베 구니요는 언니에게 말했다. 기시로 게이코는 고개를 갸웃거리며 시오리코 씨와 눈을 맞췄다. 온화해 보이지만 뭔가 종잡을 수 없는 사람이었다.

게이코의 입술 사이로 말이 흘러나왔다.

"비블리아 고서당에는 책과 관련해 곤란한 일은 뭐든지 해결해주는 똑똑한 사람이 있다고 아키라 씨한테 들었대요."

말이 끝나자 구니요가 우리에게 통역을 했다.

"가야마 씨가 저희 가게에 직접 오신 적이 있나요?"

시오리코 씨의 물음에 잠시 뜸을 들이다 게이코의 대답이 돌아왔다.

"10년 전까지 종종 들르셨다고. 언니도 목록…… 맞아요? 그걸로 책을 사서 이 집으로 배달시켰다는데요."

구니요는 확인을 해가며 말을 이었다. 고객 명부의 수수께끼가 이제야 풀렸다. 한마디로 기시로 게이코는 가야마 아키라의 이름으로 고서를 사들인 것이리라. 지금 한 이야기가 사실이라면 시노카와 지에코와 직접적인 면식은 없는 것이다.

"……따님에게도 그런 일을 해결할 능력이 있다면 에도가와 란포의 고서에 관해 부탁하고 싶은 일이 있대요."

"저한테 맡겨주세요!"

시오리코 씨는 즉시 대답했다. 조금 더 생각할 줄 알았는데.

아까 그 장서들을 매입할 수 있다면 비블리아 고서당에는 큰 이익이 되리라. 하지만 석연치 않은 기분을 지울 수 없었다. 죽은 연인이 남긴 소중한 장서를 전부 걸 정도로 중요한 '의뢰'가 대체 뭘까?

"그럼 먼저 란포의 어느 작품에 대해 어떤 문제가 생기셨는지 자세히 알려주실래요?"

시오리코 씨의 눈동자는 호기심에 가득 차 있었다. 답이 듣고 싶어서 몸이 근질거린다는 표정이었다.

그렇구나. 이 사람도 그 문제가 뭔지 궁금한 것이다. 어쩌면 아까 본 장서 전부를 합친 것보다 귀한 뭔가를 볼 수 있을지도 모르니, '책벌레'라면 관심을 가지는 게 당연했다.

느닷없이 기시로 게이코는 정색을 하며 아까부터 품에 안고 있던 책을 테이블에 내려놓았다. 펠트 커버를 씌워 놓아서 표지는 전혀 보이지 않았다.

"이건…… 란…… 입니다……. 이…… 세요."

시오리코 씨에게 눈을 떼지 않고 강한 목소리로 말했다. 조금은 알아들을 수 있었다.

"이건 란포의 작품 초판본입니다. 이 책에 손을 대지 않고 제목을 맞혀주세요……, 그게 무슨 소리야?"

통역한 동생은 당혹스러워했지만, 나는 그녀의 의도를 짐작할 수 있었다. 이 사람은 시오리코 씨를 시험하려는 것이다. 시오리코 씨가 고서에 대한 충분한 지식을 갖추었으며, '곤란한 일을 해결할 능력'을 가지고 있는지 알아보기 위해서다.

하지만 아무리 그렇더라도 너무 억지스러운 시험이다. 꽤 두툼하고, 낡았다는 점을 제외하면 이 책의 규격이나 형태에 별다른 특징은 없었다. 언뜻 보기에는 원래 커버가 없는 책으로, 펠트 커버를 벗기면 바로 표지가 나올 것 같았다.

'아니, 잠깐.'

장서 중 한 권이 여기 있다는 건 아까 컬렉션에 빠진 게 있다는 뜻이지 않나? 그걸 떠올려 대답하라는 소리인지도 모른다. 그렇다면 일부러 우리에게 장서를 보여준 이유도 이해가 간다. 지식보다는 기억력을 평가하는 시험인 것이다.

"이건 중복된 책이죠?"

시오리코 씨는 펠트 커버를 바라보며 중얼거렸다.

"아까 보여주신 서재에 란포의 성인용 소설과 평론집 초판본이 모두 구비되어 있었어요."

잠시 후, 휠체어의 여성은 미소를 지었다. 역시 커버를 씌운 책의 제목을 맞히라는 뜻 같았다. 기억력만으로 어떻게 해결할 수 있는 시험이 아니다.

"……이 테이블 위에 있는 게 전부고, 파손이나 누락은 없는 거죠?"

시오리코 씨는 냉정하게 확인했다. 기시로 게이코는 그렇다고 대답하듯 고개를 끄덕였다.

"사륙판이네요. 그렇다면……."

기억을 더듬듯 집게손가락으로 미간을 눌렀다. 그대로 10초쯤 꼼짝하지 않더니 이내 조심스레 입을 열었다.

"……알겠어요. 쇼와 5[1930]년에 간행된 장편소설 『외딴섬 악마』의 초판본이에요."

게이코는 커버를 벗겼다. 나는 저도 모르게 몸을 내밀어 들여다봤다.

악기를 든 여자와 으스스한 풍모의 사내, 두 갓난아이가 인쇄된 표지가 나타났다. 제목은 가느다란 손글씨 풍으로 적힌 『외딴섬 악마』.

"굉장해……."

솔직한 감상이 저도 모르게 입 밖으로 튀어나왔다. 시오리코 씨는 홱 나를 돌아보며 말했다.

"표지뿐 아니라 내용도 굉장해요! 불가능한 상황에서 발생한 연쇄 살인사건의 범인을 쫓는 동안 어느 일족이 남긴 암호문의 수수께끼에 휘말리는……. 탐정소설의 틀을 뛰어넘는 걸작이에요. 동성애나 기형인간 등 당시 사회에서는 특이했던 란포의 취향도 이야기와 잘 맞아떨어져서……."

"아, 그게 아니라요!"

나는 제정신으로 돌아와 말했다. 전반의 연쇄 살인, 후반의 암호해독이라는 전개가 호기심을 자극했지만 지금은 그럴 때가 아니었다.

"어떻게 제목을 알아낸 겁니까?"

이해가 가지 않는다는 듯 시오리코 씨는 눈을 깜빡거렸다. 긴 속눈썹이 눈에 띄었다.

"책머리와 책입의 빛깔이 바랜 걸로 봐서는 전쟁 전의 책일 가능성이 크다고 생각했어요."

시오리코 씨는 다소 시무룩한 표정으로 설명을 시작했다. 내용 이야기를 더 하고 싶었던 모양이었다.

"파손이나 누락이 없다고 하셨으니, 원래 커버와 박스가 없는 책이라는 뜻이죠. 그리고 판형이 사륙판이고, 어느 정도 페이지 수가 있는 초판본은 제가 알기로는 『외딴섬 악마』밖에 없어요……."

그렇구나. 표지를 가려도 시오리코 씨 정도의 지식과 통찰력이 있으면 제목쯤은 어렵지 않게 알아낼 수 있는 모양이다.

나는 힐끗 눈을 돌려 서로 눈빛을 주고받는 자매의 모습을 보았다. 아마 시험에는 통과한 것 같다.

다나베 구니요는 자리에서 일어나 방 한 귀퉁이에 있는 문으로 다가갔다. 붙박이 옷장이었는데, 문을 열자 커다란 금고가 들어있었다. 낡았지만 한눈에도 무척 튼튼하다는 걸 알 수 있었다.

문에는 레버와 다이얼, 그리고 50개의 둥근 버튼이 달린 판이 붙어 있었다. 저건 대체 뭐지?

"언니, 에도가와 란포와 관련된 귀한 물건이 들어 있다고 했지?"

다나베 구니요는 그렇게 말하며 돌아봤다. 게이코는 고개를 끄덕이더니 시오리코 씨에게 말했다. 입술 모양만으로 무슨 말인지 알 수 있었다.

'이 금고를 열어주세요.'

6

일단 가까이에서 보라는 말에 나와 시오리코 씨는 무릎

을 꿇고 금고를 살펴봤다. 다이얼 위의 장식을 건드리자 옆으로 스르륵 움직이며 밑에서 열쇠구멍이 나왔다. 금고를 열려면 다이얼의 번호뿐 아니라 열쇠도 필요한 모양이다.

"이 안에 뭐가 들어있나요?"

시오리코 씨는 뒤돌아 휠체어에 앉은 게이코에게 물었다. 그녀는 장난꾸러기 같은 미소를 지으며 대답했다.

"열…… 게요……."

열면 보여드릴게요. 열기 전까지는 가르쳐줄 수 없다는 것이리라. 시오리코 씨는 아쉬운 듯 다시 금고를 보았다. 듣다 보니 나도 점점 안에 무엇이 들었는지 궁금해지기 시작했다.

'에도가와 란포와 관련된 희귀한 물건' 이라면 고서가 아닐 수도 있다는 소리다. 아까 장식장에 있던 가면이나 사인지처럼.

"엄청 오래된 금고네요."

내 말에 기시로 게이코는 메모에 뭔가를 적었다. '구 일본군의 특별 주문품' 이라고 한다. 그렇다면 이 금고가 만들어진 건 제2차 세계대전 중이나 그 이전, 적어도 70년 전이라는 뜻이다.

"어떻게 이런 게 집에……?"

필담으로 설명하기 번거로운지 그녀는 동생에게 다소

빠른 말투로 설명했다. 구니요는 바로 우리에게 통역해주었다.

“가야마 씨의 아버지…… 소키치 씨라는 분은 여러 방면의 사업을 하셨대요. 전쟁 중에는 군부와도 거래를 했고. 그런 경위로 전쟁이 끝나고 혼란스러운 와중에 손에 넣은 모양이에요. 3중 잠금장치로 무척 튼튼해서 귀중품을 넣어 놓는 데 애용하셨대요.”

“3중이요……?”

나는 고개를 갸웃거렸다. 열쇠와 다이얼이면 2중 아닌가?

“……이것도 잠금장치죠?”

시오리코 씨는 버튼이 달린 판을 만지며 말했다. 자세히 보니 버튼마다 50음도의 가타가나가 달려 있었다. 가장자리에 있는 ‘소’라는 버튼은 뭘까 싶었는데, 잠시 생각해 보니 작은 글자를 입력하기 위한 것임을 알 수 있었다. 탁점일본어에서 탁음을 나타내기 위해 가나의 우상단에 붙이는 기호이나 반탁점을 표시하는 버튼까지 있었다.

“정해진 글자의 버튼을 누르면 잠금장치가 열리는 구조네요.”

시오리코 씨의 말에 게이코는 말없이 고개를 끄덕였다.

‘……한마디로 비밀번호군.’

열쇠와 다이얼, 비밀문자. 분명히 3중 잠금장치였다. 그 옛날에 이렇게 복잡한 구조의 금고를 만들 수 있었을 줄은 몰랐다. 대체 무슨 귀중품을 넣어놓으려고 이렇게 튼튼하게 만든 걸까?

"저희 집에도 오래된 금고가 있지만, 이만큼 정교하지는 않아요. 군에서 특별히 주문한 물건이라서 그런가 봐요."

시오리코 씨는 금고를 조사하며 혼잣말처럼 중얼거렸다.

"이 금고가 안 열려서 아주 애를 먹고 있어요. 원래 가야마 씨가 혼자 열쇠와 비밀번호를 전부 관리해서 언니에게도 알려주지 않았대요. 다이얼의 숫자를 적은 메모는 이 집에 있지만."

"열쇠는 지금 어디 있나요?"

기시로 게이코는 메모장을 꺼내 '가야마 가' 라고 적었다.

가야마 아키라의 유족이 관리한다는 뜻인 모양이다.

"지금 가야마 씨 아들과 연락을 했는데…… 조만간 열쇠를 가져오겠다네요."

어찌된 영문인지 다나베 구니요는 껄끄러운 표정으로 그렇게 말했다. 무슨 일이 있었던 걸까. 시오리코 씨는 그녀를 보며 말했다.

"그럼 저희에게 비밀번호를 알아내라는 말씀이시죠?"

기시로 게이코는 고개를 끄덕였다. 동생이 대신 대답했다.

"……가야마 씨는 그 에도가와 란포라는 작가와 관련이 있는 말로 금고가 열리도록 설정했대요. 몇 글자인지는 모르지만."

몇 글자인지 모른다는 말이 마음에 걸렸다. 정말 아무 단서도 없다면 번호를 알아내는 건 결코 쉽지 않으리라.

아니, 잠깐. 애초에 비밀번호를 알아내라, 열쇠를 가져와라, 그런 번거로운 일을 하기 전에 했어야 할 일이 있잖아.

"저기, 업자에게 열어달라고 하면 되지 않나요?"

잠긴 문이나 금고를 따준다는 광고를 자주 본 기억이 있다. 비용은 꽤 들겠지만, 이 집에서 치르지 못할 만큼 비싸지는 않을 터였다.

"저번에 불렀는데 어렵다고 하더라고요."

다나베 구니요는 한숨을 쉬었다.

"너무 오래됐고, 특별 주문한 물건이라 구조를 알 수가 없어서 문을 따기 힘들겠다고 하더라고요. 열려면 문을 부술 수밖에 없다는데, 내용물이 손상되기라도 하면 안 된다며 언니가 싫다고 해서……. 뭐, 정 안 되면 부술 수밖에 없지만요."

시오리코 씨의 어깨가 흠칫하는 것을 보고 아차 싶었다. 금고를 부수면 시오리코 씨가 나설 자리는 없어진다. 장서 매입 이야기도 없었던 것이 될 테고, 금고 안에 든 에도가와 란포의 '보물'을 볼 기회도 날아간다.

앞으로 이 이야기는 꺼내지 말자고 다짐했다.

"……가야마 아키라 씨가 어떤 분이셨는지 말씀해주실 수 있을까요?"

시오리코 씨는 의뢰인에게 말했다.

"괜찮으시다면 경력이나 가족관계도요. 비밀번호를 알아내는 데 필요할지도 몰라서요."

기시로 게이코는 머릿속을 정리하듯 허공을 바라보더니 이내 낮은 목소리로 말문을 열었다. 이야기 중간 중간에 구니요가 설명을 덧붙였다.

"……책을 좋아하고, 밝고, 장난스러워서 소년 같은 데가 있었던 사람이에요. 전쟁 전 잡지에 연재되던 소설을 읽고 에도가와 란포의 팬이 되었고…… 학생 시절에는 추리작가가 되려고 했지만…… 결국 아버지의 회사에 들어갔대요."

통역이 이야기를 따라가지 못하는지 이야기의 맥락을 파악할 수가 없었다.

"란포의 어떤 작품을 좋아하셨나요?"

시오리코 씨의 질문에 의뢰인은 말을 이었다.

"음, 초기의 「2전짜리 동전」나 「심리시험」? ……같은 본격물을 좋아했고, 통속적인 작품은 그다지……."

그때 통역이 끊겼다. 모두의 시선이 구니요에게 쏠렸다.

"미안해요. 나한테는 얘기가 너무 어렵네. 언니한테 종이에 쓰라고 해서 오늘 밤이나 내일 갖다 줘도 될까요?"

"아, 네. 물론이죠."

침묵이 실내에 내려앉았다.

시오리코 씨는 지팡이를 짚고 일어났다. 슬슬 일어나야 하는 분위기였다. 오늘 여기서 더 할 일은 없을 것 같다.

"그럼 저희는 이만……."

가보겠다는 인사를 하려다 입을 다물었다. 다나베 구니요가 뭔가 할 말이 있다는 눈빛을 보냈다. 게이코는 알아채지 못한 모양이었다.

"……저기, 가기 전에 한 번 더 서재를 둘러봐도 될까요? 뭔가 단서가 있을지도 몰라서……."

'그러세요.'

기시로 게이코는 소리 없이 입술을 움직여 그렇게 말했다.

거실에서 나온 우리는 다시 서재로 들어갔다. 이제 다나베 구니요가 혼자 이곳으로 오겠지.

시오리코 씨는 문 근처의 책장을 위에서부터 훑어보았다. 아까는 의뢰인이 없는 자리에서 구니요와 이야기할 구실을 만들기 위해서라고 생각했지만, 정말 서재를 다시 둘러볼 작정인 모양이었다.

"정리가 잘 안 됐네요."

시오리코 씨가 말했다.

"네? 아, 네……."

아까 나도 그런 생각을 했다. 책장이 쓰러지면 당연히 책도 바닥에 흩어진다. 대지진이 일어난 날 비블리아 고서당도 비슷한 상태였으리라. 책 주인은 거동할 수 없는 상황이니 정리가 잘 되어 있지 않을 만도 하다.

애초에 일일이 정리할 생각이 없을지도 모른다. 금고를 열어주면 그 대신 모든 장서를 매각할 작정이니까.

나는 시오리코 씨를 따라 창문 옆 책장을 훑어보았다. 이 책장은 특히 빈 곳이 많았다. 눈앞에는 신초샤에서 나온 《에도가와 란포 선집》이 꽂혀있었지만, 한 권만 색이 전혀 다른, 하얀 박스에 든 책이 보였다. '에가와 란코'라는 제목이었다.

"……이게 뭐지?"

에도가와 란포를 여자로 만든 듯한 제목이다. 이것도 소설인가? 나는 책을 뽑아 방 한가운데의 책상으로 이동했다. 오염된 곳이 전혀 없는 최상품이었다.

박스에서 책을 꺼내는데 시오리코 씨가 돌아봤다. 그녀는 안경을 올리며 내 손을 들여다보았다.

"다이스케 씨, 그 책……."

"이름이 특이해서요. 이것도 소설인가요?"

"네. 에가와 란코는 란포가 창조한 캐릭터 중 하나예요. 그런데, 그 책……."

그때 다나베 구니요가 나타났다.

"미안해요, 기다리게 해서."

그녀는 그렇게 말하며 내가 든 책을 보았다.

"어머, 뭔가 단서를 찾았어요?"

"아뇨……, 그건 아닌데."

단순히 호기심으로 꺼냈다고 말하기도 뭣했다. 책을 다시 박스에 넣으려다 표지를 싼 파라핀지에 손이 미끄러졌다.

"아!"

시오리코 씨가 낮게 소리쳤다. 나는 허리를 숙여 재빨리 손바닥으로 책을 받았다. 가슴을 쓸어내리며 책을 박스에 넣었다. 아무리 봐도 마이너한 작품이지만, 나름대로 값어치가 있을지도 모른다.

"조심해서 다뤄줘요. 아직은 이 집 책이니까."

다나베 구니요는 살짝 인상을 쓰며 손을 내밀었다. 죄송합니다, 고개를 숙이며 나는 책을 건넸다.

그녀는 입구 옆 책장에 『에가와 란코』를 꽂더니 문을 닫고 시오리코 씨에게 말했다.

"언니한테는 비밀인데, 아가씨한테 부탁하고 싶은 게 하나 더 있어요."

"무슨 부탁이신데요?"

"실은 어제 가야마 씨 아들에게 연락이 왔는데, 금고 열쇠를 못 찾겠다는 거예요."

"네?"

우리는 동시에 소리쳤다. 그러면 대체 어떻게 되는 거지?

"그럼 열쇠가 없다는 말씀인가요?"

내가 물었다. 구니요는 팔짱을 끼며 천장을 올려다보았다.

"그게 말이죠, 잘 모르겠어요. 찾아봤는데 없는 건지, 아니면 찾을 생각이 없는 건지……. 사정을 아니까 대충 짐작이 가겠지만, 가야마 씨 자식들은 언니라면 펄쩍 뛰거든요. 가야마 씨가 돌아가신 뒤에 한번 만나서 이야기하고 싶다고 했는데, 최근까지 계속 거절했고요."

그렇더라도 이상할 건 없다. 어느 자식이 유산까지 상속받은 내연녀를 좋아하겠는가.

"동생인 나도 마찬가지라, 도통 얘기를 들어줄 생각을 안 해요. 그래서 말인데, 아가씨하고 총각이 가야마 씨 댁에 가서 정말 열쇠가 없는지 알아봐주면 안 될까요? 이런 의뢰도 받는다고 했죠?"

터무니없는 의뢰에 나는 순간 할 말을 잃었다. 고서점이 무슨 흥신소인 줄 아는 모양이다.

"그런 의뢰는……."

"알겠습니다. 해볼게요."

시오리코 씨의 대답에 나는 더욱더 아연실색했다. 이런 복잡한 일에 제 발로 뛰어들다니, 대체 무슨 생각인 걸까.

'……생각해보면 이상할 것도 없지.'

여기서 손을 떼면 귀중한 컬렉션을 매입할 기회는 물거품이 된다. 저 금고 안에 든 것도……. 그리고 시노카와 지에코와 이 일이 어떤 관련이 있는지도 모른 채로 끝나고 만다.

하지만 뭔가 꺼림칙한 느낌을 지울 수가 없었다. 조금씩 늪에 빠지는 듯 불쾌한 기분이다. 예전에 시오리코 씨에게 일어난 일을 생각하면 경계해서 나쁠 건 없다. 만에 하나라도 무슨 일이 일어나면 몸을 던져서라도 그녀를 지키겠다고 다짐했다.

"궁금한 게 두 가지 있어요."

시오리코 씨는 손가락 두 개를 펴고 물었다. 다나베 구니요의 표정도 같이 진지해졌다.

"작년 봄에 가야마 아키라 씨가 돌아가신 지 1년이 지났죠. 언니 분은 왜 이제 와서 금고를 여시려는 건가요?"

"아, 그거요."

긴장이 풀린 듯 구니요는 한숨을 쉬었다.

"언니는 계속 그 금고를 열려고 했어요. 그쪽 집에서 말도 못 붙이게 하니까 좀처럼 말을 꺼낼 수가 없었던 거지. ……하지만 큰 병을 앓고, 엎친 데 덮친 격으로 지진으로 다치기까지 하니까 생각이 바뀐 모양이에요."

"바뀌었다…… 면?"

"사람 일이라는 게 내일 어떻게 될지 모르잖아요. 하고 싶은 건 지금 하지 않으면 두고두고 후회가 남으니까. 자매니까 언니 마음은 잘 알아요."

진심이 담긴 무거운 말이었다. 이 사람은 지금 정든 집과 직장에서 멀리 떨어진 이곳에서 살아가고 있다.

"또 묻고 싶은 게 뭔데요?"

창밖으로 시선을 던지며 구니요는 먼저 그렇게 물었다. 휠체어를 탄 기시로 게이코가 발코니에 나와 정원을 바라보고 있었다. 희끗희끗한 긴 머리가 봄바람에 흔들렸다. 뭔가 사색에 잠긴 표정이었다.

"금고에 뭐가 들었는지 구니요 씨는 모르시나요?"

"……난 못 들었어요."

그녀는 아련한 표정으로 대답했다. 같은 표정을 짓자 자매는 신기하리만치 비슷해 보였다. 분명 예전에는 목소리도 비슷했으리라.

"언니 말로는 중요한 게 들었다는데, 그 이상은 몰라요. ……어쨌든 언니의 소원을 들어주고 싶어요."

구니요는 꿈에서 깬 듯 돌아보며 시오리코 씨에게 정중히 고개를 숙였다.

"……잘 좀 부탁해요."

少年探偵団

02

소년탐정단

〈소년탐정단〉 시리즈

에도가와 란포가 1936년부터 1962년에 걸쳐 발표한 아동용 소설 시리즈. 아케치의 조수 고바야시 소년을 위시한 '소년탐정단'과 괴도 '괴인 이십면상'이 등장한다는 규칙이 있다. 대단한 인기를 얻어 30종 넘는 작품이 발표되었다. 작중 괴인 이십면상은 실크해트와 망토를 걸친 괴도의 이미지로 그려진다.

1

기시로 게이코의 집을 나온 우리는 바로 시노카와 가로 돌아왔다.

고부쿠로자카 길 중간에 있는 서양 저택 풍 카페를 지날 때 잠깐 들르지 않겠느냐고 말해봤지만 시오리코 씨는 미안한 표정으로 거절했다. 지난달 결혼한 사촌언니가 집에 와있다고 했다. 그 말대로 시노카와 가의 주차장에는 못 보던 차가 서있었다.

오후나의 집으로 돌아온 나는 오늘 하루 있었던 일을 반추했다. 처음에는 기시로 게이코의 의뢰에 대해, 특히 금고의 내용물에 대해 이것저것 고민해봤지만 어느새 머릿속은 시오리코 씨 생각으로 가득했다.

그녀가 나에게 마음을 터놓고, 나를 의지한다고 너무 스스럼없이 대한 게 아닐까. 이번 여름이면 만난 지 1년이 된다. 그녀와 어떤 사이가 되고 싶은지는 이미 오래 전에 깨달았다. '보답' 이야기를 꺼냈을 때 분위기를 봐서는 시오리코 씨도 어렴풋이 눈치채고 있는 것 같던데.

그런 생각을 하고 있는데 시오리코 씨에게 전화가 왔다. 기시로 게이코가 가야마 아키라에 대한 정보를 정리한 '자료'를 보냈다고 한다. 가급적 빨리 나에게 보여주고 싶은 눈치라 지금 나가겠다고 하자, 피곤하지 않으면 오라고 했다. 피곤하든, 그렇지 않든 시오리코 씨와 다시 만나 이야기하고 싶었다.

나는 스쿠터를 타고 기타가마쿠라의 비블리아 고서당까지 달려갔다. 해가 저물어 날씨도 쌀쌀했다.

불을 밝힌 현관에 들어서 초인종을 누르자 아야카가 지금 나갈 수 없으니까 그냥 열고 들어오라고 대답했다. 아마 저녁 준비로 바쁘겠지.

문을 열자 예상대로 음식 냄새가 풍겼다. 오늘 메뉴는 일식인 모양이다. 뭔가 낯이 익은 낡은 남자 샌들이 현관에 가지런히 놓여있었다. 사촌언니가 아닌 다른 손님이 있는 모양이다.

"……이러쿵저러쿵해도 언니는 엄마한테 『크라크라 일기』를 받았잖아. 나한테는 책은커녕 쪽지 한 장 없었는데. 그만하면 된 거 아니에요?"

부엌에서 목소리가 흘러나왔다. 또 형제싸움인가 싶었는데, 그야 그렇지, 하고 맞장구를 치는 남자 목소리가 들렸다. 이런 복잡한 집안사정을 대체 누구한테 이야기하는 거지?

"우리끼리만 하는 얘긴데, 어제도 유키노시타에 사는 사람이 엄마를 찾아왔어요. 지금 일본에 있는 모양이에요. 집에 와서 얼굴이라도 보여주면 안 되나? 나도 할 말은 많지만, 10년 전에 나간 뒤로 한 번도 못 봐서 화를 내려고 해도 얼굴도 생각이 안 나요……. 아, 오빠, 언니는 2층에 있어요."

신발을 벗고 부엌을 들여다보자 아야카는 식탁 앞에 앉아 참마를 가는 중이었다. 그 옆자리에 앉은 자그마한 남자가 열심히 강낭콩 껍질을 까고 있었다.

주름진 민머리에 동그랗게 뜬 눈. 나이는 아마 오십 대 후반, 구겨진 새빨간 셔츠 위에 낚시꾼들이 입는 그물 조끼를 입었다.

"……여기서 뭐 하세요?"

말을 건네자 시다는 고개를 들었다. 구게누마 다리 밑에 사는 책등빼기 겸 노숙자로, 우리 가게 단골이기도 하다. 하지만 안채에서 보는 건 처음이었다.

"사장 언니가 불렀어. 정리하다 중복된 책들을 처분할 건데 필요한 게 있으면 싸게 가져가라고."

그러고 보니 2층의 장서를 정리하는 중이었다. 시다의 발밑에 놓인 레저시트 재질의 가방에는 문고본이 빼곡히 담겨있었다. 그의 전문 분야는 절판된 문고본이다. 분명 지금까지 안채 창고에서 책을 골랐으리라.

"그러다 이야기가 좀 길어져서. 모처럼 왔으니까 아저씨가 도와주신다고 해서요."

"손을 놀리면 뭐해. 이 아가씨한테도 신세진 게 있으니까."

"신세는요! 맨날 하소연이나 하는데."

두 사람은 하얀 이빨을 보이며 웃었다. 이렇게 사이가 좋은 줄은 미처 몰랐다. 시노카와 아야카의 커뮤니케이션 능력은 언제 봐도 경탄의 경지다. 가끔 가게를 보는 정도지만 모든 단골손님들과 친할지도 모른다.

나는 이야기를 들으며 시다의 가방에 담긴 문고본을 힐끗 보았다. 가도카와문고에서 나온 요코미조 세이시의 『혼진살인사건 · 흑묘정사건』. 『혼진살인사건』은 유명한 작품으로 아는데, 이런 책도 절판된 건가?

"그건 커버가 희귀한 책이야. 『흑묘정사건』이라는 제목은 잠깐 들어갔다 금방 빠졌거든."

내 시선을 알아챈 시다가 설명해줬다.

"읽고 싶으면 빌려줄게."

"……아뇨, 괜찮습니다."

나는 고개를 저었다. 아마 장편일 텐데, 끝까지 읽을 자신이 없었다.

"아, 그러고 보니 자네는 책을 못 읽었지. 체질인지 뭔지는 모르지만 이 일을 계속할 거면 무슨 방법을 찾아야 하는 거 아냐?"

그건 그래도……. 나는 대답하다 말고 고개를 갸웃거렸다.

"제가 시다 씨에게 그 이야기를 했던가요? 제…… '체질' 에 대해."

"아가씨한테 들었어. 언제인지는 모르지만."

시다는 완두콩으로 아야카를 가리켰다. 그녀는 패스라도 하듯 천장을 올려다보았다.

"난 전에 언니한테 들었어요. 혹시 비밀이에요?"

"아니, 딱히…… 감출 일도 아니니까."

남들이 잘 이해하지 못하기 때문에 구태여 말하지 않은 것뿐이다. 아는 사람은 가족과 오래 사귄 친구들 정도였다.

"고우라 오빠, 언니하고 얘기 끝나면 저녁 먹고 갈래요? 먹을 거면 더 준비하고요."

나는 잠시 생각에 잠겼다. 이번 주 식사당번은 내가 아니다. 같이 사는 어머니는 회사 일로 늦게 온다고 했다.

"고마워. 그럼 먹고 갈게."

"고맙긴요. 아저씨는요?"

"난 됐어. 피시방 들러서 샤워하려고."

"그게 뭐에요. 저녁 먹고 가면 되잖아요."

"할인쿠폰 사용 시간이 이제 곧 끝난단 말이야. 요새는 공중목욕탕도 싹 사라져서 목욕 한번 하려면 얼마나 힘든데. 이것만 끝내고 가려고."

"그럼 우리 집에서 씻고 가세요. 순서는 좀 나중이겠지만."

"말은 고마운데 그럴 순 없지. 이런 젊은 아가씨들만 사는 집 욕실을 어디 마음 놓고 쓰겠나? 그치?"

"뭐…… 그렇죠."

심정은 이해가 갔다. 거절할지는 모르겠지만, 나라도 같은 이야기를 들었으면 망설일 거다.

시다는 마지막 완두콩 껍질을 까고 나서 자리에서 일어났다.

"그나저나 궁금한 게 있는데…… 요새 히토리서방 사장하고 무슨 일 있었어?"

"네?"

나는 갑자기 튀어나온 이름에 흠칫했다.

"그게 어디야?"

간 마와 참치 토막을 섞으며 아야카가 물었다. 오늘 저녁 메뉴는 참치 마 덮밥인 모양이다. 이런 음식을 여고생이 만들다니.

"쓰지도. 까다로운 영감이 하는 덴데, 가게는 꽤 괜찮아. 여기 사장 언니도 자주 다닐걸? 거기서 몇 번 마주쳤어."

"그렇구나."

"시다 씨는 히토리서방에 자주 가세요?"

나는 내심 놀랐다. 처음 듣는 이야기였다.

"몰랐어? 내 아지트에서도 가깝고, 미스터리하고 SF 문고본은 값을 비싸게 쳐주니까 종종 들르지."

그러고 보니 그 가게에도 절판 문고본이 제법 구비되어 있었다. 시다가 출입했어도 이상할 건 없다.

"거기 사장님은 시다 씨가 우리 가게에 자주 오는 건 아세요?"

"알겠지. 오늘 오전에 책을 팔러 갔더니 이것저것 묻더라고. 고우라라는 덩치 큰 녀석은 어쩌고 있느냐, 이 가게에는 어떤 손님이 드나드느냐, 여기 사장 언니가 요새 이상한 일을 하지 않느냐……."

"뭐에요? 왜 그런 걸 물어봐요?"

아야카가 인상을 찌푸렸다.

"나도 이상해서 물었는데 순순히 대답할 인간이 아니라……. 아무튼 어떻게 된 거야? 거기 사장하고 무슨 일 있었어?"

"요새는 없어요. 전에 좀 트러블이 있었는데 이미 해결했고요."

『민들레 소녀』 도난사건은 벌써 몇 달 전 일이다. 범인은 찾았고 책도 돌려받았다. 그 사건 이후로 우리가 히토리서방 사장과 만난 적은 없었다.

"그래? 그럼 뭐지……."

"뭘까요?"

그때 히토리서방의 가격표가 붙은 『범죄도감』이 기시로 게이코의 집에 있었던 게 떠올랐다. 그녀와 그 사장이 아는 사이일 가능성이 크다. 혹시 이번 의뢰와 뭔가 관련이 있는 건지도 모른다.

부엌에서 나온 나는 이리저리 머리를 굴리며 계단을 올라갔다.

2

2층으로 올라가자 시오리코 씨는 바닥에 앉아 나를 기다리고 있었다. 두툼한 셔츠와 퀼트 스커트는 아무리 봐도 평상복이다.

"죄송해요, 계속 오시게 해서."

"아닙니다. ……들어갈게요."

실내에는 샴푸나 바디샴푸의 냄새인 듯한 향기가 감돌고 있었다. 시다에게 '순서는 좀 나중이겠지만'이라고 했던 아야카의 말이 떠올랐다. 나는 정면에 앉아 시다에게 들은 이야기를 그대로 전했다.

그녀는 나에게서 눈을 떼지 않고 조용히 귀를 기울였다. 목욕을 막 마치고 나와서인지 뺨과 코끝이 발그레했다. 나는 시선을 어디다 둬야 할지 몰라서 이리저리 눈을 돌렸다.

"……히토리 사장님 일은 지금 신경 쓰지 않아도 될 것 같아요. 다음에 뵐 때 기시로 씨에게 여쭤보죠."

그렇게 말하며 시오리코 씨는 커다란 서류봉투를 나에게 건넸다.

봉투 안에는 빼곡히 글자가 적힌 복사 용지 여러 장이 나왔다. 낮에 보았던 기시로 게이코의 글씨였다. 가야마 아키라의 경력을 자세히 적은 종이인 모양이었다. 첫 번째 장은 가계도였다.

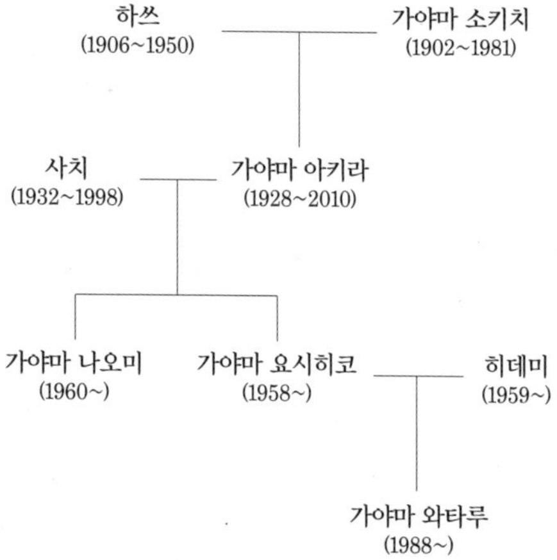

숫자는 생몰년이리라. 현재 살아 있는 가야마 집안의 사람은 모두 네 명이다. 기시로 게이코의 내연남이었던 가야마 아키라는 1928년생. 여든둘에 세상을 떠난 셈이다.

"기시로 씨보다 한참 나이가 많았네요."

가야마 요시히코나 나오미는 기시로 게이코와 비교적 나이가 비슷할 것 같다. 아버지가 자신과 같은 또래의 여성을 내연녀로 삼았다는 건 자식으로서는 분명 불쾌하기 짝이 없는 일이었으리라.

나는 가야마 아키라의 경력을 찬찬히 훑어보았다. 아이치 현 나고야 시 나카 구 출신. 아버지인 소키치도 출신지는 같다. '소키치는 인력거꾼, 여관종업원, 노점상 등 다양한 직업을 전전했고 일가는 가난에 시달렸다. 하지만 1933년에 가족을 데리고 상경, 고무제품 제조회사를 세워 큰 성공을 거뒀고, 이후 생활은 안정됐다.' 기시로 게이코의 성격인지, 냉정하고 담담한 기술이었다.

"군과 거래했다는 건 이 회사를 세운 뒤겠죠."

시오리코 씨가 중얼거렸다. 나는 다음 장을 넘겼다.

성장한 가야마 아키라는 국립대에 입학하여, 졸업하고 몇 년 동안 아버지의 사업을 도운 뒤에 학교법인을 세워 종합전문학교 경영자로 성공했다고 한다. 나도 아는 학교였다. 요코하마에 본교가 있어서, 도카이도 선을 타고 지나가면 건물이 보인다. 내가 다니던 고등학교에서도 해마다 몇 명씩은 그 학교로 진학을 했다. 중고등학교가 같이 있는 사립학교와 사립대학도 같은 재단이었다.

세상을 떠나기 전 해에는 '오랜 교육활동이 인정을 받아 정부에서 훈장을 수여' 받기까지 했다고 적혀있었다. 지금은 아들 요시히코가 학장으로 있다고 한다.

'굉장한 사람이네.'

이 정도면 명사 축에 속한다. 어느 대목을 읽어도 성실한 교육자 자체라, 내연녀와 딴살림을 차렸다는 게 믿어지지 않았다. 마지막 장에는 가야마 집안과 가족이 경영하는 학교 등의 주소, 연락처가 자세히 적혀있었다. 집은 후지사와

시 다이기리였다.

마지막에는 란포 작품에 대한 가야마 아키라의 평가도 적혀있었다.

「2전짜리 동전」, 「심리시험」, 「D언덕의 살인사건」 등 초기 본격추리 단편을 높게 평가했고, 『거미남』이나 『흡혈귀』 같은 통속적인 장편은 그리 좋게 보지 않았지만, 「사람이 아닌 슬픔」, 「오시에와 여행하는 남자」 같은 환상성이나 기괴성이 짙은 단편도 무척 좋아했다.

낮에 했던 이야기보다 더욱 자세히 적혀 있다. 이렇게 읽는 게 훨씬 이해하기 쉽다.

"본격추리는 구체적으로 어떤 소설을 말하는 겁니까?"

오늘 하루 동안 '본격'이라는 말을 여러 번 들었지만, 막연한 이미지만 있을 뿐 구체적인 뜻을 알지 못했다.

"어떻다고 정의를 내리기는 어렵지만…… 제시된 수수께끼가 논리적으로 해결되는 것, 거짓이 섞이지 않은 형태의 단서가 제시될 것, 한마디로 공정한 수수께끼 풀이를 중시하는 추리소설이라고 할까요."

"아, 그렇군요."

나는 맞장구를 쳤다. 머릿속 이미지가 이제야 말의 형태를 얻은 것 같았다.

“실은 란포의 초기작도 지금 시점으로는 엄밀히 공정하다고 말할 수 없는 것들도 있어요. 착상이나 화자의 독창성은 란포의 장점이지만, 세부적인 요소들을 하나로 맞춰 이야기를 만드는 건 어려워했던 모양이에요.”

“그렇군요…….”

“잡지 연재를 시작했을 때는 사망할 예정이었던 등장인물이 결국 살아서 끝을 맞이하거나…… 단행본에서 수정된 부분을 찾아보는 것도 재미있어요. 그러고 보니 데뷔작에서도 트릭의 근간이 되는 부분을 틀려서, 만년에야 수정했다고 해요. 하지만 이건 란포 자신만 몰랐던 게 아니라…….”

이야기가 열기를 띠려던 찰나, 딴 길로 빠지기 시작했다는 걸 알아챘는지 시오리코 씨는 죄송하다는 말을 하며 다시 종이를 보았다. 아니, 상관없는 이야기를 꺼낸 건 난데.

“그나저나 다이스케 씨는 여기 적힌 내용을 어떻게 생각하세요?”

“네? ……글쎄요, 정리가 잘된 것 같은데요.”

나는 바닥에 놓인 종이를 다시 들춰봤다. 가야마 아키라의 기본적인 정보는 모두 기록되어있었다. 마치 흥신소의 뒷조사 결과 보고서 같았다. 하지만 그렇다고 해도…….

"……지나치게 완벽한 것 같군요."

"네."

시오리코 씨는 고개를 끄덕이더니 앉은 채 나에게 다가왔다.

"구니요 씨는 한 시간 전쯤에 이걸 가져오셨어요. 우리가 그 댁에서 나온 지 채 두 시간도 지나지 않았고요. 그때부터 썼다고 해도 너무 빠르지 않나요?"

"하지만 문장 양은 얼마 되지 않으니, 손이 빠른 사람이면……. 어?"

나는 필담을 나누던 기시로 게이코의 모습을 떠올렸다. 그녀는 무척 손이 느렸다. 이런 '보고서'를 재빨리 작성할 만한 사람은 아닐 것 같았다.

"그렇다면…… 가야마 아키라에 대한 보고서를 사전에 만들어놓았던 걸까요?"

"전 그렇게 생각해요."

시오리코 씨는 고개를 끄덕이더니 집게손가락을 세웠다.

"그리고 또 하나. 경력을 써서 가져다주겠다고 하신 분은 이 보고서를 쓴 게이코 씨가 아니라 동생인 구니요 씨에요. 기시로 씨는 동생에게 자세히 지시를 내리고 나서 우리와 만났을 가능성이 커요."

다나베 구니요의 말이 뇌리를 스쳐지나갔다.

'어쨌든 언니의 소원을 들어주고 싶어요.'

"그럼 그 사람이 가야마 집안에 가서 열쇠를 찾아달라고 부탁한 것도……."

"네. 모두 언니의 의지가 아닐까 싶어요……. 실은 아까 이걸 주러 오셨던 구니요 씨가 정식으로 가야마 요시히코 씨에게 연락했다고 하셨어요. 그쪽에 우리 이야기를 하고 내일 저녁에 약속을 잡아두었대요."

"네?"

아무리 그래도 너무 강압적이다. 게다가 계획이라도 한 듯 일이 척척 진행되고 있었다. 우리가 가야마 집안 사람들과 만나도록 물밑에서 계획을 꾸민 게 아닐까.

"뭔가 이상하지 않아요? 여러 모로."

가야마 집안에 가서 열쇠를 받아다 달라고 부탁했으면 될 일이다. 대체 이런 일을 꾸며야 할 이유가 무엇이란 말인가?

"사정은 잘 모르겠지만…… 그분이 어떻게든 금고를 열려고 하는 건 틀림없는 사실이라고 생각해요. 어쨌든 그분들의 언동에는 주의를 기울이는 게 좋겠어요."

"……그 금고에 뭐가 들어있을까요?"

어느새 나도 몸을 바싹 붙이고 있었다. 눈앞의 시오리코 씨의 몸에서 피어오르는 열기가 어렴풋이 느껴졌다.

"란포와 관련된 희귀한 물건이라는 말이 사실이라면, 평범한 고서는 아닐 거예요. 특별한 유품이나 친필 원고일 가능성이 커요. 적어도 시장가치는 백만 엔 이상은 될 거예요."

"그렇게나요? 아, 뭔지 짐작이 가는 겁니까?"

"다이스케 씨, 기시로 씨 댁에서 『에가와 란코』라는 책을 집으셨죠?"

느닷없이 화제가 바뀌어서 나는 당혹스러워하며 고개를 끄덕였다.

"네. 그 책도 소설이라고 했죠?"

"네, 쇼와 5[1930]년에서 6[1931]년까지 당시 탐정소설 작가들이 릴레이 형식으로 발표한 합작소설이에요. 첫 번째 주자가 란포였고, 제목도 물론 직접 지었어요. 어릴 적에 부모를 끔찍하게 잃은 미소녀 에가와 란코가 성장하면서 쾌락과 폭력의 세계에 빠져 기묘한 운명을 걷는 내용이에요.

일종의 놀이 같은 기획이었지만, 당시에는 이런 합작 탐정소설이 여러 편 발표됐어요. 특히 『에가와 란코』는 집필진도 호화로워요. 두 번째 타자는 요코미조 세이시, 그밖에도 유메노 큐사쿠, 고가 사부로, 오시타 우다루, 모리시타 우손……."

요코미조 세이시의 이름은 아까 보았다. 물론 긴다이치

코스케를 탄생시킨 바로 그 작가다. 분명히 그랬던 걸로 기억한다.

"에도가와 란포와 요코미조 세이시가 서로 친했나요?"

"물론이죠. 애초에 지인의 소개로 친해진 요코미조 세이시에게 탐정소설을 써보라고 권한 사람도 란포였어요. 데뷔 기회를 만들어준 거죠. 젊었을 적, 요코미조 세이시는 잡지 편집자로도 활동했는데, 한때 란포를 담당하기도 했어요. 란포가 세상을 떠날 때까지 40년에 걸쳐 교유했죠."

"그랬군요……."

전혀 몰랐다. 아케치 고고로의 아버지와 긴다이치 코스케의 아버지가 그렇게까지 가까운 사이였다니.

"그래서 그 책은 어떤 책인데요?"

"란포의 초판본 중에서 『에가와 란코』가 가장 비싸요."

침묵이 흘렀다. 나는 조심스레 말문을 열었다.

"얼마나 하는데요?"

"최상급이면 백만 엔 이상은……. 그런 희귀본이 아무렇게나 널려 있을 정도니 금고 안에는 훨씬 대단한 게 있을 거예요."

식은땀이 등줄기를 타고 흘러내렸다. 나는 그것도 모르고 마이너해 보이는 작품이라 별생각 없이 집어 들었다. 그래서 책을 떨어뜨릴 뻔 했을 때 시오리코 씨 혼자만 비명을 질렀구나.

"……아마 다나베 씨도 그건 몰랐겠죠?"

그 사람도 거칠게 『에가와 란코』를 책장에 꽂았던 걸로 기억한다. 내 실수를 기막혀하기는 했지만 놀라지는 않았다. 만일 그 책의 값어치를 알았다면 예측하지 못한 사태에 놀란 빛이라도 보였으리라.

"그럴지도요. 고서 수집가의 가족이 고서에 아무 관심이 없는 건 흔히 있는 일이니까요."

나는 시오리코 씨의 얼굴을 빤히 들여다보았다. 남 일처럼 말하는데, 시노카와 자매 역시 마찬가지다. 언니는 극도의 '책벌레' 지만, 동생은 거의 책을 읽지 않았다. 그렇다고 자매 사이가 나쁜 것도 아니다. 그러고 보니 다리를 다친 언니를 살뜰히 보살피는 점도 닮았다.

취미는 다르지만 가족에 대한 애정은 다르지 않다. 일반적인 가족은 그럴 것이다.

'나한테는 책은커녕 쪽지 한 장 없었는데.'

아까 아야카가 했던 말이 아직도 귓가에 남아있었다. 어째서 정말 아무것도 남기지 않았을까. 다른 식구들과 달리 책을 읽지 않는 둘째딸한테는 별 관심이 없었던 건가?

"저기, 다이스케 씨?"

부르는 소리에 고개를 들자 시오리코 씨의 얼굴이 아까

보다 더 가까이 다가와 있었다. 초점을 맞추기 힘들 정도로 가까운 거리였다.

이야기에 정신이 팔렸을 뿐, 다른 뜻이 없는 줄은 안다. 그래도 저도 모르게 주먹을 불끈 쥐었다.

"내일 말인데, 아야카가 마무리하고 들어가겠다니까 저녁에 가야마 씨 댁에 가려고요. 저기, 다이스케 씨는……?"

"네? 물론 저도 같이 가야죠."

그녀는 안도한 표정으로 풍만한 가슴을 눌렀다. 무의식적으로 눈길이 갔다.

"고마워요. 아까 주소를 봤더니 역에서도 멀고 언덕이 많아서 좀 고민하던 차였거든요. 다음에 꼭 보답할 테니……. 왜 그러세요?"

"아, 그게……. 그 보답이란 게 뭡니까?"

동요한 탓인지 그런 질문이 입 밖으로 툭 튀어나왔다. 시오리코 씨는 아, 하고 작게 입술을 벌렸다.

"어머, 내 정신 좀 봐. 제가 말 안 했어요?"

"아, 네."

"보너스요."

순간 머릿속이 새하얘졌다.

"……네?"

"보너스에요. 전부터 다이스케 씨를 이리저리 끌고 다녔잖아요. 요새는 안채 정리까지 도와주시고……. 아, 얼마 되지는 않지만."

시오리코 씨는 두 손가락을 맞대고 꼼지락거렸다. 사랑스러운 몸짓이었지만 그 모습을 바라보는 내 마음은 차갑게 식어갔다.

화를 내는 게 아니다. 내 마음이 요만큼도 전해지지 않은 데 대한 가벼운 절망감과 '보답' 이라는 말에 들떴던 한심한 나 자신에 대한 부끄러움이 머릿속에서 얽히고설켜있었다.

"보답을 바라고 도운 게 아닙니다."

의도했던 것보다 굳은 목소리가 나왔다. 렌즈 너머로 보이는 시오리코 씨의 눈동자가 놀란 듯 휘둥그레졌다.

"보너스 같은 건 안 줘도 됩니다."

작아지는 목소리가 스스로도 한심했다. 뭐, 보너스를 받기 싫다면 거짓말이겠지. 월급이 많은 것도 아니니까.

"그냥 이번 일이 마무리되면 같이 나가지 않을래요? 보너스가 아니라…… 데이트요."

지금까지도 둘이서 외출한 적은 있지만 분명히 데이트라고 못을 박은 건 이번이 처음이었다. 이제껏 망설였던 건 그녀가 '누구와도 결혼할 생각이 없다' 고 선언한 까닭이다. 분명히 의사표시를 했으니 거절당할 거라고 생각했다.

"……데이트."

그녀는 힘없이 중얼거렸다. 잠시 대답을 기다렸지만 가겠다는 말도, 미안하다는 말도 없었다. 놀란 나머지 굳어버린 것 같았다. 어쨌든 의미는 전달됐겠지. 이제 돌이킬 수 없다.

"생각해보세요."

자리에서 일어나 성큼성큼 밖으로 나온 나는 미끄러지듯 계단을 내려갔다.

3

이튿날, 우리는 약속 시간보다 조금 일찍 가야마 요시히코의 집에 도착했다.

호젓한 구릉지의 중턱에 자리한 그 집은 도로가 끊기는 곳에 있었다. 봉고차에서 내린 우리는 장식이 달린 철문과 벽돌로 된 문기둥에 눈이 휘둥그레졌다. 돌을 깔아놓은 오솔길이 나무들 사이로 굽이치듯 뻗어있을 뿐, 밖에서는 건물이 보이지 않았다. 그만큼 대지가 넓은 것이다.

"들어갈까요."

시오리코 씨는 봄기운이 물씬 풍기는 옅은 빛깔의 코트 자락을 휘날리며 말했다.

사전에 들은 이야기대로 우리는 옆문을 통해 안으로 들어갔다.

생각해보면 기시로 게이코가 사는 집도 꽤 컸다. 그러니 원 소유주였던 가야마 아키라의 집이 그보다 작을 리 없었다. 우리가 곧 만날 사람은 말 그대로 자산가의 일족이다.

이내 건물이 모습을 드러냈다. 커다란 2층 저택으로, 하얀 돌벽과 붉은 빛깔 기와의 대비가 눈길을 끌었다. 외관은 잘 관리된 듯했지만, 상당히 오래된 건물인 것 같으니 시나현의 문화재로 지정되었어도 이상할 건 없다고 생각했다.

"근사한 저택이네요. 『소년탐정단』 시리즈에 나올 법한 집이에요."

시오리코 씨는 황홀한 표정으로 한숨을 내쉬었다.

"이십면상이 찾아와도 이상하지 않을 거예요."

"그, 그런가요?"

평소라면 그게 칭찬이냐고 한마디 했겠지만, 오늘은 왠지 멋쩍었다.

어젯밤에 했던 말이 계속 머릿속에 남아서 어떤 태도를 취해야 할지 알 수 없었다. 생각해보라고 한 것까지는 좋았는데, 그동안에도 그녀와 매일 같이 일해야 한다는 사실을 깜빡했다.

시오리코 씨는 평소와 그다지 다를 바 없었다. 정말 생각하고 있는 거냐고 묻는 것도 이상해서 한동안은 분위기를 살피기로 했다.

현관의 묵직한 초인종을 누른 다음, 시오리코 씨는 지팡이를 짚고 허리를 곧추세웠다. 눈높이에 달린, 가로로 긴 창문 사이로 은테안경을 낀 남자의 두 눈이 나타났다. 미간의 깊은 주름이 그의 감정을 대변하고 있었다.

창문이 닫히더니 잠시 침묵이 흘렀다. 뭔가 이대로 계속 기다려야 할지도 모른다는 생각이 들었지만, 이내 육중한 문이 무겁게 열렸다.

기다란 얼굴에 두꺼운 입술이 인상적인 여윈 남자가 안에서 나왔다. 늘어진 뺨과 적은 머리숱으로 보아 오십 줄에 들어선 것 같다. 고급스러운 스웨터에 앞 주름이 잡힌 바지는 평상복 같았지만, 너무 깔끔해서 왠지 작위적인 느낌이 들었다. 백화점 신사복 매장에 놓인 마네킹이 연상됐다.

"저기, 기시로 게이코 씨 의뢰로 찾아왔습니다, 저는 시노카와……."

"아, 고서점에서 오신 분이군요. 다나베 씨는요?"

남자는 내뱉듯 말했다.

"오늘은 저희만 찾아뵀습니다."

다나베 구니요는 자기가 같이 가면 일이 복잡해질 것 같으니 가지 않겠다고 했다고 한다. 남자의 잔뜩 찌푸린 얼굴을 보니 옳은 선택이었던 것 같다. 뭐, 우리에게도 불쾌한 기색을 노골적으로 드러내고 있었지만.

"가야마 요시히코라고 합니다. 안으로 들어가서 얘기하시죠."

나와 시오리코 씨는 저녁노을이 쏟아져 들어오는 응접실로 들어갔다.

큼지막한 가구들은 모두 골동품 같아서 솔직히 영 불편했다. 우리가 2인용 소파에 앉자, 가야마 요시히코는 맞은편의 1인용 소파에 앉았다.

오랫동안 이 집에서 생활해서인지 나와는 달리 무척 편안해 보였다.

"……집이 참 좋네요."

시오리코 씨가 조그만 목소리로 말했다.

"쇼와 초기에 미국인 건축가가 지은 집이라더군요. 몇 년 뒤에 저희 조부님이 구입하셨는데, 그때 쓰던 가구들도 꽤 남아있습니다."

요시히코는 담담하게 설명했다. 그때 문을 열고 짧은 머리의 여성이 들어왔다. 나이는 요시히코보다 조금 어려 보였다. 맞춘 건 아니겠지만 비슷한 디자인의 스웨터 차림이었다.

"여보…… 어머."

우리를 보고 그녀는 의아스레 고개를 숙였다. 아마 요시히코의 아내인 히데미겠지. 우리가 자리에서 일어나 인사를 하려고 하자 요시히코는 그냥 있으라며 손으로 제지했다.

"가마쿠라에서 오신 분들이야. 오래 걸리지 않을 테니 당신은 볼일 봐."

그는 눈썹 하나 까딱하지 않고 아내에게 말했다. 히데미는 남편의 뜻을 알아챈 듯 건성으로 고개를 숙이더니 문을 닫고 나갔다. 집안 사정을 생각하면 어쩔 수 없는 일이지만, 정말 기시로 게이코는 이 집 사람들에게 미움을 받는 모양이었다.

"그래서? 열쇠를 찾으러 오셨다고요?"

"아, 네."

"전에도 말씀드렸지만, 저희는 그 열쇠가 어디 있는지도 모르고, 비밀번호도 전혀 짐작 가는 바가 없습니다. 아버지에게 그런 얘기를 들은 적도 없고요. 저희는 그 금고에 전혀 관심이 없으니 업자를 불러서 마음대로 열라고 했는데……. 왜 일을 이렇게 귀찮게 만드는지 모르겠군요."

"아, 안에 든 물건이 혹시라도 손상될까 걱정하시는 것 같던데요."

시오리코 씨는 상대와 눈을 맞추지 않고 몸을 웅크린 채 말했다. 가야마 요시히코의 당당한 태도 때문이기도 하겠지만, 흡사 선생님에게 꾸중을 듣는 학생 같았다.

"그래서, 결국 그 금고 안에는 뭐가 들어있는 겁니까? 란포에 관련된 희귀한 물건이라고 들었는데."

"그건 저희도 잘……."

"모르면서 그 사람을 돕는 겁니까? 그보다 고서점이 왜 이런 일을 하는 거죠?"

"아버님…… 가야마 아키라 씨가 예전에, 저희 가게를 자주 찾아주셨는데…… 기시로 씨가 그 인연으로 저희에게 비밀번호를 알아내달라고 부탁하셨어요."

여전히 더듬거렸지만 생각보다 무난한 설명이었다. 금고를 열어주면 장서를 매입하겠다, 내용물을 보여준다고 했다는 약속을 일일이 설명하기도 뭣했다.

"그렇군요."

어찌된 영문인지 요시히코의 미간에 잡혔던 주름이 사라졌다. 그는 관자놀이를 손으로 문지르며 탁자 가장자리를 물끄러미 내려다보았다.

"……가마쿠라의 그 집에서 옛날 탐정소설을 그렇게 수집한 게 정말 아버지와 조부님이 맞습니까?"

"저기, 저는 실제로 두 분을 뵌 적은 없지만…… 저, 저희 가게 고객 명부에 가야마 아키라 씨의 주소와 가마쿠라 집

주소가 남아 있었습니다. 저기, 전혀 모르셨나요?"

"몰랐습니다……."

요시히코는 한숨 섞인 목소리로 중얼거렸다. 그제야 그에게서 인간다운 반응을 본 듯한 느낌이 들었다.

"애초에 그 집의 존재조차 몰랐습니다. 아버지가 갑자기 세상을 떠난 뒤에 유언장을 보고 얼마나 놀랐는지. ……우리 식구들은 다들 그랬습니다. 애초에 아버지의 고문 변호사님은 모든 걸 알고 있었던 모양이지만."

시오리코 씨는 옆에서 어색하게 고개를 끄덕였다. 갑자기 복잡한 집안 사정이 나온 바람에 어떤 타이밍에 말을 해야 할지 망설이는 눈치였다.

"결국 유언장대로 일을 진행했습니다. 저희로서도 그 사람의 존재가 밖으로 새어나가면 큰일이니까요. 두 분도 그 점은 염두에 두셨으면 합니다."

"무, 물론입니다. 마, 마음 놓으세요."

참으로 안타깝게도 우리 사장님은 이럴 때조차 말을 더듬는다. 그다지 마음이 놓이지 않았는지, 가야마 요시히코의 미간 주름이 다시 깊어졌다.

조금씩 상황을 파악할 수 있었다. 이 저택을 보면 금방 알겠지만, 가야마 집안 사람들은 이미 상당한 자산을 가지고 있는 까닭에, 내가 생각했던 만큼 유산 분배 문제로 기시로 게이코와 다투었던 건 아닌 모양이었다.

그보다 가야마 요시히코가 걱정하는 것은 '교육자' 인 아버지가 오랫동안 다른 여성과 내연 관계를 맺었다는 사실이 세상에 알려지는 것이다. 아버지의 뒤를 이어 학장 자리에 오른 이 남자에게는 여러 모로 신경 써야 할 점이 많은 것이리라.

처음 보는 우리와 이렇게 만나준 것도 거절했다 혹시나 기시로 게이코를 자극할까 염려한 까닭일지도 모른다.

"가마쿠라의 기시로 씨 댁에…… 찾아오셨죠?"

시오리코 씨가 질문을 던졌다.

"대지진 이후에 처음 가봤습니다. 그때까지는 전화로만 통화했고요."

"어째서 갑자기 만날 마음이 생기신 건가요?"

그러고 보니 그렇다. 그 자매도 '얼마 전까지는 계속 거절했다' 고 했다. 두 사람이 만난 건 최근의 일이다.

"그렇게 큰 병을 앓고, 다치기까지 했는데 어떻게 부탁을 거절하겠습니까."

가야마 요시히코는 그렇게 말했다.

"지난 반 년 동안 그쪽에서 아무 기별이 없어서 뭔가 이상하다 싶었습니다. 변호사에게 물었더니 볼일이 있어서 몇 번 찾아갔는데 번번이 집에 없었다는군요. 입원해있었겠지요."

기시로 게이코는 반 년 전에 수술을 받았다고 했다. 우리가 들은 이야기와 일치했다.

"그 사람은 내가 열쇠와 비밀번호를 관리한다고 생각했던 모양입니다. 아니라고 하자 당혹한 기색이 역력하더군요. 일단 열쇠는 찾아보겠다고 했지만."

가야마 요시히코는 고개를 살짝 저었다. 그 표정에서 기시로 게이코에 대한 동정이 어렴풋이 느껴졌다.

"저기…… 기시로 씨의 내력과 가족관계에 대해 알아보셨나요?"

어젯밤, 자매의 언동에 주의를 기울여야 한다고 했던 말을 떠올렸다. 그 자매에 대한 정보도 얻으려는 것이리라. 가야마 요시히코는 질문의 의도를 파악하지 못한 표정이었지만, 그리 주저하는 기색 없이 대답했다.

"해봤습니다. 미야기 현 출신이고 여동생과 조카 하나가 있더군요. 부모님은 20년 전에 돌아가셨고, 가까운 피붙이도 없다고. 두 분은 이런 사정을 모르십니까?"

"보, 본인 이야기는 잘 안 하셔서요. 저기, 비밀번호를 알아내는 데 도움이 될지도 모르니 기시로 씨에 대해 조금 더 알고 싶어서……. 호, 혹시 실례가 되지 않는다면 아버님과 기시로 씨가 어떻게 만나셨는지 여쭤봐도 될까요?"

여전히 태도는 저자세였지만 질문 내용은 대담했다. 가야마 요시히코는 벌레 씹은 표정을 지었다. 하지만 대답을 피해도 소용없다고 생각했는지 찡그린 표정으로 설명을 시작했다.

"……집안 형편이 그리 넉넉한 편이 아니었는지 민간 장학금을 받아 대학에 진학했습니다. 그 장학재단의 이사가 아버지였고요. 학생이 졸업할 때 이사가 참석한 축하 파티가 열리는데, 거기서 만났다고 들었습니다. 그분은 대학원에 진학해 연구자가 되려고 했다는군요."

"연구자……."

"전공은 근대 대중문학…… 특히 여명기 탐정소설이었던 모양입니다. 당연히 에도가와 란포도 포함됐겠죠."

그런 자리에서는 자연스레 학생의 전공이 화제에 오를 법도 하다. 서로 생각지도 못한 곳에서 같은 취미를 가진 사람을 만난 셈이다.

"고문 변호사에게 들은 이야기로는 처음 몇 년은 정기적으로 만나 취미에 관련된 이야기만 했다는군요. 아버지가 식사를 대접하거나, 아르바이트를 소개해 주기도 하고. 다른 장학생들도 그런 식으로 여럿 후원했습니다. 그런 일을 좋아하는 분이셨거든요."

가야마 요시히코는 잠깐 말을 끊더니 기억을 되짚듯 눈

을 들었다.

"그분은 대학원을 졸업하고 강사가 되었지만, 그것만으로는 생계를 이어가기 곤란해서 다른 아르바이트도 이것저것 겸했던 모양입니다. 그러다 건강을 해쳐서 직장도 잃고, 살 집에도 나가야 할 처지가 되었을 때 아버지가 가마쿠라의 집을 제공했죠. 그게 25, 6년 전 일입니다."

"……할아버님께서 세상을 떠나신 뒤의 일이네요."

시오리코 씨가 말했다. 나는 어젯밤 본 가계도를 떠올렸다. 25, 6년 전이면 1985년 전후다. 가야마 아키라의 부인은 당시 살아있었다.

"맞아요. 가마쿠라 집에 드나들던 것도 아버지 혼자였죠. 처음에는 집과 장서 관리인으로 고용한 모양이지만, 결국은……. 그 고지식한 양반도 결국은 남자였던 거죠."

쓴웃음 섞인 요시히코의 목소리에는 실망의 빛도 섞여있었다. 가야마 아키라는 그에게 자랑스러운 아버지였으리라. 존경했던 만큼 실망도 컸을 테니까.

"……아버님은 란포 이야기를 하지 않으셨나요? 가족들에게."

"아뇨, 금시초문입니다."

가야마 요시히코는 단호하게 부정했다.

"아버지가 탐정소설을 좋아하시는 줄도 몰랐습니다. 집

에서는 거의 서재에 계셨는데, 거기에는 란포는커녕 흔한 소설책 한 권도 없었습니다. ……고지식하고 과묵한, 이렇게 말하긴 뭣하지만 정말 재미없는 분이셨습니다. 적어도 내가 보기에는."

뭔가 이상하다.

분명 기시로 게이코의 말로는 '책을 좋아하고, 밝고, 장난스러운' 사람이라고 했다. 요시히코의 이야기와는 정반대라고 할까, 그냥 딴사람이다. 어떻게 이렇게까지 다를 수 있는 것일까.

"원체 그런 성격이라, 어릴 적에는 엄격하게 자랐습니다. 만화책은 자기 용돈으로도 못 사게 했고, 텔레비전을 본 적도 손에 꼽습니다. 읽어도 되는 책은 위인전과 백과사전, 부모님이 고른 아동문학 정도였죠."

"네?"

시오리코 씨가 나지막이 외쳤다. 어릴 적부터 좋아하는 책은 뭐든 자유롭게 읽었던 그녀에게는 지옥과도 같은 생활이리라. 나 역시 말만 들어도 숨이 막혔다.

"아버님이 금지하신 건가요?"

"아뇨, 어머니의 교육방침이었습니다. 외가가 고위 군인 집안이고, 어머니는 큰딸이라 상당히 엄하게 자라신 모양이에요. 그래서 어머니도 자식들을 엄하게 키우셨고요……. 뭐, 어머니의 교육방침에 아무 말씀 없으셨던 걸 보면 아버지도 같은 생각이셨겠죠. 당신은 좋아하는 탐정 소설을 그렇게나 가지고 계셨으면서."

"하지만 왜 다른 집에 숨겨놓으신 걸까요?"

그런 물음이 절로 튀어나왔다. 아까부터 궁금했던 점이다.

"이 집에 두셨어도 상관없었을 텐데요. 그리고 가족들에게까지 비밀로 했다는 건……."

"지금으로서는 자세한 사정을 알 도리가 없군요. 직업상 남 보기 부끄럽다고 생각하셨을지도 모릅니다. 란포의 성인용 소설에는 잔혹한 묘사가 많지 않습니까? 젊은 여자의 토막 낸 시체를 석고상으로 만들어 장식한다든지."

그래도 나는 납득이 가지 않았다. 이 집에 란포 외의 소설마저 한 권도 없다는 건 너무 도가 지나치다는 생각이 들었다. 뭔가 다른 이유가 있을 것 같은데.

"그러고 보니 『소년탐정단』 시리즈는 예외였지."

요시히코는 문득 생각났다는 듯 말했다.

"아버지가 서점에서 여러 권 사다주셨죠. 25, 6권까지 있었을 겁니다. 어머니는 그것도 너무 자극적이라며 마뜩치 않아 하셨지만요. 란포의 팬이어서였을까요."

"가야마 씨 연배라면 포플러샤의 《소년탐정·에도가와 란포 전집》을 읽으셨겠네요."

책 이야기가 나오자마자 시오리코 씨는 번쩍 고개를 들고 신나게 말하기 시작했다. 지금까지와는 딴사람 같다.

"권수로 미루어보면 아버님은 란포가 쓴 오리지널 소년소설만을 사다주신 모양이에요. 혹시 거미 문양이 들어간 책등과 서양 투구 문양이 들어간 책등이 섞여있지 않았나요?"

가야마 요시히코는 살며시 미소를 지었다.

"역시 고서점 분이라 잘 아시는군요. 맞습니다. 집에 달리 놀 거리가 없어서 몇 번이나 읽었죠."

"이 댁에서 읽으면 정말 실감났을 것 같아요. 부러워요! 실제로 이십면상이 찾아올 것 같은……."

응접실을 둘러보며 시오리코 씨는 아까 했던 이야기를 했다. 혹시라도 상대가 언짢아하지 않을까 걱정했는데, 생각 외로 좋아하는 기색을 보이며 몸을 내밀었다.

"맞습니다. 괴인이 창밖에서 들여다보는 상상을 하거나, 있지도 않은 예고장을 본 기분이 들었죠."

"그럼 소년탐정단 놀이를 하신 적도……."

"물론 있죠. 내가 단장이었고, 단원은 동생과 이웃 아이들이었습니다. 괴인이 찾아왔을 때 대비하려고 마당에 구멍을 파다가 어머니에게 들켜 혼쭐이 나기도 했고……."

열띤 목소리로 이야기하던 요시히코는 퍼뜩 정신이 들었는지 입을 다물었다. 헛기침을 하더니 다시 소파에 기대앉았다. 표정도 가면을 고쳐 쓴 듯 아까까지의 찌푸린 얼굴로 돌아갔다.

"중학교에 올라갈 무렵에는 그런 놀이에서도 졸업했지만요."

그는 그렇게 말하며 자리에서 일어나 아직 앉아있는 우리를 내려다보았다.

"잡담은 여기까지 하죠. 어쨌든 열쇠는 못 찾았다고 전해주십시오."

누가 봐도 쫓아내려는 것임을 알 수 있었다. 하지만 시오리코 씨는 물러서지 않았다. 아직 스위치가 꺼지지 않은 모양이다.

"두 가지만 보여주세요. 보여주시면 군말 없이 나가겠습니다."

요시히코는 눈을 가늘게 떴다. 한눈에도 경계하는 빛이 역력했다.

"뭘 말입니까?"

"아직 가지고 계시다면, 포플러샤에서 나온 《소년탐정·에도가와 란포 전집》을 보여주세요."

"……이유가 뭡니까?"

"일단 확인하고 싶은 게 있어요. 오래 걸리지 않을 거예요."

요시히코는 고개를 돌리고 잠시 생각에 잠겼지만, 이내 마지못한 표정으로 고개를 끄덕였다.

"좋습니다. 창고 책장에 아직 있을 겁니다. 나머지 하나는 뭡니까?"

"아버님이 쓰시던 서재를 보고 싶습니다."

시오리코 씨는 대수롭지 않은 투로 말했다.

4

창고라 불리는 방은 저택 구석에 있었다. 북향의 습한 공간으로, 먼지 쌓인 가구와 박물관에나 있을 법한 낡은 전자제품이 처박혀있었다. 모두 골동품 축에 드는 물건으로, 팔면 제법 큰돈이 될 것 같았다. 그런 생각이 자연스레 드는 건 내가 뼛속까지 서민이기 때문이겠지.

책장은 다리가 달린 텔레비전 옆에 있었다. 낡은 백과사전과 영어회화 교재와 같이 에도가와 란포의 전집이 꽂혀 있었다. 시오리코 씨의 말대로 책등의 마크는 거미와 서양 투구, 두 종류였다. 내가 아는 웃는 가면, 황금가면 무늬는 보이지 않았다.

"……황금가면 무늬로 바뀌기 전에 나온 판이에요."

시오리코 씨가 속삭이듯 설명해주었다. 옆에서 팔짱을 끼고 있는 가야마 요시히코의 눈치가 보였는지 평소보다 설명이 간결했다. 요시히코는 아까보다 훨씬 표정이 좋지 않았다. 그럴 법도 했다. 시오리코 씨의 부탁을 들어주기는 했지만, 언제 마음이 바뀔지 모르는 일이다.

"다이스케 씨, 몇 권을 빼서 판권을 확인해주세요. 거미 마크가 들어간 걸로요."

지팡이를 짚은 시오리코 씨 대신 나는 고개를 끄덕였다.

보아하니 거미 무늬는 시리즈 앞권이고, 투구 무늬는 뒷권인 모양이었다. 앞권은 너덜너덜했지만 뒷권은 비교적 상태가 좋았다. 거미 무늬의 『괴인 이십면상』, 『소년탐정단』, 『투명인간』을 차례로 꺼내 간기면을 펼쳤다.

"……앞권을 즐겨 읽으셨나 봐요."

나는 가야마 요시히코에게 말을 걸었다. 조금이라도 분위기를 누그러뜨리기 위해서였다.

"아버지가 뒷권을 사다주셨을 때는 이미 중학생이었거든요."

차가웠지만 아직 목소리에서 자제심이 느껴져서 내심 가슴을 쓸어내렸다.

"역시 모두 쇼와 40년대[1965년~] 초기에 출간된 판본이네요. ……다이스케 씨, 이 투구 무늬가 들어간 책도 확인해주세요."

"아, 네."

이번에는 『마법박사』, 『악마인형』, 『이십면상의 저주』를 골라 간기면을 펼쳤다. 이쪽이 내가 어릴 적 보았던 『소년탐정단』에 가까웠다.

무전기를 든 아이 그림 옆에 큼지막하게 '가야마 요시히코' 라는 이름이 적혀있었다. 그러고 보니 다른 책의 커버에도 서명이 되어있었다.

"……모든 책에 이름을 적어두셨나요?"

나는 다시 물었다. 아까보다 표정이 훨씬 좋지 않았다.

"동생이 말도 없이 가져가서 울컥한 마음에 써놓은 겁니다. 아직 어렸으니까요. 이름을 써놓은 책은 절대 건드리지 말라고 명령했는데……. 그나저나 아직 안 끝났습니까?"

"죄송합니다. 다 끝났어요. 다이스케 씨, 다시 꽂아주세요."

나는 『이십면상의 저주』를 제자리에 꽂았다. 시오리코 씨는 가야마 요시히코를 돌아보며 정중하게 인사를 했다.

"감사합니다……. 그럼 아버님의 서재로 갈까요?"

"그전에 지금 뭘 확인한 겁니까?"

"일단 발행 날짜를. ……모두 가야마 씨가 어릴 적 발행된 판본이고, 다른 판본은 없었습니다. 아버님은 정말 가야마 씨를 위해서 이 전집을 사 오신 거예요."

"당연한 소리를 하는군요. 그러니까 내 말은 대체 왜 그걸 확인했느냐는 겁니다."

시오리코 씨는 입을 다물었다. 그리고 이내 곤혹스러운 표정으로 고개를 저었다.

"……서재를 보고 나서 말씀드려도 될까요? 순서대로 설명 드리는 게 나을 것 같아서요."

그런 말을 들으면 서재를 보여줄 수밖에 없다. 요시히코는 쯧, 하고 혀를 차더니 앞장서 걸음을 옮겼다. 시오리코 씨도 지팡이를 짚고 그 뒤를 따랐다.

정말 순서대로 설명하려는 건지, 아니면 확실히 서재를 보기 위해 뒤로 미룬 것인지는 모르지만 어찌됐든 보통내기가 아니라고 생각했다.

2층에 있는 가야마 아키라의 서재는 입구부터 다른 방과 달랐다. 긴 나무판으로 장식된 아름다운 문은 무척 튼튼하고 육중해 보였다. 시오리코 씨가 한 손으로 열지 못해서 내가 도와야 할 정도였다.

"노송나무로 만든 문입니다. 어릴 적에는 여는 데 애를 먹었죠. 아버지가 좋아하셨어요. 안의 가구도 전부 노송나무고요."

요시히코의 설명을 들으며 서재로 들어갔다. 생각보다

넓었고 천장도 높았다. 좌우 벽에 붙박이식 책장이 달려있었고, 정면 창문 앞에 문과 같은 빛깔의 커다란 책상이 놓여있었다. 여기 들어온 사람은 책상에 앉은 주인과 마주보게 된다. 입구 옆에는 1층에서도 보았던 소파와 테이블이 있었다. 뭔가 교장실이 연상되는 인테리어였다.

"이 방은 아버지 생전의 모습 그대로 보존해두었습니다……. 말해두는데 찾아봤지만 열쇠 같은 건 없었어요."

요시히코는 먼저 못을 박았다. 시오리코 씨는 책장 쪽으로 시선을 돌렸다.

"아버님은 여기서 오래 시간을 보내셨나요?"

"……식사가 끝나면 잠자리에 들기 전까지 대부분의 시간을 이곳에서 보내셨죠. 일을 하시기도 했고, 가까운 손님도 거의 여기서 맞이하셨습니다."

책장에는 역사나 교육에 관한 책이 많았다. 일렬로 꽂힌 《일본사상대계》나 《메이지문화전집》이 눈에 띄었다. 그밖에도 인명사전이나 외국어사전, 점자나 수화에 관한 자료 등. 아마 고학력의 교육자에게 걸맞은 책이겠지만, 개인의 취미를 전혀 엿볼 수가 없었다. 마치 도서관의 책장 같았다.

"이 집에서 아버님의 장서는 여기에 있는 게 전부인가요?"

"……그런데요."

"가족 분들도 이용하시고요?"

"나나 아내는 찾아볼 게 있을 때 자주 이용했어요. 아버지도 생전에 마음대로 읽으라고 하셨고요. ……그건 왜 물어보는 겁니까?"

시오리코 씨는 구석에 있는 문 앞에 서있었다.

"안을 봐도 될까요?"

가야마 요시히코는 후, 한숨을 쉬었다. 마음을 가라앉히려는 모양이었다.

"……그러시죠. 그 안은 정리해서 아무것도 없지만."

말이 끝나기도 전에 시오리코 씨는 문을 열었다. 안은 수납공간이었다. 시오리코 씨는 지팡이를 짚고 상반신을 들이밀어 여기저기 조사를 하더니, 이내 다시 문을 닫았다.

"……그렇구나."

혼자 뭔가 고개를 끄덕일 뿐 아무 설명도 없었다.

"아까부터 대체 뭘 조사하는 겁니까? 이제 좀 말해주시죠."

가야마 요시히코가 언성을 높였다. 인내심이 한계에 이른 모양이었다.

시오리코 씨는 꿈쩍도 하지 않고 조용히 입을 열었다.

"기시로 씨 댁의 서재를 봤을 때부터 줄곧 이상하다고 생각했어요. ……왜 란포의 성인용 작품밖에 없을까 하고요."

"그게 무슨 소리죠?"

버릇처럼 나는 그렇게 물었다. 시오리코 씨는 책상 쪽으로 다가가며 대답했다.

“《소년탐정단》 시리즈 같은 아동 소설이 한 권도 없었어요. 그 집에 있던 컬렉션에서는 그 부분만 쏙 빠져있었죠.”

생각해보니 나도 아는 『괴인 이십면상』이나 『소년탐정단』이 없었다. 봤다면 기억에 남았으리라.

“성인용 소설과는 경향이 다르니 이상할 건 없겠죠. 그게 그렇게 중요한 일입니까?”

가야마 요시히코는 어처구니없다는 듯 말했다.

“아버지가 《소년탐정단》을 수집하다니, 그거야말로 상상이 가지 않는군요. 성인 소설을 애독하는 것보다 훨씬 어울리지 않아요.”

하지만 아들인 요시히코도 포플러사의 전집을 아직도 보관하고 있다. 아버지나 아들이나 서로 피장파장이다.

“하지만 초기 본격추리 단편이었던가요, 그런 걸 높이 평가했다고 했으니 아동 소설 쪽은 싫어했던 게 아닐까요?”

“객관적인 평가와는 달리 옛날에 애독했던 작품을 수집했어도 이상할 건 없죠? 가야마 아키라 씨가 란포 팬이 된 계기는 《소년탐정단》 시리즈일 가능성이 무척 커요.”

“그걸 어떻게 압니까?”

그런 이야기는 아무에게도 듣지 못했다. 그 ‘보고서’에도 그런 내용은 없었다.

"가야마 아키라 씨는 '전쟁 전에 잡지에 연재되던 소설을 읽고 에도가와 란포의 팬이 되었다' 고 하셨죠. 하지만 태어난 해는 1928년…… 쇼와 3년이에요. 소설을 읽기 시작한 건 빨라도 1935년 이후였겠죠.

당시 란포는 『괴인 이십면상』의 성공에 힘입어 성인 소설과 아동 소설을 잡지에 연재하고 있었어요. 전전에 마지막으로 잡지에 연재된 성인 대상 장편 『유귀의 탑』이 끝난 게 쇼와 15[1940]년이니까……."

"아, 그렇구나."

그제야 이해가 갔다. 쇼와 15년에 가야마 아키라는 겨우 열두 살 어린애였다.

"성인 대상 소설을 읽기에는 조금 이르…… 아, 하지만 무슨 일이든 예외는 있겠지만요."

본인도 말하다 알아챈 모양이다. 나는 터져 나오는 웃음을 참았다. 그녀야말로 어릴 적부터 성인용 소설을 읽어온 '예외' 다.

"……아, 저기, 서랍을 열어봐도 될까요?"

시오리코 씨는 가야마 요시히코에게 물었다. 이제 마음대로 하라는 듯 그는 손을 내저었다. 시오리코 씨는 차례대로 서랍을 열어 안을 확인했다.

중단되었던 이야기가 다시 시작될 때까지 잠시 시간이 걸렸다.

"……그때 생각했어요. 《소년탐정단》 시리즈를 좋아하지 않으셨던 게 아니라, 오히려 가장 애착을 가지고 계셔서, 자택 어딘가…… 언제든 꺼내볼 수 있는 곳에 놓아두신 게 아닐까 하고요."

창고 책장에 꽂혀 있던 《소년탐정 · 에도가와 란포 전집》을 떠올렸다.

"그럼 아까 본 포플러샤의 전집이 그건가요?"

내 발언에 요시히코가 인상을 찌푸렸다.

"무슨 소립니까. 그건 내 것이지 아버지의 책이 아닙니다."

"네. 그건 가야마 씨의 책이에요."

시오리코 씨는 순순히 동의했다.

"애당초 포플러샤의 그 전집은 너무 새것이에요. 옛날부터 팬이었다면 훨씬 오래된…… 다른 출판사에서 나왔던 단행본을 수집하셨다고 봐야겠죠."

"네? 다른 출판사에서도 나왔나요?"

계속 같은 출판사에서 나온 줄 알았다.

고개를 숙이고 있던 시오리코 씨가 힐끗 내 얼굴을 보며 미소 지었다. 여기서부터 본론인 모양이다. 오늘 하루 내내

남 눈치를 살피기에 급급했던 분위기가 어느새 온데간데없이 사라져있었다. 이 사람에게 책 이야기를 듣는 건 역시 즐겁다.

"네. 전쟁 전에 나온 첫 단행본인 고단샤판…… 그리고 전쟁이 끝나고 나온 『철인Q』까지 스물세 권이 출판된 고분샤판 《소년탐정 · 에도가와 란포 전집》이 유명해요. 그 둘 중 하나나, 또는 둘 다 이 댁 어딘가에 있는 게 아닐까 하고……."

"그런 거 없습니다."

가야마 요시히코가 즉각 부정했다.

"아버지가 돌아가신 지 1년이나 됐습니다. 그런 게 있다면 누군가가 찾았겠죠."

"네……, 그냥 두었다면 찾아냈겠죠. 하지만 어딘가에 꼭꼭 숨겨놨다면 어떨까요. 이를테면 비밀 책장 같은 데에요."

"어처구니없는 소리. 그야말로 란포 소설도 아니고, 그런 걸 만드는 사람이 있을 리 없잖습니까."

요시히코는 코웃음을 치며 웃었다. 솔직히 뜬금없는 이야기이긴 했지만, 나는 그럴 수도 있겠다고 생각했다. 열광적인 란포 마니아라면 기뻐하며 만들었을지도 모른다. 소년탐정단의 애독자였던 아이가 집 마당에 구멍을 팠듯이. 기시로 게이코도 자신의 연인을 '장난꾸러기 소년 같은 데가 있던' 사람이라고 했으니…….

"열쇠는 찾지 못했다고 하셨죠?"

시오리코는 말을 이었다.

"가야마 아키라 씨는 란포에 관한 물건을 가족들에게 숨겨오셨어요. 금고 열쇠도 《소년탐정단》 단행본과 함께 숨겼다면……."

"그쯤 하시죠."

요시히코는 진절머리가 난다는 듯 말했다.

"그쪽이 하는 말은 결국 상상에 지나지 않아요. 옛날 《소년탐정단》 책을 아버지가 소장하고 계셨다는 증거가 어디 있습니까?"

"……이걸 보세요."

그녀는 서랍에서 작은 뭔가를 꺼내 책상 위에 올려놓았다.

"뭔가 증거가 없을까 찾아본 거예요."

나와 요시히코도 책상 가까이 다가갔다. 그것은 금속으로 된 둥근 배지였다. 'BD' 라는 알파벳이 새겨져있었다.

"이게 뭡니까?"

"BD배지에요. 멋진 디자인이죠?"

시오리코 씨는 신이 난 목소리로 말했다.

그러니까 BD배지가 대체 뭐냐는 얘기였는데.

"그게…… 대체 무슨 배지입니까?"

"B는 BOY, D는 DETECTIVE. 한마디로 소년탐정단의 약자에요. 소년탐정단의 기장으로, 이 시리즈에 자주 등장하는 아이템이죠. 다양한 용도가 있는 물건이에요."

그때 기시로 게이코의 서재에서 보았던 셀룰로이드 황금가면이 머릿속에 떠올랐다. 소설에 등장하는 아이템이 현실에 존재한다는 건…….

"이것도 판촉이나 홍보에 쓰인 물건인가요?"

시오리코 씨의 눈이 휘둥그레졌다. 그 얼굴에 놀라움과 기쁨이 번졌다.

"맞아요! 아세요?"

"몰랐는데…… 왠지 느낌이 그럴 것 같아서요."

"느낌으로 알았다고요? 굉장하네요! 다이스케 씨, 정말 대단해요!"

가슴속에서 이상야릇한 감동이 솟아올랐다. 이런 무조건적인 칭찬을 받은 게 얼마만일까. 여운에 젖은 나에게 그녀는 신이 난 표정으로 설명을 계속했다.

"처음에는 쇼와 30[1955]년, 《소년탐정단》 시리즈가 연재된 잡지 《소년》에서 경품으로 제작됐어요. 그게 큰 호평을 받자 다양한 부록과 선물이 기획되었고, 나중에는 통판으로도 판매했죠. 시기에 따라 디자인에 미묘한 차이가 있지만, 아마 이 배지는 단행본 독자에게 준 특전 선물이었을 거예요."

"특전 선물요?"

"네. 쇼와 30년대, 고분샤판 《소년탐정 · 에도가와 란포 전집》의 단행본에는 한 권에 한 장씩 응모권이 붙어있었어요. 세 장을 모아서 보내면 BD배지 한 개를 받을 수 있었죠."

지금까지 들은 이야기를 정리했다. 그 특전이 가야마 아키라가 쓰던 책상 서랍에서 나왔다는 건…….

"고분샤 단행본을 적어도 세권 가지고 있었다는 거네요."

비밀 책장에 넣어뒀는지는 모르지만, 적어도 어딘가에 있었을 터다.

'여전히 굉장하네.'

나는 순수하게 감탄했다. 나처럼 '왠지 느낌으로' 알아맞힌 게 아니다. 사소한 단서를 통해 장서의 존재에 조금씩 다가가고 있다. 평범한 사람의 눈에는 보이지 않는 것이, 고서에 관해 뛰어난 통찰력을 가진 이 사람에게는 보이는 건지도 모른다.

나는 가야마 요시히코를 돌아봤다. 여전히 침묵을 지키고 있었지만 성난 기운은 느껴지지 않았다. 차분한 눈빛으로 잡아먹을 듯 배지를 바라보고 있다.

"난 이걸 본 적이 있습니다. ……아주 옛날에."

그는 속삭이는 듯 작은 목소리로 말했다.

"그게 언젭니까?"

내가 물었다.

“아마 내가 중학교 1학년인가 2학년 때, 근처에서 친구와 놀던 동생이 이것과 똑같은 배지를 달고 있었죠. 특이한 디자인이라 뭔가 싶었는데……. 왜 BD배지인 줄 몰랐을까요. 그렇게 좋아하던 시리즈인데.”

내가 보기에는 딱히 이상할 건 없는 일이었다. BD배지가 실제로 존재하는지 몰랐다면 넘어갈 수도 있는 일이다. 더구나 그 즈음에는 《소년탐정단》 시리즈를 손에서 놓은 시기였다고 하니 말이다. 그보다 왜 요시히코의 동생이 이 배지를 가지고 있었는지가 의문이었다.

“괜찮으시다면, 동생 분께도 이야기를 들어보고 싶습니다. ……지금은 어디 사시죠?”

시오리코 씨의 질문에 요시히코는 쓴웃음을 지었다.

“같이 삽니다. 요샛말로 돌싱이거든요.”

이혼했다는 뜻인가. 그러고 보니 가계도에서도 가야마 성을 따르고 있었다.

“그 나이를 먹고도 어린애 같은 애라. 오늘은 일하러 갔습니다. 야근할지도 모르겠다고 하던데…… 두 분과도 관련이 있는 일을 합니다.”

“저희와요?”

“동생은 고서점에서 일합니다. 아까 말씀드렸죠? 우리

남매와 같이 소년탐정단 놀이를 하던 동네 아이, 그 친구가 어른이 되어 회사를 그만두고 차린 가게에서요. 아실지도 모르겠군요."

가야마 요시히코는 한숨을 쉬더니 말을 이었다.

"쓰지도에 있는 히토리서방이라는 곳입니다."

5

가야마 가에서 나온 우리는 다시 봉고차를 타고 쓰지도로 향했다. 요시히코가 동생에게 연락을 했지만, 근무 중이라 받지 않은 모양이다. 망설인 끝에 직접 히토리서방에 찾아가기로 했다.

국도를 타자마자 심한 정체로 길이 막혔다. 때마침 완만한 커브에 접어든 구간이었는데, 저 멀리까지 이어진 후미등이 보였다. 태양은 서쪽 하늘로 저물었고, 밤이 시작되고 있었다.

현세는 꿈, 밤의 꿈이야말로 진실

나는 란포의 말을 떠올렸다. 하지만 아직 꿈을 꾸기에는 이른 시간이다. 현실 세계에서 생각해야 할 일이 있다.

"어떻게 생각해요?"

나는 조수석의 시오리코 씨에게 물었다. 어제 시다의 이야기를 통해 히토리서방의 사장, 이노우에가 이번 일에 관련되어 있을지도 모른다는 생각은 했지만, 설마 이런 연결고리가 있을 줄이야.

"역시 그랬구나. 이해가 가네요."

시오리코 씨는 혼자 고개를 끄덕거렸다. 뭐가 역시 그렇다는 거지?

"무슨 말입니까?"

"어제 말했잖아요. 히토리 사장님…… 이노우에 사장님은 란포에게 특별한 애착이 있다고."

"아."

나는 그녀를 보며 말했다.

"그러고 보니 물어보려고 했는데 깜빡했네요. 구체적으로 어떤 애착을 가졌다는 겁니까?"

"데뷔 전에 란포가 센다기의 단고자카에서 고서점을 경영했다는 얘기는 했죠? 가게 이름이 '산닌三人, 일본어로 '세 명' 서방'이라고 해요. 동생 둘과 셋이서 시작했다고 그런 이름을 지었다는데…… 히토리ヒトリ, 일본어로 '한 명' 서방이라는 이름은 거기서 따왔을 거예요."

그랬구나. 이노우에는 혼자 경영하니까 히토리서방인가……. 소꿉친구를 아르바이트로 고용하기는 했지만. 어릴 적부터 소년탐정단 놀이를 같이 했다니, 둘 다 란포의 팬일지도 모른다.

"잠깐만, 그러고 보니 그 가야마 나오미 씨를 만난 적이 있잖아요. 작년 가을쯤에요."

자그마한 '내기' 결과 시오리코 씨의 소원대로 고서점 순회를 하다 마지막으로 히토리서방에 들렀었다. 사장은 없었지만 중년 여성이 가게를 보고 있었다.

"아마 그분일 거예요."

시오리코 씨는 고개를 끄덕이더니 갑자기 진지한 표정으로 말했다.

"히토리 사장님은 아실지도 몰라요."

"……네?"

"가족들에게는 비밀로 했던 가야마 아키라 씨의 취미를…… 그리고 기시로 씨와의 관계도. 유키노시타 댁에 히토리서방에서 구입한 책이 있었잖아요."

"하긴……."

가야마 아키라와 기시로 게이코가 히토리서방의 고객이었다면 그들의 연결고리는 생각보다 복잡해진다. 아들 요시히코는 아버지의 비밀을 까맣게 몰랐던 모양이지만…….

"거기서 일했던 가야마 나오미 씨는 뭔가 알고 있을까요?"

오빠의 이야기로는, 가야마 나오미는 간사이의 포목점으로 시집을 갔다 3년 전에 이혼하고 친정으로 돌아왔고, 그 뒤로 히토리서방에서 일한다고 했다. 같은 동네의 이노우에 집안과는 오랫동안 가깝게 지냈다고 한다.

"그건 아직 모르는 일이지만…… 아무것도 모르지는 않겠죠. BD배지 일도 마음에 걸리고요."

"역시 그 배지는 아버지에게 받았을까요?"

"아니면 몰래 훔쳤던지…… 물론 그밖의 수단으로 입수했을 가능성도 있지만요. 좌우지간 가야마 나오미 씨가 초등학교에 다녔던 건 쇼와 40년대1965~예요. 쇼와 30년대에 유통됐던 배지를 실시간으로 입수할 수는 없죠."

어쨌든 만나서 이야기를 들어보는 수밖에 없다.

처음에는 금고 열쇠를 찾아 나선 것이었는데, 어느새 일이 꼬였다. 《소년탐정단》 시리즈가 보관된 '비밀 장소'가 정말 존재하는지 나는 잘 모르겠지만, 뭔가 단서는 얻을 수 있으리라.

멀리서 신호가 바뀌자 그제야 늘어선 차들이 움직이기 시작했다.

히토리서방은 쓰지도 역 근처의 조용한 거리에 있다. 가게 근처 길에 차를 세우고 우리는 차에서 내렸다. 이미 폐점 시간이 지나서 '영업 준비 중'이라는 패널이 입구에 달려있었지만, 가게 안에는 환하게 불이 켜진 상태였다.

건너편에서 유리문 너머를 바라보자 앞치마를 두른 여자가 안쪽 책장의 먼지를 털고 있었다. 자그맣고 마른 체구의 여자는 긴 머리를 하나로 묶었다. 야근을 한다고 들었는데, 그다지 바빠 보이지는 않았다.

"다이스케 씨, 히토리 사장님의 차가 없네요."

시오리코 씨가 가게 옆의 주차장을 가리키며 말했다. 이노우에의 차가 무엇인지는 모르지만 분명히 한 대가 들어갈 만한 공간이 있었다.

"……출장 매입을 나갔는지도 모르겠네요."

그렇다면 그녀가 바빠 보이지 않는 것도 이해가 갔다. 사장이 책을 매입해 오면 정리하는 걸 돕기로 한 것이리라.

어쨌든 이노우에가 자리를 비운 건 우리에게는 잘된 일일지도 모른다. 그 사람이 시오리코 씨를 환영할 리가 없다. 미리 가게로 전화를 걸지 않았던 것도, 사장이 받으면 이름을 대자마자 끊어버릴 게 분명했기 때문이었다.

문을 열자 여자가 뒤돌아봤다. 긴 얼굴은 오빠 요시히코와 닮았다. 서늘한 눈매가 인상적이었지만, 나이를 말해주듯 얼굴에는 주름이 보였다. 분명 예전에 우리가 이곳에서 보았던 사람이다.

"이치로, 왔어? ……어머, 아니네? 죄송하지만 영업 끝났어요."

'이치로' 라는 목소리가 귓가에 남았다. 그녀는 이노우에 사장을 그렇게 부르는 것이다. 그러고 보니 사장의 풀네임은 '이노우에 다이치로' 인 걸로 기억한다. 이치로는 애칭일까? 그만큼 애칭이 어울리지 않는 사람도 없을 것 같은데.

"저, 저기…… 저희는 비블리아 고서당에서 왔는데요. 지금 잠시 시간 좀 내주실 수 있을까요? 좀 복잡한 사정이 있어서……."

"나한테 볼일이 있다고요?"

상대는 당혹스러워하며 물었다. 가게 이름을 말해도 별 반응이 없었던 걸 보면 이노우에와 시노카와 모녀의 사이가 좋지 않다는 사실을 모르는 건지도 모른다.

"네. 실은 방금 오빠 분이신 가야마 요시히코 씨를 뵙고 오는 길인데……."

시오리코 씨는 더듬더듬 사정을 설명했다. 기시로 게이코의 의뢰로 금고 열쇠와 비밀번호를 찾고 있으며, 그 과정에서 가야마 저택 안에 란포에 관련된 물건이 들어있을 만한 비밀장소가 없는지 조사하고 있다는 이야기를 했다.

가야마 나오미는 의뢰인의 이름을 말한 순간에는 낯빛이

바뀌었지만, 끝까지 조용히 이야기에 귀를 기울였다.

"……미안하지만 나는 짚이는 데가 없어요."

그녀는 담담하게 말했다.

"아버지와는 거의 대화가 없었거든요. 딸을 예뻐하는 아버지가 아니었죠……. 아버지가 어딘가에 그런 비밀장소를 만들었다 해도, 나한테 말해주지는 않았을 거예요. 내 생각에 오빠가 모르면 아무도 모를 거예요."

거짓말인지 아닌지 내 눈으로는 가려낼 수 없었다. 시오리코 씨는 그렇군요, 하고 고개를 끄덕이며 말을 이었다. 가야마 나오미에게 조금 익숙해진 모양이다.

"가야마 씨도 《소년탐정단》 시리즈를 좋아하셨다면서요? 다 같이 소년탐정단 놀이를 하셨다고 들었어요."

"네, 그랬죠. 그때가 그립네요."

불현듯 그녀는 하얀 이를 보이며 생긋 웃었다. 젊다기보다는 앳된 느낌의 미소였다. 전체적으로 차분한 인상이었지만, 사실 본래 모습은 이쪽일지도 모른다. 오빠인 요시히코도 아이 같은 데가 있다고 했다.

"오빠가 단장이었고, 나하고 이치로가 단원이었죠. 그 시리즈를 선물 받은 오빠가 정말 부러웠어요. 잘 빌려주지도 않아서 처음에는 도서관에서 빌려보다가 나중에는 밤중에 몰래 가져다 읽기도 했죠."

거기서 나오미의 표정이 어두워졌다.

"하지만 얼마 안 있어 어머니가 못 읽게 했어요."

"네? 왜죠?"

시오리코 씨는 놀란 듯 물었다. 독서를 제한하는 이야기만 나오면 민감한 반응을 보였다.

"오빠와 소년탐정단 놀이에 푹 빠져있을 때, 제가 정원에 함정을 파자고 한 적이 있어요. 어머니가 보시고 혼내셨는데, 나중에 저만 따로 불러다 더 따끔하게 혼내셨어요. 남자애들이나 보는 저속한 책을 여자애가 읽으면 어쩌느냐고. 벌로 학교 도서실과 시민도서관 출입증도 뺏겼고…… 중학교 때까지 돌려주지 않으셨어요."

"……."

충격이 컸는지, 시오리코 씨는 말문이 막힌 듯했다. 분명 자신이 그런 처지였다면, 하고 생각하는 것이리라. 내가 대신 말했다.

"너무 지나친 처사이신 것 같은데요."

"맞아요. 당시에도 그렇게까지 하는 엄격한 부모는 거의 없었어요. 하지만 어머니 입장에서는 자기가 배운 대로 아이를 가르친 것이었는지도 몰라요."

요시히코는 고위 군인의 집에서 큰딸로 태어난 어머니가 엄격한 가정교육을 받았다고 했다. 나오미 역시 가야마 집안의 큰딸이다.

"지금 생각해 보면 어머니 심정도 이해가 가요. 군인 집안에 태어난 탓에 전쟁이 끝난 뒤에는 힘든 일도 많이 겪으셨대요. 언제나 남의 눈을 의식하고 자신을 엄히 다스려야 한다는 강박관념이 있었겠죠. 그런 점은 반쯤 아버지와 닮았어요."

반쯤이라는 건 무슨 뜻일까. 그 질문을 던지기 전에 그녀는 마음을 다잡은 듯 환한 표정을 지었다.

"하지만 어머니가 못 보게 했다고 굴할 내가 아니었어요. 읽고 싶은 권을 밤중에 몰래 가지고 나와서 이불을 뒤집어쓰고 읽었죠. 이치로와 소년탐정단 놀이도 계속했고요."

"시리즈 중에 어떤 작품을 좋아하셨나요?"

그제야 충격에서 벗어났는지, 시오리코 씨가 말문을 열었다.

"여자애들 대상으로 나온 작품도 좀 있었잖아요. 『탑 위의 마술사』나…… 특히 『마법인형』을 좋아했어요. 특이한 제목이라 관심을 가졌는데…… 푹 빠져서 읽었죠."

"저도 그 작품 좋아해요!"

안경 너머의 두 눈이 반짝였다.

"인형이라는 이색적인 주제를 다룬 후기의 수작이죠! 인간을 조금씩 인형으로 바꾸는 신비한 힘을 가진 노인에 맞서는 소년탐정단……. 반은 인간이고 반은 인형인 수수께끼의 미소녀가 인형이 되는 게 얼마나 멋진 일인지 설파하는 대목이 특히 좋았어요!"

"맞아요, 후반에는 소녀탐정 하나자키 마유미가 남장을 하고 적의 아지트로 잠입해……."

"주머니 소년과 같이 가는 장면이죠!"

"맞아요, 아지트 지하의 정글에서 갑자기 고릴라의 습격을 받기도 하고…… 당시에 읽으면서 얼마나 가슴이 뛰던지."

두 여자가 신이 나서 이야기를 나누는 동안 나는 완전히 소외됐다. 하지만 마음에 걸리는 점이 있었기에 타이밍을 봐서 시오리코 씨에게 물었다.

"소년탐정단인데 소녀탐정이 있나요?"

"《소년탐정단》 시리즈의 대다수는 소년 대상 잡지에 연재됐지만, 몇몇 작품은 소녀잡지인 《소녀 클럽》에서 발표됐어요. 게재지에 맞춰 소녀의 출연 빈도를 늘렸겠죠. 하나자키 마유미는 소년 단원들의 '누님' 격 존재로, 만일의 사태가 일어났을 때는 지휘권을 가지기도 한다는 설정이에요."

시오리코 씨는 막힘없이 설명하더니 그 기세로 가야마 나오미에게 물었다.

"BD배지를 가지고 계셨다고 들었는데, 선물 받으신 건

가요?"

나오미의 얼굴이 갑자기 굳어졌다. 분위기 역시 가라앉았다.

"아뇨. 그게 아니라…… 아버지 책상 서랍에 있던 걸 꺼내서 놀았어요. 물론 쓰고 나서는 다시 제자리에 갖다 두었고요."

"아버님이 어떻게 BD배지를 가지고 계셨는지 여쭤보셨나요?"

"아뇨. 괜히 물어봤다 다시 숨기실 수도 있다고 생각해서. 솔직히 이유에 별 관심도 없었고요."

어색한 변명이었다. 엄격한 아버지의 책상 서랍에서 그런 물건이 나오면 이상하게 여길 법도 하다. 관심이 없을 리가 없었다.

"에도가와 란포의 컬렉션에 대해 아버님에게 뭔가 들으신 이야기는 없나요?"

"없어요."

그녀는 딱 잘라 대답했다. 아버지에 대해 물을 때마다 그녀의 태도가 굳어지는 것을 느꼈다.

"가마쿠라 집에 있는 물건 말이죠?"

"네……. 저기, 기시로 게이코 씨와 만나보셨나요?"

"아버지의 사십구제가 지나고 편지를 여러 통 받았어요.

같은 여자라 구슬리기 쉬울 거라 생각한 모양이죠. 뜯어보지도 않고 반송했어요."

그녀는 싸늘한 시선으로 우리를 보았다.

"왜 그런 사람의 부탁을 들어주는 거죠?"

"그건 아까도 말씀드렸다시피……."

"아버지가 그쪽 가게에서 책을 샀다고 했죠? 이런 부탁을 들어줄 정도니 그 여자의 존재도 알고 있었겠네요. 아버지가 불륜을 저지르는 줄 알면서도 우리 가족에게는 모른 척한 거고요."

"네……?"

시오리코 씨는 상대의 조용한 분노에 압도된 모양이었다. 고객의 가정 사정에 깊이 관여할 리도 없고, 애초에 시오리코 씨는 가야마 아키라나 기시로 게이코와 알고 지내던 사이도 아니다.

"그건……."

변명하려고 입을 연 순간 나는 화들짝 놀랐다. 입구 유리문 너머에 사람 실루엣이 보였다. 바늘처럼 비쩍 마른 남자, 틀림없는 히토리서방 사장 이노우에였다.

"난 아버지가 싫었어요."

가야마 나오미는 단호하게 말했다.

"항상 아무 말도 하지 않고, 태도는 엄했죠. 그런 주제에 자식 교육은 어머니에게 전적으로 맡기고 손해 보는 역할도 죄다 떠넘겼어요. 당신 체면만 중요한 분이셨죠. 내가 이혼한다고 했을 때는 그렇게 안 된다고 하더니, 당신은 밖에서 딴살림이나 차리고…….”

반쯤 아버지와 닮았다는 말뜻을 알 것 같았다. 남에게만 엄하고 자신을 다스리지 않았다는 뜻이다.

“부모에게 뒤통수를 맞은 자식의 심정이 어떤지 모를 거예요.”

시오리코 씨가 숨을 삼키는 소리가 들렸다. 뭔가 가만히 있을 수가 없었다. 부모에게 배신당한 자식은 이 세상에 당신 혼자가 아니라고.

“저기, 주제넘지만…….”

“다이스케 씨!”

날카로운 시오리코 씨의 목소리에 나는 마지못해 입을 다물었다.

“……말씀대로 아버님께서는 비난을 받을 만한 행동을 하셨을지도 몰라요. 체면을 중시하신 것도 사실이겠죠. 결점이 있는 부모, 자식을 배신하는 부모도 분명히 존재합니다. ……저도 사정이 있어서 어머니를 좋아할 수가 없고요.”

시오리코 씨는 한 마디씩 또박또박 말했다.

“하지만…… 그게 아버님의 전부는 아니었을 겁니다. 가족 분들에게 이야기를 듣다 보니, 가족을 소중히 여기시는 마음도 분명 있으셨을 거라고……."

"그런 어설픈 위로의 말을 믿으라고요?"

"아뇨, 제 말은……."

"지금 당장 돌아가주세요. 더는 그쪽 얘기를 듣고 싶지 않네요. 좌우지간 아버지의 책에 대해 난 아무것도 몰라요."

가야마 나오미는 강한 목소리로 말했다. 가게 안에 침묵이 흘렀다. 그 말이 사실인지 아닌지 나로서는 알 도리가 없었다. 어쩌면 정말 아무것도 모르는지도 모른다. 그렇다면 실마리는 여기서 끊긴 것이다.

가게 밖에 서있는 이노우에는 여전히 꿈쩍도 하지 않았다. 우리 이야기를 듣고 있는 건 분명했지만, 아무 반응도 보이지 않는 게 뭔가 꺼림칙했다.

시오리코 씨는 정중히 인사를 하고 출입문으로 걸어갔다. 나도 따라서 인사를 하고 서둘러 달려가 문을 열었다. 밖으로 나간 시오리코 씨는 이노우에의 존재를 알아채고 놀라서 걸음을 멈췄다.

"아, 안녕하세요……."

여느 때처럼 이노우에는 굵은 지팡이를 들고 있었다. 그 얼굴에는 아무런 표정도 없다. 그게 오히려 으스스한 느낌을 주어서, 나는 두 사람 사이를 가로막았다.

한동안 모두 말없이 서로를 마주보았다.

이내 이노우에는 시오리코 씨를 성큼성큼 지나쳐 문을 탁 닫았다. 문을 잠그는 차가운 소리와 함께 우리는 인적 끊긴 밤거리에 덩그러니 남겨졌다.

6

통화가 끝난 뒤에도 새된 목소리가 귓속에서 울렸다. 나는 휴대전화를 주머니에 넣고 시노카와 가의 복도를 걸어갔다. 걸려온 전화에 맞장구를 치다 보니 어느새 점심시간이 끝났다.

"저 왔어요."

가게로 돌아가 시오리코 씨에게 말을 걸었다. 컴퓨터 앞에 앉아 있던 그녀가 어깨 너머로 나를 보고 미소를 지었다.

"방금 시노부 씨하고 통화했어요. 도쓰카의 친정에서 메밀국수를 많이 보내주셨는데, 조만간 산부인과에 가는 길에 들러서 가져다주시겠다고요. 사장님한테도 안부 전해달래요."

대답을 기다렸지만 시오리코 씨는 아무 말도 없었다.

사카구치 시노부는 나이 차이가 많이 나는 남편과 같이

살고 있다. 시오리코 씨가 남편인 사카구치 마사시가 가진 『논리학입문』의 수수께끼를 해결한 뒤로 가게 단골이 되었는데, 머지않아 첫 아이가 태어날 예정이다.

"……식사하고 오세요."

나는 카운터에서 앞치마를 두르며 말했다. 책 더미 너머로 삐거덕거리는 소리가 들렸다. 일어나 안채로 가는 것이리라.

"무슨 일 있어요?"

나는 돌아보며 물었다.

"뭐가요?"

"아니, 어제부터 뭔가…… 기운이 없어 보여서요."

히토리서방에서 돌아오는 차 안에서 시오리코 씨는 거의 말이 없었다. 오늘도 평소보다 훨씬 말수가 적었다.

잠시 그녀는 눈을 내리깔고 말을 골랐다.

"……어제 제가 즐기고 있지 않았나, 하는 생각을 했어요."

"네?"

"책을 통해 여러 사실을 알아가는 게 즐거워서…… 상대방의 심정이 어떨지 깊이 생각해보지 않은 것 같아서요. 누구에게나 밝히기 싫은 사정이 있는 법이잖아요."

저 역시 그렇고요. 그런 말이 따라 나올 것 같았다.

나는 잠시 생각에 잠겼다. 분명히 누구에게나 밝히기 싫은 사정이 있다. 하지만…….

"정말 싫은지 아닌지, 스스로도 모르는 일도 있지 않을까요?"

좋고 싫은 감정은 그렇게 단순하지 않다. 어제 가야마 나오미도 무턱대고 아버지를 싫어하는 것 같지만은 않았다. 그건 시오리코 씨도 마찬가지다.

"……고마워요."

그녀는 그렇게 말하더니 안채로 사라졌다.

내 생각이 얼마나 전해졌을까 혼자 고민하고 있는데, 다시 문 열리는 소리가 났다. 민머리 남자가 샌들을 끌고 가게로 들어왔다.

"오, 지금 안 바쁘지?"

"아, 네."

시다는 꾸깃꾸깃한 천 엔짜리 지폐 몇 장을 카운터에 내려놓았다. 오늘도 시오리코 씨가 처분하는 장서 중에서 팔릴 만한 책을 찾으러 온 것이리라. 이 지폐는 그 대금이다.

"혹시 모르니까 영수증 좀 써주겠나?"

"네."

나는 시다의 말대로 영수증을 썼다. 문득 시다가 히토리 서방에 드나든다는 사실이 떠올랐다. 가야마 나오미에 대해 뭔가 알지도 모른다.

"저기, 혹시 히토리 서방에서 일하시는 분과 이야기해본 적이 있으세요?"

"아, 나오미? 그건 갑자기 왜 묻나?"

나는 가야마 나오미를 친근하게 부르는 시다의 모습에 충격을 받았다.

"그, 그렇게 친하세요?"

"그럴 리가. 전에 거기 사장이 '나오미…… 아니, 가야마 씨, 잔돈 좀 채워놔요' 라고 하는 걸 들었거든. 무심코 둘이 있을 때 부르던 버릇이 나온 거지. 둘이 소꿉친구라고 들었어."

별로 중요한 건 아니지만 이노우에와 제법 말투가 비슷했다.

'이치로와 나오미라.'

나는 두 사람의 얼굴을 떠올렸다.

그냥 어릴 적 친구일 뿐일까? 가족끼리도 가깝게 지낸다고 들었는데, 뭔가 다른 사정이 있을 것 같은 느낌이 들었다.

"……그냥 지나가는 얘기는 몇 번 했지. 사장이 없을 때만. 요새는 가게 사정이 별로다, 뭐 그런 얘기."

"정말 지나가는 얘기네요."

"옛날에 비해서 매출이 많이 떨어진 모양이야. 가게 문을 닫을 정도는 아니지만 일하다 보면 형편이 나빠진 게 느껴진대."

아마 비블리아 고서당 역시 사정은 비슷하리라. 시오리코 씨가 기시로 게이코의 의뢰를 받은 이유 중 하나는 그 장서를 매입하기 위해서다. 큰 거래는 가게에도 상당한 이익을 가져온다. 집 공사비용과 나에게 주겠다던 보너스도 염두에 두고 그런 결정을 내렸을지도 모른다.

"옛날이라면 언제쯤인데요?"

나는 그렇게 물었다. 3년 전에 이혼하고 친정으로 돌아온 뒤로 가게 일을 도왔다고 들었는데.

"15년쯤 전에 잠깐 일을 도왔대. 몇 달 동안."

"그랬군요. 아, 다 됐습니다."

나는 시다에게 영수증을 건넸다.

"이노우에 사장님은 결혼하셨습니까?"

"잘은 모르지만 지금은 혼자 살걸. 가게 2층이 살림집인 것 같은데, 같이 사는 식구가 있는 것 같지는 않더라고……. 어쩌면 나오미하고 그렇고 그런 사이일지도 모르지."

시다는 내 머릿속에 있는 바로 그 생각을 입 밖으로 냈다. 어제 그 남매에게 이야기를 들었을 때부터 그럴 가능성도 있지 않을까 생각했다.

"뭐야, 거기하고 정말 무슨 일 있지?"

그것은 질문이라기보다는 확인이었다. 어디까지 설명해야 하나 고민하는데, 시다가 말을 이었다.

"얼마 전부터 여기서 본업이 아닌 의뢰를 받는다는 얘기를 풍문으로 들었어. 내 책을 찾아줬을 때 같은 일을 하는 건가?"

예전에 우리는 도둑맞은 시다의 책을 찾아준 적이 있다. 아직 시오리코 씨가 병원에 있을 때의 일이다.

"네, 비슷합니다."

"……내 충고, 기억하지?"

나는 고개를 끄덕였다.

그 사건이 해결된 뒤에 시다는 말했다. 시오리코 씨의 머리가 비상한 건 알지만, 도를 넘으면 문제가 된다. 자네가 주의를 줘야 한다고.

그 말이 계속 머리 한구석에 있었다. 책을 읽지 못하는 나라도 뭔가 할 수 있는 일이 있을지도 모른다. 그런 생각으로 지난 몇 달 동안 그녀의 곁을 지켰다.

"그래, 그럼 됐고. 그나저나 히토리서방하고……."

미닫이문이 열리는 소리가 났다. 어서 오세요, 하고 말하던 나는 눈을 휘둥그레 떴다. 얇은 코트 차림에 지팡이를 든 백발의 남자가 입구에 서있었다. 부릅뜬 두 눈이 나를 뚫어져라 바라보았다.

"여기 사장과 자네한테 할 얘기가 있어서 왔네."

히토리서방의 이노우에가 그렇게 말했다.

나와 시오리코 씨는 탁자를 두고 이노우에와 마주앉았다.

시다가 30분은 가게를 봐줄 수 있다고 해서 안채 거실에서 이야기를 듣기로 했다. 아야카는 오늘 집에 없다. 다리가 불편한 시오리코 씨 대신 내가 녹차를 끓여 내왔다.

이렇게 마주앉은 건 처음이었다. 백발과 지팡이 때문에 나이보다 늙어 보이지만, 가야마 남매의 어릴 적 친구라면 많아봤자 50대 초반이다. 젊어서 고생을 많이 한 것일까.

찻잔을 내려놓자마자 이노우에가 입을 뗐다.

"기시로 씨 집에 다녀오는 길이네."

순간 우리는 서로 마주보았다. 낮고 쉰 목소리는 여전했지만 적의는 느껴지지 않았다.

"아, 저기, 역시 기시로 씨와…… 아시는 사이셨군요."

시오리코 씨는 잔뜩 몸을 움츠린 채 눈을 올려 뜨며 말했다.

"원래 거의 남들 앞에 나서지 않는 사람이라 실제로 만난 건 손에 꼽지만. 15년 만에 만났어. ……병 때문에 무척 여위어서 인상이 많이 바뀌었더군."

그 목소리에는 기시로 게이코에 대한 동정이 배어있었

다. 이 사람이 누군가를 가여워할 줄은 상상도 못 했다. 나는 이 사람의 단면만 보았던 건지도 모른다.

"그럼 그, 가야마 아키라 씨……는 히토리서방의……."

시오리코 씨는 모기만 한 목소리로 말했다. 그러고 보니 이 사람을 무척 어려워했지. 상대의 얼굴에 짜증이 번지는 걸 보고 옆에 있던 내가 말을 받았다.

"가야마 아키라 씨는 히토리서방의 단골이셨습니까?"

"그랬지……. 내 은인이시기도 했고."

"은인이요?"

생각지도 못한 말이었다.

"정말 시노카와 지에코에게 아무 얘기도 못 들었나?"

그는 도리어 우리에게 질문을 던졌다. 시오리코 씨는 세차게 고개를 저어 부정했고, 나도 대신 말했다.

"……지난 십 년 동안 시오리코 씨는 어머니와 단 한 번도 연락한 적이 없습니다. 그건 제가 보증합니다. 며칠 전에 가게로 전화를 하셨던데, 금방 끊으시더군요."

나는 시노카와 지에코와의 통화 내용을 간략하게 설명했다. 이노우에는 아무 말 없이 귀를 기울였지만, 내 이야기가 끝나자 무겁게 입을 열었다.

"……기시로 씨도 자네들이 아무것도 모르는 것 같다고 하더군. 애초에 시노카와 지에코에게 의뢰하려고 했는데,

막상 찾아온 건 그 딸이었다고."

이노우에는 앉은 채 허리를 꼿꼿이 펴더니 시오리코 씨를 날카롭게 바라보았다.

"넌 어머니가 싫다고 했지. 그 마음은 지금도 변함없나?"

그녀는 고개를 들었다. 순간 렌즈 너머의 눈동자에서 겁먹은 빛이 사라졌다.

"네. 싫어요."

단호한 목소리에 이노우에는 공감을 표하듯 고개를 끄덕였다.

"나도 마찬가지야……. 15년 전부터."

15년 전이라면 가야마 나오미가 히토리서방에서 일하던 때다. 단순한 우연일까, 아니면……?

"무슨 일이 있었던 겁니까?"

"……이야기가 긴데 상관없나?"

순간 시다의 얼굴이 뇌리를 스쳐지나갔다. 30분만 가게를 봐주겠다는 약속이었는데, 그 정도로는 어림도 없을 것 같다. 나중에 죄송하다고 해야지.

"들려주세요, 부탁드립니다."

시오리코 씨는 그렇게 말했다.

7

"우리 집은 가야마 씨네 바로 이웃에 있네. 부모님은 평범한 중학교 교사였지만 아키라 씨 부부와 묘하게 죽이 잘 맞아서, 우리가 태어나기 전부터 서로 왕래하고 지낸 모양이야.

하지만 자식들은 이야기가 달라지지. 그 남매는 유치원 때부터 멀리 떨어진 사립에 다녀서, 나 같은 서민의 자식과는 거의 접점이 없었어. 함께 놀게 된 건 초등학교 시절……, 그야말로《소년탐정단》시리즈가 계기였어.

두 사람은 탐정단 놀이를 했지만, 둘만으로는 사람 수가 부족했어. 동네에 친구가 없었거든. 그때 나오미가 나에게 말을 걸었지. 소년탐정단의 이름은 텔레비전이나 라디오 드라마에서 들어본 적 있었지만, 나는 원작이 있는 줄도 몰랐어. 읽어보라고 끈질기게 추천하기에 학교 도서실에서 빌려 단숨에 다 읽었지. 그 뒤로 그 남매, 특히 나오미와 친하게 지내게 됐어.

그게 나의 에도가와 란포…… 아니, 탐정, 추리소설 첫 체험이었어. 그 시절에는 나 같은 애들이 드물지 않았을 거야. 그때부터 아동용으로 번역된 홈즈와 뤼팽 시리즈를 섭

렵했고, 10대 때에는 국내외의 본격추리소설을 닥치는 대로 읽기 시작했네. 그러다 환상문학이나 SF로도 독서의 폭을 넓혀갔고. 좌우지간 책을 읽는 게 너무 좋았어.

대학을 졸업하고 첫 직장으로 택한 곳도 이케부쿠로의 커다란 서점이었지. 책에 관련된 일을 하고 싶었어. 그 즈음부터 고서에 대한 관심도 생겨서, 조금씩 탐정소설, 추리소설 초판본과 잡지 과월호를 모으기 시작했고.

내가 소장한 책과 지인들을 통해 모은 책을 바탕으로 고향으로 돌아가 고서점을 시작한 게 22, 3년 전이네. 란포의 산닌서방에서 따와 히토리서방이라는 이름을 붙였지. 그때는 아주 열렬한 팬은 아니었지만, 나의 근원이랄까, 그런 작가였으니까. 그리고 혼자 시작해 내 힘만으로 꾸려나가겠다……, 그런 의욕도 담겨있었지.

개업하고 한동안은 엄청난 매출을 기록했어. 책을 내놓는 즉시 날개 돋친 듯 팔려나갔지. ……하지만 얼마 지나지 않아 손님이 딱 끊겼어. 문고본 한 권 팔기도 힘들어졌지. 왜 그렇게 된 건지 아나?"

느닷없이 이노우에는 나에게 질문을 던졌다. 물론 전혀 짐작 가는 데가 없었다. 뭐라 답하지 못하고 입을 다물고 있는데, 시오리코 씨가 옆에서 도와주었다.

"……개업하자마자 찾아오는 손님들은 쓸 만한 책을 건

지러 온 프로거나, 개업한 가게만 노리는 마니아들이에요. 희귀한 책을 죄다 쓸어가고 나면, 상품가치가 거의 없는 책들밖에 남지 않죠. ……흔히 있는 일이에요."

"그렇게 된 거야."

이노우에는 한숨을 내쉬더니 미지근해진 차를 한 모금 마셨다.

"처음 개업했을 때는 한 번에 모든 책들에 가격을 매겨야 하니까, 당연히 세세한 데까지 신경을 쓸 수가 없어. 더구나 나는 신간 서점 출신이라 고서에 가격을 책정해본 경험이 거의 없었지. 그런 점을 노린 거야. 개업 첫날 찾아온 손님 중에는 네 어머니도 있었어. 오래된 순요문고를 잽싸게 빼갔더군."

"……죄, 죄송합니다."

시오리코 씨는 고개를 숙였다. 신이 나 물건을 뒤지는 시노카와 지에코의 모습이 눈에 선했다. 처음 개업한 고서점이 그런 신고식을 치르는 줄은 몰랐다.

"아니, 내가 무지했지. 그때까지 쌓은 지식을 믿고 고서매매는 아무것도 아니라고 자만했으니까. 안 그래도 시골 고서점은 경영이 어려운데, 그런 것조차 몰랐어.

재고를 보충하려면 누군가에게 사들이는 수밖에 없었지. 손님에게 책을 파는 동시에 사들이지 않으면 길게 장사할 수가 없어. 그 사실을 깨달았을 때에는 얼마 되지 않는 자금도 바닥을 드러내고 있었지……. 그때 나타난 사람이 아키라 씨였어."

이노우에는 그리운 추억을 이야기하듯 눈을 가늘게 떴다.

"그때까지는 가야마 아저씨라고 불렀지. 나에게는 같은 동네에 사는 소꿉친구의 아버지일 뿐이었으니까."

"그럼 가야마 아키라 씨가 란포 마니아였다는 사실도 모르셨습니까?"

내가 물었다.

"그걸 어떻게 알겠나? 비밀리에 보여주고 싶은 게 있다며, 그날 당장 유키노시타의 집으로 날 데려갔어. 그때는 기시로 씨가 이미 그 집에 살며 장서를 관리하고 있었지. 차분한 분위기에 머리도 좋고, 심지가 굳은 여성이었어.

서재에 들어갔을 때 놀라서 말을 잃었지. 그야말로 전쟁 전 탐정소설의 보고였어. 아키라 씨는 중복된 초판본과 잡지를 싸게 양도하겠다고 해줬어. 《신청년》과 《프로필》 과월호……. 무엇보다 유메노 큐사쿠의 『백발소년』 초판이 있었어. 나는 급히 돈을 융통해 그 책들을 사들여 진보초의 고서 시장에서 더욱 비싸게 팔아 급한 불을 껐어."

나는 후지코 후지오의 만화를 대량으로 출품했을 때의 일을 떠올렸다. 당연한 소리지만 인기 있는 고서에는 상당한 가격이 매겨진다. 경기가 좋은 시절이었다면 더욱 값이 뛰었으리라.

"도와주셨군요."

"그래……. 앞으로 란포의 희귀본을 입수하면 가장 먼저 나에게 팔아라, 그러려고 지금부터 잘 보여놓는 거다. 웃으면서 그렇게 말씀하셨지. 나중에 안 사실이지만, 그분은 가나가와의 고서점에서는 거의 책을 구입하지 않으셨어. 이따금 구입할 때도 거의 목록을 통해서였고, 배송지는 가마쿠라였지. 당신의 취미를 남들에게 알리지 않으려고 세심한 주의를 기울인 거지. 자신의 원칙을 굽히면서까지 날 도와주신 거야."

"……저기, 가야마 아키라 씨는 어떤 분이셨습니까?"

줄곧 궁금했던 질문을 하자, 이노우에는 의아스런 표정을 지었다.

"그게 무슨 뜻인가?"

"아드님과 따님의 이야기와 기시로 씨의 이야기가 너무 다르다고 할까, 어느 쪽이 진짜 가야마 아키라 씨인지 모르겠더라고요."

엄격하고 고지식한 교육자와 밝고 이야기를 좋아하는 란포 마니아……. 아무리 생각해도 머릿속에서 겹쳐지지 않았다.

이노우에는 무슨 뜻인지 알겠다는 듯 고개를 끄덕였다.

"나에게 가마쿠라의 집을 공개하고 난 뒤로 아키라 씨는 책 이야기를 자주 하셨어. 하지만 평소에 과묵해도 취미 이야기만 나오면 말이 많아지는 사람은 드물지 않아. 평소의 아키라 씨가 거짓말을 했던 건 아니야. 인간의 성격이 그때마다 전혀 다르게 보였더라도 그리 이상할 건 없지."

나는 무심코 시오리코 씨를 힐끗 보았다. 시시때때로 성격이 달라지는, 취미 이야기만 나오면 말이 많아지는 사람이 바로 여기 있다.

"……대체 왜 감추고 계셨던 걸까요?"

불현듯 시오리코 씨가 말문을 열었다. 이제는 거의 더듬지 않는 걸 보면 이노우에와 이야기하는 데 익숙해진 모양이다.

"기시로 씨와의 관계는 그렇다 쳐도…… 자신의 취미를 수십 년 동안이나 감출 이유가 대체 뭘까요?"

"이유는 하나뿐이 아니겠지. 먼저 아키라 씨의 아버님, 소키치 씨의 교육을 들 수 있어. 나는 거의 뵌 적이 없지만, 젊었을 적에는 꽤 고생을 많이 하셔서……. 아들에게는 남들 보기 부끄럽지 않도록 체면을 중시하라고 가르치신 모양이야. 가마쿠라의 별장으로 수집한 탐정소설을 옮기라고 지시한 것도 그분이라고 들었어. 쇼와 30년 즈음이었다는데……."

"가야마 아키라 씨가 결혼하셨을 무렵인가요?"

시오리코 씨의 지적에 이노우에는 놀란 듯 눈을 부릅떴다.

"눈치 빠른 건 어머니를 쏙 빼닮았군. 사돈댁에 '엽기적'인 탐정소설 컬렉션을 보여줄 수 없다고 생각하신 모양이야. 소키치 씨는 메이지 시대에 태어나신 분이니 탐정소설에 대한 생각이 그 이후 세대와는 다르셨겠지."

가야마 아키라의 부인은 엄한 가정교육을 받고 자란 고지식한 여성이었다고 한다. 컬렉션을 남에게 보일 수 없었던 사정도 이해가 간다. 하지만 그래도 뭔가 석연치 않았다. 아무리 그래도 보통 그렇게까지 하나?

"소키치 씨와 아키라 씨의 고향이 어딘지 아나?"

내 마음을 읽은 듯 이노우에는 그렇게 말했다.

"분명…… 아이치 현 나고야 시라고 들었어요."

시오리코 씨가 대답했다.

"맞아. 나고야의 오스라는 곳인데…… 자세히 듣지는 못했지만, 예전에는 윤락가였던 모양이야. 아마 자식들도 모르는 사실일 거야."

윤락가, 한마디로 유곽이 모여 있던 곳이다. 가야마 소키치도 매춘에 관련된 일을 했을 가능성이 있다. 극단적으로 체면을 중시했던 부자의 사정에는 그 사실이 영향을 미쳤을지도 모른다.

"하지만 나 역시 그것만이 이유라고 생각하지 않네. 본인에게 직접 확인한 것도 아니니 어디까지나 내 억측일 뿐이지."

"그게 무슨 말씀이시죠?"

시오리코 씨가 고개를 갸웃거렸다.

"여러 사정이 있었겠지만, 죽을 때까지 숨겨온 이유가 될 수는 없어. ……내가 보기에는 언제부터인가 그런 상황을 즐기셨던 것 같아."

"즐기셨다고요……?"

"그래. 다이기리의 대저택에 사는 자신, 유키노시타의 집에 사는 자신……. 여러 얼굴을 가진 자신을 말이야. 그야말로 괴인 이십면상처럼. 란포의 소설에는 다른 누군가로 둔갑하거나, 한 사람이 여러 사람을 연기하는 모티브가 반복해서 등장하지. 란포 자신에게도 변신에 대한 욕구가 있었다는 이야기도 있어. ……자신을 란포 작품의 등장인물이라 생각하셨던 건지도 몰라."

란포 마니아이기 때문에 이토록 철저하게 자신의 취미에 대해 숨겨왔다는 건가. 다양한 사정에서 형성된 가야마 아키라라는 인물의 복잡한 내면이 우리가 받은 의뢰를 더욱 어렵게 만든 게 아닐까.

"기시로 씨 댁에 있는 금고에 무엇이 들었는지 아세요?"

“나도 자세히는 몰라. 보여주지 않으셨으니까.”

이노우에는 즉답했다. 관심을 가진 적이 있는 모양이다.

“내 컬렉션보다 귀한 것임은 틀림없어. 아버님에게서 물려받은 건지도 모르지만……. 그에 관해서는 좀처럼 언급을 안 하시더라고.”

한숨을 돌리듯 이노우에는 다시 녹차를 마셨다.

“……지금까지 했던 이야기는 서론이야. 시노카와 지에코와 나 사이에 일어난 일에 대한. 이미 짐작했겠지만, 그 일에는 가야마 집안이 깊이 관련되어있어.”

나와 시오리코 씨는 저도 모르게 자세를 바로 했다. 여기서부터가 본론인 모양이다.

8

“시노카와 지에코와 처음 만난 건 히토리서방의 개업 날……, 그 여자가 우리 가게에 책을 물색하러 온 날이었어. 물론 그때는 누군지 몰랐지만, 이미 결혼한 뒤였을 거야.

방심할 수 없는 여자라고 생각했지만, 일에 관한 능력은 의심할 여지가 없었지. 아르바이트 시절부터 큰 거래를 성사시켜서 가게 매출에 큰 공헌을 했다고 들었거든. 나이도 비슷했고, 고서점 조합에서 얼굴을 마주할 기회도 많았어. 나에게는 자극이 되는 존재라 만나면 이야기를 나누는 정도로는 가까워졌지.

그 무렵에는 가게 매출도 자리가 잡혀서 이 일을 계속해도 되겠다는 자신감이 붙었어. 아키라 씨 같은 단골손님이 몇몇 생겨서 좋은 관계를 유지한 덕이지.

그 즈음, 나오미가 남편과 별거하고 일시적으로 친정으로 돌아왔어. 15년 전 일이었지. 간사이의 포목점 아들과 결혼했는데, 남편의 여자관계가 복잡했던 모양이야.

그런 사정이 있었지만 친정에서는 돌아온 나오미를 따뜻하게 맞아주지 않았어. 집에 있기도 싫어서 제대로 돈도 챙겨 나오지 않았다고 하더군. 내버려둘 수가 없어서 우리 가게 일을 도와달라고 했어. 나도 일손이 필요하기는 했는데, 그때부터 무릎이 나빠져서 날씨가 추워지면 통증이 심해졌거든.

한편으로 아키라 씨와도 거래를 계속했어. 주로 기시로 씨를 통해 연락을 했고, 희귀본이 들어오면 밖에서 만나 보여드렸지. 뭔가 꺼림칙한 기분은 들었지만, 아키라 씨가 가족들에게 기시로 씨의 존재와 자신의 취미를 감추고 있는 이상, 내가 나설 계제는 아니라고 생각했지.

그런 와중에 그 여자가 가게로 찾아왔어. 아키라 씨와 기시로 씨는 여러 번 비블리아에서 목록 통판으로 책을 구입했던 모양이야. 당연히 배송지도 가마쿠라였지만, 어떤 재주인지 그 여자는 아키라 씨의 정체를 알아낸 모양이었어."

나는 놀라지 않았다. 그 사람에게 그쯤은 식은 죽 먹기이리라. 물론 기시로 게이코라는 내연녀의 존재도 금세 알아챘으리라.

"그때 일은 지금도 잊을 수가 없어. 그 여자는 말없이 책장을 훑어보며 나와 나오미를 은근슬쩍 관찰하는 눈치였어. 그리고 나오미가 자리를 비우자 나에게 이렇게 말했지.

'가야마 아키라 씨를 나한테도 소개해줘요. 도통 연락이 되지 않아서 애를 먹고 있거든요.'

비블리아에 란포의 희귀본이 들어왔으니 꼭 보여주고 싶다고 하더군. 그 여자는 아키라 씨가 집 근처 고서점에 잘 걸음하지 않는 사실도, 나와 거래 관계가 있다는 사실도 알아채고 있었어. 그래서 나한테 소개를 부탁한 거야."

"협박이네요……. 부탁이 아니라."

시오리코 씨는 어두운 눈으로 중얼거렸다.

"당연하지. 받아들이지 않으면 가야마 집안에 아키라 씨의 비밀을 폭로하겠다는 뜻이었겠지. 내가 나오미에게도 그 사실을 숨긴다는 것까지 알고 있었어. ……대체 무슨 수로 알아냈는지 지금도 모르겠어. 있을 수 없는 일이란 건 알지만, 책장에 꽂힌 책을 통해 모든 걸 알아낸 것처럼 보였지…….”

솔직히 있을 수 없는 일은 아니었다. 시노카와 지에코는 가진 책만 보고도 소유자의 됨됨이나 경력을 유추할 수 있다고 했다. 고서점의 재고조차 그녀에게는 주인에 대해 알아낼 실마리였을지도 모른다.

“그럼 그 요구를 받아들이셨습니까?”

내 질문에 이노우에는 고개를 저었다.

“처음에는 망설였어. 하지만 그 여자는 이어서 이렇게 말하더군. ‘나오미 씨에게 이혼하라고 권하고 있죠? 훼방꾼이 나타나지 않아야 할 텐데요.’ ……어째서인지 우리 관계까지 알고 있었어.”

역시 그랬군. 두 사람은 단순한 어릴 적 친구가 아니었다. 시다의 억측이 맞았다.

“저기…….”

고개를 끄덕이던 내 옆에서 시오리코 씨가 조심스레 말문을 열었다.

“관계라면……?”

이노우에는 아연실색한 표정이었다.

“설마…… 그것도 몰랐나?”

“네?”

"지금 말했잖나. 나와 나오미의 관계라고."

그는 성가시다는 듯 말했다. 실내에 미묘한 분위기가 흘렀다.

"……구체적으로 어떤……?"

시오리코 씨는 진지한 표정으로 물었다. 나는 어처구니가 없어서 천장을 올려다봤다. 그러고 보니 시오리코 씨는 연애에 관련된 일에는 극단적으로 눈치가 없다. 내 예전 여자친구 집에 출장 매입을 갔을 때도, 확실히 설명할 때까지 알아채지 못했다.

"그걸 말이라고 해?"

이노우에는 쯧, 혀를 차며 고개를 홱 돌렸다. 쑥스러워서 그러는 것 같기도 했다.

"그때 내가 나오미와의 결혼을 생각했었다는 뜻이야. 물론 당시에는 이혼 전이었으니 지킬 건 지키는 사이였고…… 지금도 그렇지만."

이노우에의 설명에 시오리코 씨는 귀까지 새빨개졌다. 탁자에 머리를 박을 기세로 고개를 숙였다.

"시, 실례했습니다. 뭔가 이상하다는 생각은 했지만……, 그랬군요, 그렇겠죠, 역시……."

시오리코 씨는 횡설수설 혼자서 중얼거렸다. 그 모습을 보던 이노우에의 입가에 희미하게 쓴웃음이 번졌다. 비웃음이 아닌 이 사람의 웃음은 처음 본 것 같았다.

"넌 정말 네 엄마와 다르군. 인간미가 있어."

나는 시노카와 지에코가 했던 말에 대해 생각했다. 훼방꾼이 나타나지 않아야 할 텐데, 라는 말은 아마 완곡한 협박이다. 이노우에가 아버지의 비밀을 숨기고 있었던 사실을 나오미가 알면 두 사람의 관계가 단번에 틀어질지도 모른다. 이노우에가 도망칠 구멍을 완전히 막아버린 것이다.

'어떻게 그런 것까지 알아냈지?'

분노보다 형언할 수 없는 으스스함이 먼저 솟아올랐다. 어떻게 이노우에가 시노카와 모녀를 그토록 경계했으며, 적대시했는지 이제는 확실히 알 수 있었다. 아마 자신이 숨기고 싶은 비밀을 모두 꿰뚫어보는 듯한 기분에 두려웠던 것이리라.

"결국 나는 아키라 씨에게 그 여자를 소개했지. 꽤 상태가 좋은 란포의 희귀본을 한꺼번에 팔았다고 들었어...... 모두 합작소설 초판본이었고."

합작이라는 말에 허연 박스에 든 고서가 머릿속에 떠올랐다. 내가 하마터면 떨어뜨릴 뻔했던, 란포의 저서 중에 가장 비싼 초판본.......

"『에가와 란코』 같은 책 말입니까?"

"그래. 최상급의 『공중신사』나 『살인미궁』도 함께였지.

아키라 씨는 무척 기뻐하며 그 여자를 마음에 들어 하셨어. 그 뒤로는 종종 비블리아에서 책을 사신 모양이야. 나는 오히려 아키라 씨와 거리를 두게 되었어. 한심한 이야기지만, 더는 시노카와 지에코와 엮이고 싶지 않았지."

"가야마 나오미 씨와는 어떻게 되셨나요?"

내 물음에 이노우에의 얼굴이 일그러졌다. 마치 어제 일처럼 생생한 모양이었다.

"어느 날 갑자기 시댁으로 끌려갔어. 양가의 설득으로……. 돌아가서도 부부 사이는 달라진 게 없었던 모양이지만."

3년 전에 이혼했다는 이야기가 그제야 이해가 갔다. 먼 길을 돌아간 끝에 다시 히토리서방으로 돌아온 건가.

"어제 나오미한테 그랬지? 아키라 씨에게는 가족을 소중히 하는 마음도 있었다고. 그런 소리를 한 데 무슨 근거라도 있나?"

이노우에는 정색하고 시오리코 씨에게 물었다.

"네? 아, 네……. 있어요."

그녀는 말했다.

"……확신은 없지만, 가야마 아키라 씨가 소장하셨던 《소년탐정단》 시리즈를 찾아내면 더 분명해질 거예요."

"너희가 돌아간 뒤에 나오미에게 얘기는 들었어. 고분샤 판을 말하는 건가?"

"네. 나오미 씨는 어디 있는지 아시는 것 같아서요."

"그렇게 말하는 근거는 그 BD배지고?"

이노우에는 연이어 물었다.

"같이 놀 때 자주 달았었지. 어린 마음에도 부러워서 어디서 났느냐고 캐물었지만 대답하지 않았어. 지금 생각하면 아키라 씨의 물건이었을지도 몰라. 하지만 그렇다고 책 보관 장소까지 안다는 보장은 없지. 애당초 그 집에 책이 있는지 없는지조차 모를 일인데."

"가야마 아키라 씨가 《소년탐정단》 시리즈 얘기는 하지 않으셨습니까?"

내 질문에 이노우에는 고개를 저었다.

"난 판매한 적이 없어. 우리는 아동서를 취급하지 않거든. ……아키라 씨가 그 시리즈를 소장하지 않았을 리가 없으니, 가마쿠라 집에 두신 줄 알았지. 가마쿠라에 없으면 다이기리의 그 집에 있을 테지만."

일단 그 저택에 《소년탐정단》 시리즈가 있어도 이상할 건 없는 모양이다. 그 장소를 가야마 나오미가 아는지는 또 다른 문제겠지만.

"BD배지 외에도 근거는 있지만……. 저기, 몇 가지 궁금한 게 있는데요, 이노우에 사장님이 읽으신 《소년탐정단》

시리즈는 포플러샤 판이었나요?"

"나? 나는 분명…… 고분샤 판과 포플러샤 판이 섞여있었어. 초등학교 도서관에 고분샤 판이 있었지만, 아이들의 손을 타서 너덜너덜해진 권부터는 포플러샤 판으로 새로 구입했더라고. 고분샤에서 출간되지 않았던 마지막 권도 같이 있었던 것 같아. 그건 왜 묻지?"

"아뇨, 좀 확인하고 싶은 게 있어서요……."

시오리코 씨는 말을 흐렸다. 뭔가 의미가 있는 질문이리라.

"나오미 씨가 가족이 아닌 다른 사람에게 그 시리즈를 빌리거나, 집이 아닌 곳에서 읽었을 가능성이 있을까요?"

"내가 아는 바로는 없어. 학원 때문에 밤이 되지 않으면 책을 읽을 시간이 없다고 했거든. 집에서 도서관에도 못 다니게 했고……. 다른 사람에게 빌리려 해도, 나오미의 친구 중에 그 시리즈를 가지고 있던 사람은 없었을 거야. 애초에 나 말고 다른 또래 친구가 있었는지도 모를 일이니까."

들으면 들을수록 갑갑한 어린 시절이다. 나라면 견디지 못했으리라. 부모에게 복잡한 감정을 가질 법도 하다.

"저기, 고분샤 판을 찾으면 뭔가 달라지는 겁니까?"

나는 시오리코 씨에게 물었다. 이노우에는 어느 정도 짐작한 모양이었지만, 나는 도무지 이야기의 흐름을 따라갈 수 없었다.

"……가야마 아키라 씨와 나오미 씨의 연결고리에요. 이노우에 씨는 그 점이 궁금하신 거죠?"

"맞아."

이노우에는 그렇게 대답했다.

"나오미는 어릴 적부터 아버지의 사랑을 받지 못하고 외면당했다고 믿고 있어. ……아키라 씨가 완벽한 사람이었다고는 말 못하지만, 딸에게 아무 애정도 없었던 사람은 아니야."

"저도 그렇게 생각해요."

시오리코 씨도 동의했다.

"하지만 나에겐 그것을 증명할 재간이 없어. 그저 아키라 씨를 옹호해도 오랫동안 사정을 감춰온 내 이야기는 믿어주지 않겠지. 하지만 어제 이야기를 듣고서 너희라면 할 수 있을지도 모른다고 생각했어. 금고 열쇠를 찾는 김에 사람 돕는다 치고 나오미의 오해를 풀어줬으면 해. 내 나름대로 아키라 씨에게 은혜를 갚고 싶어."

그 말에서는 절실한 울림이 느껴졌다. 분명 예전부터 무척 고뇌한 것이리라. 자신을 궁지에 몬 시노카와 지에코의 딸에게 이런 부탁을 할 정도로.

"이노우에 씨가 도와주신다면 가야마 아키라 씨의 《소년탐정단》 시리즈를 찾아낼 방법이 있어요."

시오리코 씨는 잠시 생각에 잠겼다 그렇게 대답했다.

"하지만 나오미 씨의 오해를 풀 수 있을지는 장담할 수 없어요. 이노우에 씨와 가야마 아키라 씨의 관계가 밝혀질 우려도 있고요."

이노우에는 골똘이 생각에 잠겼다. 아버지의 불륜을 감추었던 비블리아 고서당을 가야마 나오미는 거세게 비난했다. 그 분노가 고스란히 이노우에에게 향할지도 몰랐다.

"기시로 씨가 가야마 집안과 접촉한 이상, 어차피 언젠가는 알게 될 일이야."

이내 무겁게 입을 열었다.

"이대로 아무것도 하지 않는 것보단 낫겠지. 어떻게 찾아낸다는 건가? 어디에 있는지 이미 짐작이 가는 데가 있나?"

"대충은요. 하지만 일일이 찾아볼 수는 없어요. 그리고 그 장소가 쉽게 열린다는 보장도 없고요."

"그럼 어떻게 할 겁니까?"

나는 그렇게 물었다. 이야기가 영 두루뭉술했다. 정말 찾아낼 수 있는 건가?

"방법은 하나에요."

시오리코 씨는 집게손가락을 세우며 말했다.

"가야마 나오미 씨에게 물어봐야죠."

9

금요일, 나와 시오리코 씨는 가야마 저택을 찾았다. 정오가 지난 시간, 저택 안에는 아무도 없었다. 우리는 늙수그레한 가정부의 안내를 받아 먼저 서재로 향했다.

오늘은 가야마 요시히코에게 저택 안을 뒤져도 된다는 허락을 받았다. 모두 이노우에의 덕이었다. 비블리아 고서당은 믿을 수 있으니 하고 싶은 대로 하게 두어라, 어쩌면 아버지의 귀중한 고서를 찾아낼지도 모른다. 그렇게 요시히코를 설득해준 것이다. 일단 문이 달린 가구는 가정부가 보는 앞에서 연다, 저택 안에 있는 물건을 허락 없이 옮기지 않는다는 조건은 붙었지만.

"서재부터 보시겠습니까?"

가정부가 물었다.

"아, 저기, 먼저 저택을…… 저희 둘이서 한 바퀴 돌아봐도 될까요? 물론 멋대로 만지거나 열어보지는 않겠습니다."

시오리코 씨는 애써 웃음 지으며 말했다. 가정부는 그녀를 힐끗 보았다.

오늘은 무지 롱스커트에 큼지막한 칼라가 달린 하얀 블

라우스와 옅은 빛깔의 니트를 입었다. 한눈에도 남에게 해를 끼치지 않을 듯한, 사무원의 차림새였다.

"그럼 1층 홀에 있을 테니 볼일이 생기면 불러주세요."

일단 믿어준 모양이다. 가정부는 문을 닫고 나갔다. 벽이 두꺼워서인지 발소리도 들리지 않았다. 서재는 정적에 휩싸였다.

언덕 중턱에 있는 이 저택은 전망이 참 좋았다. 이 부근은 후지사와 외곽으로, 가마쿠라와에 가까운 지역이다. 주택가지만 나무나 풀도 많았다.

"지금부터 어쩔 겁니까?"

나는 창문 너머를 바라보며 물었다. 실은 자세한 계획을 듣지 못했다. 시오리코 씨와 이노우에가 전화로 뭔가 이야기를 나눴지만, 직전까지 어떻게 될지 모른다며 알려주지 않았다.

《소년탐정단》 시리즈가 어디 있는지 물어봐야 하니, 가야마 나오미가 집으로 오겠지. 하지만 그녀는 오늘도 히토리서방에서 일한다고 들었다.

시오리코 씨는 휴대전화 메시지를 확인하더니 방구석으로 걸어가 성큼 벽장을 열었다.

"마음대로 열어도 됩니까?"

나는 눈을 휘둥그레 뜨며 말했다. 멋대로 만지거나 열어보지 않겠다고 하지 않았나?

"필요한 일이에요. 다이스케 씨, 이리로 오세요."

시오리코 씨는 어린애처럼 손짓을 했다. 고개를 갸웃거리며 다가가니, 갑자기 등을 쓱 밀었다. 나는 좁은 벽장 안에 쑥 들어갔다.

"뭐하는 겁니까?"

황급히 돌아보자 그녀도 같이 벽장 안으로 들어왔다. 나에게 등을 돌리고 서서 안쪽에서 문을 닫아버렸다. 하지만 아예 앞이 안 보이지는 않았다. 문틈으로 빛이 새어들어왔다.

"여기서 가야마 나오미 씨를 기다리려고요."

문 밖을 보며 시오리코 씨는 그렇게 속삭였다.

"지금 이노우에 씨에게 메시지를 받았어요. 나오미 씨가 히토리서방에서 집으로 오고 계시대요. 언제 도착할지 모르니까……."

내 턱 바로 밑으로 그녀의 머리가 보였다. 기다란 검은 머리가 내 가슴팍을 간질였다. 좁은 공간에 가득 찬 살 내음에 정신이 혼미해졌다.

"대, 대체 왜 숨는 겁니까?"

"숨긴 장소를 알아내려고요. 아마 이제 나오미 씨가 열어주실 거예요."

나는 그제야 상황을 파악했다. 평범하게 만나 물어본다

는 게 아니라, 그곳을 여는 장면을 여기서 숨어서 본다는 뜻이었던 것이다.

"……서재에 있다는 건 어떻게 알았습니까? 아니, 그보다 나오미 씨는 왜 일부러 여기에 와서 그곳을 여는 거고요?"

"가야마 아키라 씨가 돌아가신 뒤로 1년이나 찾지 못했다는 점, 생전 오랜 시간을 이곳에서 보냈다는 점으로 미루어 이 서재에 있을 가능성이 가장 커요. 실제로 나오미 씨는 이쪽으로 오고 계세요. 그분이 이곳에 오는 이유는 편지에요."

"편지?"

"이노우에 씨는 나오미 씨에게 오늘 오후에 우리가 이 서재에서 《소년탐정단》 시리즈를 찾는다는 이야기를 하고, 이렇게 덧붙였어요. ……가야마 아키라 씨가 돌아가시기 전에 나오미 씨와의 결혼을 생각하고 있다는 편지를 보냈다, 남들 눈이 닿지 않는 곳에 두었다고 하셨지만, 약삭빠른 비블리아 놈들이 찾아낼까 걱정이다, 라고……."

그런 이야기를 들으면 당연히 올 법도 하다. 하지만…….

"……그런 편지가 실제로 있습니까?"

"모르겠어요. 나오미 씨가 확실히 비밀 장소를 열 만한 동기가 뭔가 없을까 생각하던 중에 이노우에 씨가 그런 제

안을 하신 거예요."

달리 방법이 없다고 해도, 새빨간 거짓말이라면 분명 상처를 받으리라. 원래부터 가야마 나오미에게 미움을 받던 우리는 그렇다 쳐도, 이노우에까지 그래도 되는 것일까?

탁, 그녀의 등이 내 몸에 부딪쳤다. 살짝 균형을 잃은 모양이다. 심장 윗부분에 뒤통수가 닿아서 나도 모르게 펄쩍 뛸 뻔했다.

"죄송해요, 지팡이를 짚을 공간이 없어서. 죄송해요……아."

급히 몸을 떼려던 시오리코 씨는 이번에는 문에 머리를 부딪쳤다.

"괜찮아요?"

"네……."

시오리코 씨는 이마를 문질렀다. 힘없이 비틀거리는 상체가 마음에 걸렸다.

"……서있기 힘들면 그냥 기대요."

나는 작은 소리로 말했다. 잠시 망설인 끝에 시오리코 씨는 쭈뼛거리며 등을 기댔다. 포근한 몸의 감촉에 머리에 피가 쏠리는 것 같았다.

"이러고 있으니까 편하네요. ……고마워요."

"처, 천만에요……."

침묵이 흘렀다. 들리는 건 서로의 숨소리뿐이었다.

“가, 가만히 있으니까 뭔가 이상하네요.”

시오리코 씨는 어색한 듯 중얼거렸다.

“그, 그러네요…….”

소년탐정단이라면 몰라도 다 큰 어른이 여기 숨어있는 것 자체가 이상했다. 우리는 문틈으로 아무도 없는 서재를 들여다보며 서로 화제를 찾았다. 그때 그녀가 먼저 말문을 열었다.

“저기…… 저번에 다이스케 씨가 말했던 데이트 말인데요…….”

순간 정신이 아득해졌다. 하필이면 지금 이 상황에서 그 화제를 꺼내다니!

“그 데이트, 상대가 저죠……?”

“네, 당연하죠, 또 누가 있습니까.”

“……그러게요.”

그녀는 한숨을 쉬었다. 뭔가 조짐이 심상치 않다. 나는 가슴 졸이며 다음 말을 기다렸다.

“그런 얘기는 확실히 말하지 않으면 잘 못 알아들어서…… 저기, 여태까지도 다이스케 씨와 둘이서 외출했었죠. 그것도 혹시 데이트였나요?”

설마 당사자에게 그런 질문을 받을 줄은 꿈에도 몰랐다.

하지만 시오리코 씨는 분명 진심이리라.

“네? 뭐…… 그걸 뭐라고 해야 할까…….”

시오리코 씨와의 외출은 순수하게 즐거웠다. 그때의 내가 어떤 마음이었는지 제대로 표현할 수가 없었다.

“전 그런 쪽 일에는 엄청 둔하다는 소리를 들어서…… 어떻게 말해야 할지, 어떤 타이밍에 얘기를 꺼내야 할지 잘 모르겠어요. 연애나, 결혼 같은 걸 자기 일이라 생각하면 잘 실감이 나지 않는달까. 그다지 생각하고 싶지 않은 걸지도 몰라요. 책으로 읽는 건 즐거운데…….”

시오리코 씨의 말에 귀를 기울이는 동안 조금씩 머리가 식어갔다. 예전에 평생 결혼할 생각이 없다고 한 적이 있다. 그건 연애도 하지 않겠다는 뜻이다. 그 점은 나도 알고 있었다.

“저기, 한마디로…… 전…….”

말은 길었지만 요컨대 거절한다는 뜻이겠지. 뭐, 그래도 후회는 없다. 시오리코 씨가 싫지 않다면 다시 기회를 봐서 데이트 신청을 하면 된다. 상대가 상대니만큼 그리 일이 쉽게 풀릴 거라고는 생각하지 않았으니…….

“해요, 데이트.”

어느새 그녀는 돌아서 내 얼굴을 올려다보며 말했다. 어둠 속에서도 검은 눈동자가 아름다웠다.

"……네?"

"아무리 생각해도 모르겠더라고요. 하지만 다이스케 씨라면 괜찮을지도 모른다는 생각이 들어요. 그러니까 해요, 데이트."

"정말입니까?"

"네. 이번 일이 마무리되면 그 다음 휴일에 가요."

"정말이죠?"

집요하게 확인하는 자신이 한심했다.

시오리코 씨는 고개를 끄덕였다.

하마터면 승리 포즈를 취할 뻔 했다. 딱히 사귀자고 한 것도 아니고 그냥 데이트 약속을 잡았을 뿐이다. 하지만 상대는 시노카와 시오리코다. 지금까지의 일을 생각하면 장족의 발전이었다.

"그럼 가고 싶은 데나……."

저도 모르게 앞으로 몸을 숙인 순간, 그녀는 쉬, 하고 손가락을 입에 댔다. 화들짝 놀라 입을 다물고 문틈으로 밖을 내다보았다.

입구 쪽 문이 천천히 열리더니 가야마 나오미가 서재 안으로 들어왔다. 서둘러 달려왔는지 얇은 겉옷을 걸친 어깨가 위아래로 들썩였다. 복도에도 사람이 없는 걸 확인하고 나오미는 서재 문을 닫았다.

우리가 집 안에 있는 걸 가정부에게 들었는지도 모른다. 창문 근처에 있는 책상으로 달려가 서랍을 차례대로 열었다. 순간 화들짝 놀란 듯 동작을 멈추더니, 작은 은색의 물건을 집어 들었다.

시오리코 씨가 찾아낸 그 BD배지였다. 하지만 이내 제정신으로 돌아온 듯 배지를 내려놓고 다시 손을 움직였다.

결국 찾는 물건은 책상 안에 없었던 듯, 그녀는 다시 서재를 둘러보며 우리가 숨은 벽장을 보았다.

나는 숨을 삼켰다. 가야마 요시히코는 벽장 안을 치웠다고 했지만, 어쩌면 동생은 그 사실을 모를지도 모른다. 벽장을 열면 모두 물거품으로 돌아간다.

아니, 나오미는 고개를 저으며 시선을 돌렸다. 나는 안도의 한숨을 내쉬며 가슴을 쓸어내렸다.

그녀는 천천히 테이블로 다가갔다. 1층에 있는 것과 같은 테이블과 소파로, 커다란 가죽 소파가 테이블을 사이에 두고 마주 놓여있었다. 테이블을 포함해 나무 부품은 모두 같은 소재 같았다. 가야마 요시히코의 말로는 노송나무라고 했다.

잠깐 숨을 돌리려는 줄 알았는데, 그게 아니었다. 한쪽 소파 앞에 무릎을 꿇더니 짧은 다리가 달린 소파 밑으로 손을 집어넣었다. 어떠한 순서대로 뭔가를 조작하는 것 같다.

이내 쿠션이 소리 없이 위로 올라갔다.

"아……."

소파에 뭔가 장치를 해놓은 것이다. 비밀 장소는 실제로 존재했고, 나오미 역시 그 사실을 알고 있었던 것이다.

"역시…… 인간의자…… 검은 도마뱀……? 아니, 대금괴일지도……."

어째서인지 시오리코 씨는 흥분한 듯 중얼거렸다. 인간의자는 어디선가 들어본 적이 있다. 그 소리를 들었는지 가야마 나오미는 의아스레 서재를 둘러보았다.

"나가요, 다이스케 씨."

시오리코 씨는 그렇게 말하며 벽장 문을 열었다.

10

모습을 드러낸 시오리코 씨를 보고 가야마 나오미는 그 자리에 우두커니 섰다.

"아가씨는……? 여기 어떻게……."

우리는 먼저 이상야릇하게 모습을 바꾼 소파를 들여다보았다. 쿠션 밑에는 넓은 공간이 있었고, 그 안에는 낡은 책 여러 권이 들어 있었다. 표지에는 『투명괴인』, 『우주괴인』,

『괴기 40면상』, 그리고 『마법인형』도 있었다. 소년과 괴인이 그려진 표지에는 '소년탐정'과 '에도가와 란포'라는 글자가 들어있다. 포플러샤 판과는 그림이나 서체가 조금 달랐다. 이쪽이 더 오래된 것 같았다.

"이건 고분샤 판이네요."

시오리코 씨는 그렇게 중얼거리더니 가야마 나오미에게 고개를 숙였다.

"죄송해요, 이쪽으로 오신다고 해서 기다렸습니다……여기 있는 《소년탐정단》 시리즈는 아버님이 소장하고 계셨던 거죠? 그리고 나오미 씨가 읽으셨던 것도 오빠 분이 가지고 계셨던 포플러샤 판이 아니라 이 고분샤 판이었죠?"

가야마 나오미의 눈이 휘둥그레졌다. 충격에서 벗어나 말을 할 수 있을 때까지 잠시 시간이 걸렸다.

"어, 어떻게 알았죠?"

듣던 나도 놀랐다. 나오미가 어떤 판본을 읽었는지 시오리코 씨는 어떻게 알아맞힌 걸까? 지금까지의 이야기에 힌트가 있었나?

"얼마 전에 히토리서방에서 《소년탐정단》시리즈에 대한 이야기를 나눴을 때 뭔가 이상하다고 생각했어요."

시오리코 씨는 허리를 굽혀 『마법인형』을 꺼냈다. 모든 책 표지에 등장하는 소년의 뒤로 이쪽을 노려보는 으스스한 허연 얼굴이 보인다. 꽤 인상적인 표지였다.

양해를 구하고 나서 그녀는 소파에 앉아 지팡이를 내려놓았다. 그리고 두 손으로 책장을 넘겼다. 변색이나 손상된 곳 없는 깨끗한 상태로, 소중히 보관해왔음을 한눈에 알 수 있었다. 간기면에는 '쇼와 32[1957]년 11월 15일 초판 발행'이라고 적혀 있다. 초판본이었다.

"마쓰노 가즈오의 장정에 이시하라 고진의 요사스러운 삽화도 근사하죠. 역시 이 판본은 멋져요."

"……그게 어쨌다는 거죠?"

"《소년탐정단》 시리즈는 재판이 나올 때마다 내용을 개정한 경우가 많은데, 제목을 바꾼 적도 있었어요……. 이 작품은 포플러샤 판과 고분샤 판의 제목이 달라요. 포플러샤 판은 『악마인형』이죠."

'아…….'

그러고 보니 이 집의 창고에서 포플러샤 판을 보았을 때 분명 『악마인형』이라는 제목의 책이 있었다. 간기면을 확인했기 때문에 기억에 남아있었다. 그러고 보니 이 두 사람도 '인형'이라는 제목과 주제가 흔치 않다는 이야기를 했었다.

"요시히코 씨는 본인의 책에 일일이 이름을 적어두셨어요. 그런 책은 절대 건드리지 말라는 오빠의 명이 있었으니, 몰래 가져가 읽기도 어렵지 않았을까요? ……여기요, 감사합니다."

시오리코 씨는 『마법인형』을 내밀었다. 상대는 말없이 받아들어 책을 펼쳤다. 아주 잠깐이지만 표정이 누그러진 것 같았다.

"……억지로 캐물을 생각은 없어요. 하지만 만일 괜찮으시다면 무슨 일이 있었는지 알려주시겠어요? 이 신기한 의자 이야기도 듣고 싶고요."

가야마 나오미는 책을 덮더니 그리운 듯 표지를 쓰다듬었다. 그녀는 뚜껑이 열린 소파를 바라보며 조용한 목소리로 이야기를 시작했다.

"아가씨 말대로 오빠는 언제부터인가 《소년탐정단》 시리즈를 건드리지 못하게 했어요. 그때는 거의 읽지도 않았으면서요. 뒷권을 못 읽었던 나는…… 오빠 책장에서 몰래 책을 가져가려 했지만, 원체 까탈스러운 성격이라 후환이 무서워 결국 포기했어요. 어머니 때문에 도서관에서 빌릴 수도 없었고, 빌려줄 친구도 없었죠. ……이치로도 빌려 봤다고 했고요."

이노우에는 학교 도서관에서 빌려서 읽었다고 했다. 고분샤 판과 포플러샤 판이 섞여있었다고도 했다. 그런 까닭에 나오미가 고분샤 판 제목을 말했어도 알아채지 못한 것이리라.

"읽지 못한 뒷권이 궁금해서 한참 애태우고 있을 때였어요. 밤중에 화장실에 갔다가 서재 앞을 지나치는데, 안에서 이상한 소리가 들리는 거예요. 뭔가 싶어서 살며시 문을 열었더니 아버지가 당시에 구입한 지 얼마 되지 않은 이 소파 앞에 웅크리고 계셨어요.

어디가 편찮으신가 해서 말을 걸려고 했는데…… 아버지의 얼굴을 보니까 말이 쏙 들어가더라고요. 꼭 딴사람 같았거든요."

"딴사람이요?"

시오리코 씨가 물었다.

"아버지는…… 히죽히죽 웃고 계셨어요. 어린애처럼, 신이 나서 어쩔 줄 모르겠다는 듯."

뜻밖의 대답이었다. 내심 무서운 표정을 짓고 있었을 거라 생각했다.

"이 소파의 장치를 움직여 테이블에 놓인 《소년탐정단》 시리즈를 넣고 계시더라고요. 마치 새 장난감을 산 아이처럼요.

그때까지 그런 아버지의 모습을 본 적이 없었기 때문에 덜컥 겁이 났어요. 우리 집에 괴인 이십면상이 숨어든 게 아닐까 했어요. 그 시리즈에서 자신이 노리는 집의 식구로 변장해 보물을 훔치는 내용이 있잖아요. 나는 서둘러 문을 닫고 방으로 돌아왔어요.

하지만 다음날 아버지는 여느 때처럼 범접할 수 없는 근엄한 사람이었죠. 간밤의 일은 꿈이었던 것처럼……. 어떤 사정이 있는지는 모르지만 어린 마음에도 똑똑히 안 사실이 있어요. 그날 밤 보았던 일은 아무에게도…… 아버지 본인에게도 이야기해서는 안 된다는 걸.

하지만 소파에 감춰둔 《소년탐정단》 시리즈를 읽고 싶은 마음은 억누를 수 없었어요. 아버지가 없는 틈을 타 몰래 가지고 나와 읽고 다시 제자리에 갖다놨죠. 오빠 방보다 자주 집을 비웠던 아버지의 서재에 숨어드는 게 훨씬 쉬웠거든요.

함께 들어 있던 BD배지도 종종 달고 나가 놀았어요. 이치로는 자주 봤겠지만……. 네, 보세요."

나오미는 몸짓으로 소파 안을 봐도 되겠냐고 묻는 시오리코 씨에게 고개를 끄덕였다. 지팡이를 놓고 앉아 쿠션 밑을 뒤지기 시작했다. 그 뒷모습에서 흥분한 기운이 느껴졌다. 딸이 보았다는 가야마 아키라의 모습도 이랬을지도 모른다.

"나오미 씨가 책을 들고 나간 걸 아버지는 알고 계셨나요?"

시오리코 씨는 그렇게 물으며 책 옆에 놓인 나무 상자를 열었다. 안에는 작은 종이 박스 몇 개가 들어있었다. 빨간 바탕에 검은 글씨로 'BD'라고 적힌 걸 보면 배지를 보관하는 케이스인 모양이다. 그 옆에 있는 작은 수첩 같은 걸 집어 펼쳤다.

"가족들은 아무도 몰랐을 거예요. 안 들키게 몰래 들고 나갔으니. 잠깐만요, 내가 이 서재에 와서 비밀 장소를 열 거라는 걸 어떻게 알았죠?"

나오미의 목소리가 갑자기 날카로워졌다. 그제야 평정심을 되찾고 근본적인 의문을 느낀 모양이었다. 시오리코 씨는 수첩을 들고 뒤돌아봤다.

"히토리서방의 이노우에 씨에게 들었어요."

시오리코 씨는 주저하며 대답했다. 나오미의 안색이 확 달라졌다.

"그럼 이치로의 이야기는……."

분명 편지를 말하는 것이리라. 우리는 말문이 막혔다.

갑갑한 침묵 속에서 누군가가 서재 문을 열고 들어왔다. 얇은 베이지색 코트 차림의 학처럼 여윈 백발의 남자였다. 문고본이라도 들었는지 주머니가 불룩했다.

"이치로……."

나오미는 그렇게 중얼거렸다. 히토리서방의 사장은 책이 든 소파를 보며 말했다.

"……정말 있었군."

"어떻게 된 거야? 그…… 편지는 어디 있고?"

"편지 얘기는 거짓말이야."

나오미의 물음에 그는 단호하게 대답했다.

"난 가야마 아저씨…… 아키라 씨에게 편지를 보낸 적이 없어."

나오미의 수척한 얼굴에 서서히 놀라움이 번져갔다. 마치 커다란 구멍이 뚫린 듯했다.

"……이 사람들하고 한통속이 돼서 날 속인 거야?"

"그래. 내가 먼저 돕겠다고 나섰어."

"뭐라고?"

"아키라 씨는 우리 가게 손님이었어. 너희 식구들에게 비밀로 고서를 팔았지. 물론 기시로 씨의 존재도 알고 있었어. 그분께는 큰 신세를 졌어. 내가 힘들 때 도와주신 은인이야. 언젠가 가게가 위기였을 때 도와주신 단골손님이 있다고 얘기했지? 그게 너희 아버님이야."

목소리는 조금씩 열기를 띠었지만, 반대로 듣는 가야마 나오미의 표정은 굳어져 갔다.

"아키라 씨는 흠 없는 완벽한 분이 아니었어. 하지만 가족에 대한 정이 없는 분도 아니었지. 그 사실을 네가 알아줬으면 해서……."

"그만해. 듣기 싫어."

그녀는 세차게 고개를 저었다.

"알아달라고? 뭘? 난 너와 이 사람들에게 속아서 이 의자를 열었을 뿐이야. 이제 지긋지긋해."

이노우에는 대답을 구하듯 시오리코 씨를 보았다. 분명히 이 의자를 열어서 알아낸 사실은 없다. 일전에 이야기했을 때 시오리코 씨 역시 '보장할 수는 없다' 고 했다. 결국 그 말대로 된 것일지도 모른다.

"정말 아버님이 모르셨을까요?"

느닷없이 시오리코 씨는 그렇게 말했다.

"이만큼 주도면밀하게 컬렉션을 숨기셨던 분이 남이 본인 물건을 만진 줄도 모른다는 건 말이 안 돼요."

"……하지만 아셨다면 나한테 말씀하셨겠죠."

"확실한 증거가 없었기 때문이 아닐까요?"

시오리코 씨는 반박하듯 말을 이었다.

"아버님께 이 비밀스런 소파와 안에 든 책은 중대한 비밀이었을 거예요. 그렇기 때문에 확실한 증거가 없는 상황에서 뭔가 말하기 어려웠던 게……."

"당신 상상일 뿐이에요."

"아뇨, 상상이 아니에요. 이걸 보세요."

시오리코 씨가 내민 건 아까부터 들고 있던 까만 수첩이었다. 표지에는 BD배지의 마크와 '소년탐정 수첩' 이라는 금색 글자가 박혀있었다.

"그게 뭡니까?"

내 물음에 시오리코 씨가 대답했다.

"소년탐정 수첩이에요. 전후에 《소년탐정단》 시리즈가 연재된 잡지 《소년》의 부록이었죠. BD배지와 함께 쇼와 30년대에 아이들에게 큰 인기를 끌었어요."

이런 것까지 있었다니.

시오리코 씨는 첫 페이지를 펼쳤다. 에도가와 란포의 사인과 사인 밑에 '당신도 탐정이 될 수 있다' 라는 제목의 메시지가 들어있었다. 초등학생이라면 가지고 싶을 법한 아이템이었다.

"이 수첩, 예전에는 이 책 맨 위에 놓여있지 않았나요?"

"듣고 보니 그러네요. 혹시나 때가 탈까 겁이 나서 밖으로 가지고 나가지는 않았지만…… 그게 어쨌다는 거죠?"

시오리코 씨는 수첩 맨 마지막 장을 펼쳤다. 소유자의 이름과 주소를 적는 페이지가 나왔다. 선명한 파란 잉크로 이름 란에만 글자가 적혀있었다.

가야마 나오미

"……아버님 필체죠?"

"아, 맞아요. 대, 대체 어떻게 된 일인지?"

나오미는 동요한 나머지 말을 더듬었다.

"아버님 나름의 메시지였겠죠. 여기 있는 책은 모두 당신 것이라는……. 소년, 아니 소녀탐정에게 필요한 책이라는 걸 아셨던 거예요."

시오리코 씨는 지팡이를 짚고 일어나더니 수첩을 주인에게 돌려주었다. 나오미는 『마법인형』과 함께 수첩을 소중히 받아들었다.

비밀 장소에 몰래 누군가에게 보내는 선물을 넣어두는 자체가 어린애 장난 같다. 어쩌면 가야마 아키라에게는 정말 놀이였을지도 모른다. 평소에는 대화조차 없는 딸과의.

나는 책상 위에 놓인 BD배지를 돌아보았다. 아마 고인이 서랍에 넣어두고 이따금 꺼내봤겠지. 이제 와서는 확인할 길이 없었지만 오랜 옛날에 딸이 달았던 그 배지가 아닐까?

"아버지와 어머니가 다투던 모습을 자주 봤어요. 어릴 적부터."

책과 수첩을 내려다보며 가야마 나오미는 혼잣말처럼 중얼거렸다.

"아니, 다툰다기보다는 어머니가 일방적으로 쏘아붙였죠. 항상 아버지는 아무 말도 하지 않으셨고……. 만일 어머니와 의견이 다르더라도 반대할 수 없겠구나, 하는 생각도 했어요."

거기서 말을 멈추더니 나오미는 조용히 고개를 들었다.

"하지만 나한테는 말해줬으면 했어요. 별거하던 남편이 데리러 왔을 때도, 아버지는 아무 말씀도 없으셨죠. ……어머니도 외로우셨을 거예요. 같이 사는 남편이 자기 마음을 솔직하게 털어놓지 않는다면, 그건 혼자 사는 거나 마찬가지니까요."

꿈쩍도 하지 않고 서있던 이노우에가 느닷없이 주머니에서 뭔가를 꺼내 소파 앞 테이블로 던졌다. 제법 두꺼운 하얀 봉투였는데, '가야마 아키라 님' 이라고 적혀 있었다. 서툴렀지만 정중하게 쓰려고 애쓴 티가 났다.

"이게 뭐야?"

나오미는 의아스레 이노우에를 보았다.

"너와 결혼할 생각이라고 쓴 편지야. 중요한 일이라 편지를 보내야겠다고 생각했어. 하지만 말을 할까 망설이는 동안에 아키라 씨는 돌아가셨지……. 생각을 말로 전하지 못한 건 나 역시 마찬가지야."

분명히 편지는 있었다. 새빨간 거짓말은 아니었던 것이다. 이노우에는 주머니에서 봉투와 편지지를 꺼내 테이블에 던졌다. 다른 쪽 주머니에서도 쓰다 만 편지와 봉하지 않은 봉투를 꺼냈다. 모두 처음 꺼낸 봉투와 같은 필적이었다.

"너에게도 옛날부터 이렇게 편지를 썼어. ……간사이로 보내려고 했지. 내 귀에 들리는 네 결혼생활에 대한 얘기는 모두 좋지 않은 소문뿐이었거든."

나오미는 멍하니 편지를 바라보았다. 핏기 없는 얼굴에서는 아무런 감정도 찾아볼 수 없었다.

"소인이 있는 건 하나도 없네."

"보내지 않았으니까. 보냈으면 네가 받아봤겠지."

이노우에는 무뚝뚝하게 말했다. 원체 성격이 그렇겠지만, 조금 더 다정하게 말할 수는 없을까. 듣는 내가 다 조마조마했다.

"……가게로 돌아갈래."

목이 멘 듯한 목소리로 가야마 나오미는 말했다.

"아버지에게 편지를 보냈다는 얘기를 들었을 때 기뻤어. 네가 뭔가 말해주기를 기다렸던 때도 있었거든."

책을 품에 안은 채 나오미는 서재 밖으로 뛰쳐나갔다. 이노우에는 말없이 그 모습을 바라보더니, 널브러진 편지와 봉투를 천천히 주웠다.

"따라가지 않으셔도 됩니까?"

"금방 따라잡을 텐데, 뭘. 어차피 가게로 간 거고."

그는 오랜 마음이 담긴 편지지를 거칠게 구겨 주머니에

쑤셔 넣었다.

"편지 건으로 거짓말을 했던 걸 사과해야지. 어떻게 될지는 모르지만 가게를 관두겠다는 말은 안 했어. 사과는 들어주겠지."

"죄송합니다. 저희 때문에……."

이노우에는 사과하려는 시오리코 씨를 막으며 정중히 고개를 숙였다.

"아니, 오해를 풀어줘서 고맙네."

"……운이 좋았을 뿐이에요. 저기, 하나 여쭤봐도 될까요?"

그 말에 발길을 돌리려던 이노우에는 돌아보며 물었다.

"뭔가?"

"이치로라는 별명은 《소년탐정단》에서 따온 건가요?"

순간 이노우에는 허를 찔린 표정을 지었지만, 금세 씩 웃었다. 무슨 뜻인지 알아듣지 못한 건 나 혼자였다.

"《소년탐정단》 시리즈에는 이노우에 이치로라는 단원이 자주 등장해요. 『마법인형』에도 나오죠. '지혜와 용기를 겸비한 믿음직스러운' 소년이죠."

시오리코 씨가 설명해 주었다. 히토리서방 사장의 이름은 이노우에 다이치로, 한 글자만 다를 뿐이다. 이노우에는 고개를 끄덕였다.

"맞아. 나오미는 이노우에 이치로와 비슷한 이름이라면서 나를 소년탐정단 놀이에 끌어들였지. 다른 이름이었다면 다른 아이를 데려왔을지도 몰라. 나오미와의 인연은 란포가 이어준 것이나 다름없지. 나와 란포를 나오미가 이어주었다고 볼 수도 있지만."

그 말을 끝으로 이노우에는 발길을 돌려 복도로 나갔다.

11

서재는 다시 조용해졌다.

"잘 풀린 거겠죠?"

"네……. 이제 뒷일은 두 분의 문제고요."

시오리코 씨는 다시 바닥에 앉아 소파 밑을 뒤졌다. 나는 유심히 소파의 장치를 살펴보았다. 좌석 면은 실린더로 들어 올릴 수 있게 설계되었다. 정기적으로 관리했는지 녹슨 데나 얼룩도 거의 없었다.

"그러고 보니 아까 말했던 '인간의자'가 뭡니까?"

"「인간의자」는 란포의 초기 단편이에요."

그렇게 말하며 렌즈 너머로 힐끗 나를 올려다보았다.

"이야기는 아름다운 여주인공이 한 통의 긴 편지를 받는

데서부터 시작되죠. 편지를 보낸 사람은 가구 장인을 자처하는 사내로, 편지에는 기괴한 체험담이 적혀있었어요. 날마다 묵묵히 의자를 만들던 그는 어느 날 주문이 들어온 의자에 비밀 장치를 달아 그 안에 들어가, 의자와 함께 바깥세상으로 나가죠. 처음에는 단순히 의자를 주문한 집에서 물건을 훔칠 작정이었지만, 이내 의자를 통해 인간의 육체에 닿는 즐거움에 빠져들게 되죠."

"……굉장한 이야기네요."

지금까지 들은 바로는, 란포의 소설은 인간의 어두운 심리나 기괴한 공상을 다룬 작품이 많은 것 같다. 뭐라고 표현해야 할지는 모르겠지만 비현실적인 꿈이 구체적인 형태를 띤다고 할까.

"네. 결말의 반전도 빛을 발하는…… 대표작 중 하나에요. 비밀 장치가 달린 의자에 사람이 숨어있다는 전개는 란포의 다른 작품에서도 자주 등장해요. 미녀 도둑과 아케치 고고로가 대결하는 『검은 도마뱀』이나, 전쟁 전에 발표된 《소년탐정단》 시리즈 중 『대금괴』……."

거기서 시오리코 씨는 갑자기 말을 멈췄다.

"왜요?"

나는 적잖이 놀랐다. 시오리코 씨가 책 이야기를 도중에 그만두다니.

"열쇠가 없어요."

"아……."

그러고 보니 우리가 찾던 건 금고 열쇠다. 그녀는 소파 밑에 들어있던 고서를 하나씩 테이블 위로 꺼내더니 배지와 수첩이 든 상자도 꺼냈다. 이제 소파 밑에는 아무것도 없었다.

"원점으로 돌아갔네요."

열쇠를 찾지 못하면 지금까지 했던 일들은 모두 헛수고로 끝난다.

여러 사람을 끌어들여놓고 결국 찾은 건 이 《소년탐정단》 시리즈밖에 없다니……. 기운이 쫙 빠졌다.

하지만 시오리코 씨는 고개를 저으며 부정했다.

"아뇨, 그건 아니에요. 이걸 보세요."

그녀는 테이블에 놓인 《소년탐정단》 시리즈를 가리켰다. 다 같은 전집인 줄 알았는데, 책등을 보니 다른 게 몇 권 섞여있었다. 모두 상태는 좋았지만 솔직히 통일성은 느껴지지 않았다.

"포플러샤 판도 있네요."

자세히 보니 거미 문양과 투구 문양이 찍힌 책등이 네 개나 있었다. 『괴인 M』, 『이십면상의 저주』, 『하늘을 나는 이십면상』, 『황금 괴수』.

"가야마 아키라 씨는 수집가로서 자신만의 원칙을 가지고 계셨던 것 같아요. 여기 있는 건 모두 처음에 간행된 단행본 초판이에요. 이 네 권은 란포가 만년에 발표한 작품이 수록되어있는데, 처음 단행본으로 출간된 건 포플러샤 판에서였죠."

나는 머릿속으로 이야기를 정리했다. 첫 단행본 초판에 집착한 결과, 출판사나 판본이 다른 시리즈를 모으게 되었다는 얘기다.

"고분샤 판 《소년탐정 · 에도가와 란포 전집》으로 처음 단행본으로 출간된 작품이 많지만, 그 이전에 간행된 것도 꽤 있어요. 여기 있는 『청동 마인』이나 『호랑이 이빨』이 그런 작품들이죠. ……그나저나 이 컬렉션, 뭔가 이상한 데가 있는 것 같지 않아요?"

그 말에 나는 다시 책등을 보았다. 평범한 일반인인 내가 그런 걸 알 리가…….

아니, 잠깐. 듣고 보니 뭔가 이상하다.

"『괴인 이십면상』이나 『소년탐정단』이 없네요."

왜 유명한 작품이 안 보이는 거지? 그리고 기분 탓인지 가야마 요시히코의 포플러샤 판보다 수가 적은 것 같았다.

"네. 전쟁 전에 발표된 『괴인 이십면상』, 『소년탐정단』, 『요괴박사』, 『대금괴』. 이 네 편이 보이지 않아요."

내 능력으로는 잘 알아맞힌 편이다. 머릿속에서 뭔가가 어른거렸다. 며칠 전, 이 서재에 처음 들어왔을 때, 시오리코 씨에게 《소년탐정단》에 대해 여러 가지 설명을 들었다. 분명히…….

"전쟁 전에는 다른 출판사에서 출판됐다고 했죠?"

"네! 그 네 권은 고단샤에서 나왔어요. 가야마 씨의 연배를 생각하면 어릴 때 자주 접했던 건 분명 고단샤 판이에요. 첫 단행본을 수집한다는 수집가로서의 원칙을 지키고자 했다면 가장 먼저 구했을 거예요. 그런데 그게 여기 한 권도 없다는 건……."

그제야 내 눈에도 답이 보였다. 소파 밑에 있던 건 전후에 나온 고분샤 판과 포플러샤 판뿐이었다. 한마디로 또 다른 비밀 장소가 존재하며, 그곳에 고단샤 판이 잠들어 있다는 뜻이다. 어쩌면 금고 열쇠도 거기 있는지 모른다.

"어디 있는 걸까요?"

"지금 생각하는 중이에요."

시오리코 씨는 천천히 일어나더니 지팡이를 짚고 관자놀이를 누르며 방을 한 바퀴 돌았다. 이토록 고뇌하는 시오리코 씨는 처음 본다.

"서재에 있는 건 틀림없는데…… 그렇다면, 아까……."

혼자 중얼거리던 그녀는 갑자기 방향을 바꿔 문으로 걸어갔다. 복도로 나가는 줄 알고 나는 황급히 앞질러 문을 열려고 했다. 하지만 시오리코 씨는 내 소매를 붙잡고 말했다.

"……아까 나오미 씨에게 이야기를 들었을 때 뭔가 위화감을 느꼈어요."

"네?"

"이 서재는 벽과 문이 두꺼워서 복도에서 나는 소리는 거의 들리지 않아요. 아까 이노우에 사장님이 여기 오시는 소리도 못 들으셨죠?"

"그렇죠."

"나오미 씨는 밤중에 서재에서 이상한 소리가 들려서 방을 들여다봤다고 했어요. 일반적인 소리라면 들릴 리가 없는데요."

"아주 큰 소리가 난 게 아닐까요?"

"그렇다면 가야마 아키라 씨는 소리가 밖으로 새어나가지 않도록 더욱 조심했을 거예요. 애초에 그렇게 큰 소리가 날 일이 뭐가 있을까요?"

"네? 이를테면 이 소파를 열려다가…… 아니, 그건 아니군."

나는 말하다 입을 다물었다. 그건 앞뒤가 맞지 않는다.

가야마 나오미는 아버지가 장치를 조작하는 장면을 보았다. 한마디로 그때 조작하기 시작한 것이다. 또한 아까도 확인했듯 소파를 여닫을 때 거의 소리가 나지 않았다. 만든 지 수십 년이 지난 지금도 그 정도인데, 그 당시에는 더 조용했겠지.

"맞아요. 소리는 소파에서 난 게 아니에요. 그리고 또 하나, 가야마 아키라 씨는 당시 주문한 소파에다 수집품을 보관하려 했어요. 다른 곳에 있던 걸 옮기던 중이었을지도 몰라요. 이 모든 점을 종합하면……."

시오리코 씨는 문에 손을 올렸다. 기다란 패널이 여러 개 달린 육중한 디자인이었다. 눈높이에 있는 패널 테두리를 건드리자, 쿵 하는 소리와 함께 장식인 가장자리 윗부분이 벗겨졌다.

"아……."

뒤늦게 사태를 파악한 나는 황급히 그녀를 도왔다. 패널을 받치는 나머지 테두리를 모두 벗기면 당연히 패널 자체도 떼어낼 수 있다. 그 안은 얕은 장식장으로 만들어져있었다.

"문 자체가 장식장이었던 거구나!"

그래서 문이 유독 무거웠던 것이다. 아마 다른 패널도 이처럼 비밀 장식장일 테고, 가야마 아키라는 여기다 자신의 수집품을 보관했던 것이리라. 가야마 나오미가 들은 '이상한 소리' 는 바로 문에서 나는 소리였다.

비밀 책장에는 금빛 표지의 고서 네 권이 진열되어있었다. 소파 밑에 있던 고분샤 판보다 훨씬 낡은 책으로, 모두 크기보다 조금 큰 비닐에 싸여 있었다. 제목은 『괴인 이십면상』, 『소년탐정단』, 『요괴박사』, 『대금괴』. 분명 이게 그 고단샤 판이리라.

"대단해요!"

시오리코 씨는 흥분한 듯 발그레한 뺨으로 가장 오른쪽의 『괴인 이십면상』을 꺼냈다.

"이렇게 상태가 좋은 고단샤 판은 처음 봐요! 표지도 찢어지거나 바랜 데가 전혀 없네요. 전전에 나온 아동서 중에 상태가 좋은 건 정말 찾기 힘들거든요."

나도 그 이유는 이해할 수 있었다. 어느 시대든 아이들은 책을 험하게 본다. 나도 어릴 적, 책을 읽을 수 있었던 시절에는 그랬다.

"표지가 컬러네요."

나는 어깨너머로 책을 들여다보며 말했다. 커버에는 생각에 잠긴 소년과 누군가가 가져가려는 보석, 그리고 마스크를 쓴 수상한 남자의 그림이 그려져있었다. 소년과 괴인의 조합은 이때부터의 전통이었던 모양이다.

"네, 커버 뒤의 그림도 다색인쇄에요. 쇼와 11[1936]년에 출판된 걸 생각하면 무척 공을 들인 장정이죠. 커버 밑그림도 멋져요. 잠깐 이것 좀 들어주세요."

그녀는 내 손에 책을 놓더니 한손으로 능숙하게 비닐과 표지 커버를 벗겨냈다. 노란 천 표지에 실크해트와 망토 차림의 마스크를 쓴 괴인이 그려져 있었다. 70년도 더 된 그림인데도 요즘에도 통할만한 센스였다.

"이런 책은…… 비싸겠죠?"

"당연하죠. 《소년탐정단》 시리즈의 팬은 폭넓은 세대에 존재해서 초판본을 구하는 사람도 많아요. 제대로 상태를 확인하지 않은 지금은 얼마라고 말할 수 없지만…… 만일 저희 가게에 내놓는다면 네 권을 합쳐 150만 엔 이상은 할 거예요."

엄청난 가격에 나는 입이 떡 벌어졌다. 누구나 아는 작품의 초판본이 설마 그 정도 값어치라니…… 아니, 누구나 아는 유명한 작품이어서일까?

"아."

시오리코 씨는 작게 소리치더니 『소년탐정단』과 『요괴박사』 사이로 손을 뻗었다. 그녀가 집어든 건 낡은 철제 열쇠였다.

"드디어 찾았네요."

나를 보며 시오리코 씨는 싱긋 웃었다.

저택에서 나온 우리는 차를 타고 가마쿠라로 향했다. 찾아낸 열쇠가 금고의 열쇠인지 확인한 뒤에 기시로 게이코에게 넘겨주기로 했다. 한 발짝이나마 앞으로 나아간 것이다.

"아야카에게 미안하다고 해야겠네요……."

언덕을 내려가 국도에 접어들자 시오리코 씨는 그렇게 중얼거렸다. 오늘은 오전 수업이라 오후에 쇼핑을 간다던 아야카에게 금방 돌아오겠다며 가게를 맡기고 나왔는데, 일이 끝나려면 아직 한참 더 걸릴 것 같다.

"그러게요."

나는 운전을 하며 애매하게 고개를 끄덕였다. 그 순간 내 머릿속을 차지하고 있던 건 가야마 아키라였다.

아까 그 문과 소파의 비밀 공간은 아무리 봐도 아마추어의 작품이 아니었다. 비싼 돈을 주고 특별 주문한 물건이리라. 그 대저택의 주인과 그런 어린애 같은 장치를 만들게 시킨 사람이 동인인물이라니. 머릿속에서 연결이 되지 않았다.

가야마 아키라는 가정에서 엄한 아버지였지만 밖에서는 딴살림을 차렸다. 소년탐정 수첩에 딸에게 보내는 메시지를 몰래 남기거나, 젊은 고서점 주인의 궁지를 구해주기도 했다. 이노우에나 나오미의 말대로 괴인 이십면상처럼 다양한 얼굴을 가진 인물이었던 것 같다.

아직 밝혀지지 않은 또 다른 얼굴이 있더라도 이상하지 않을 것 같다.

30분쯤 지나 우리는 유키노시타의 기시로 게이코의 집에 도착했다. 현관에서 우리를 맞이한 건 동생 구니요였지만, 얼굴을 마주했을 때부터 뭔가 분위기가 이상했다. 정신이 딴 데 팔린 사람처럼 안절부절못했다. 시오리코 씨도 눈치챘으리라.

구니요는 바로 우리를 거실로 안내했다. 기시로 게이코의 모습은 보이지 않았고, 둥근 테이블에는 저번과 마찬가지로 의자 세 개와 한 사람이 앉을 만한 자리가 있었다. 휠체어를 두는 자리다.

“언니는 지금 정원에 있어요. 좀 이따 온다네요.”

다나베 구니요는 그렇게 말했다. 두꺼운 커튼 때문에 바깥 정원은 잘 보이지 않았다. 창문은 열려 있는지 커튼 자락이 바람에 흔들렸다.

역시 뭔가 이상했다. 애타게 찾던 금고 열쇠를 가져왔는데, 주인은 정원에 나가 얼굴도 비추지 않았다.

구니요가 금고가 든 벽장을 열자 시오리코 씨는 열쇠를 들고 금고 앞에 천천히 앉았다. 나는 별생각 없이 어스름한 실내를 둘러보았다.

뭔가 일이 생긴 거라면 어딘가에 단서가 있을지도 모른다고 생각했기 때문이다. 하지만 전과 다른 점은 눈에 띄지 않았다. 다만, 사이드보드에 놓인 사진과 전화기, 티슈 박스 위에 레이스로 뜬 커버가 덮여있었다. 그러고 보니 다나베 구니요의 취미는 레이스 뜨기다. 솔직히 이 방에는 어울리지 않았다. 레이스로 뜬 커버는 어릴 때나 봤다.

"역시 이 금고 열쇠가 맞아요."

시오리코 씨의 목소리에 나는 뒤돌아봤다. 장식이 달린 열쇠구멍에 아까 찾은 열쇠가 딱 맞았다.

"이제 남은 건 비밀번호뿐이네요. 방금 생각난 번호를 몇 개 입력해봤는데, 딱히 반응은 없었어요. 다시 알아볼게요."

"그래요, 부탁할게요."

다나베 구니요는 정원 발코니로 나가는 창문을 곁눈으로 보며 말했다. 기시로 게이코가 나타날 낌새는 여전히 없었다.

"정원에 누가 오셨나 봐요?"

그렇게 물으며 시오리코 씨는 일어나 지팡이를 팔에 꼈다.

"네, 뭐……."

구니요는 말을 흐릴 뿐 자세히 설명하지 않았다. 시오리코 씨도 창문 쪽으로 시선을 돌렸다. 그러자 커튼 너머에 서 있는 누군가가 보였다.

긴 머리의 여자 실루엣. 순간 시오리코 씨인 줄 알았다.

여자는 커튼 사이로 손을 내밀어 천천히 커튼을 걷었다.

"아……."

시오리코 씨의 입술에서 나지막한 목소리가 흘러나왔다. 나도 놀라서 그 자리에 우두커니 섰다.

검은 코트에 옅은 선글라스를 낀 중년 여자가 발코니에 서있었다. 딸보다 더 긴 검은 머리가 바람에 살랑거렸다. 이렇게 가까운 거리에서 본 건 처음이었다.

"오랜만이구나, 시오리코."

시노카와 지에코는 그렇게 말했다.

押絵と旅する男

03

오시에와 여행하는 남자

오시에와 여행하는 남자 | 押絵と旅する男

에도가와 란포가 1929년 《신청년》에 연재한 작품. 추리물이라기보다는 환상담에 가까운 작풍으로, 신기루를 보고 오는 길에 열차에 탄 남자 '나'가 어떤 노인과 만나, 그가 가진 오시에 공예품에 얽힌 신비한 이야기를 듣는다는 내용. 란포 자신이 각지를 여행하다 신기루를 보고 돌아오는 열차 안에서 떠올렸다는 일화가 있다. 오시에란 판지로 인물 혹은 화조 모티프를 따 색색의 천으로 싸고, 그 틈에 솜을 넣어 양감을 표현해 액자에 붙인 세공품을 말한다.

1

우리는 예상보다 일찍 기시로 게이코의 집에서 나왔다. 시노카와 지에코가 나타나자마자 시오리코 씨가 정원에 있던 의뢰인에게 인사를 하고 말없이 자리를 떴기 때문이다.

화단 옆 휠체어에 앉아있던 기시로 게이코가 난처한 표정으로 거실에 있는 우리를 올려다보던 게 마음에 걸렸다. 시노카와 지에코와 무슨 이야기를 한 걸까.

시오리코 씨는 문 옆에 세워둔 봉고차 조수석에 서둘러 올라타 안전벨트를 맸다. 단 1초라도 어머니와 같은 공기를 마시고 싶지 않다는 강한 의지가 전해졌다. 나도 운전석에 올라탔다.

"이대로 돌아가려고요?"

열쇠를 전해줬으니 볼일은 끝났지만, 무슨 일인지 알아보는 게 좋을 것 같았다. 그리고 시오리코 씨에게는 10년 만의 어머니와의 재회다.

"물론이죠. 출발해주세요."

그녀는 주문처럼 억양 없는 목소리로 말했다.

"그래도 좀 이야기를 해봐야죠. ……어머니와."

"할 얘기 없어요."

"그래도, 지금까지…… 쌓인 게 많잖아요. 앞으로 직접 말할 기회가 없을지도 몰라요."

모녀가 다투기를 기대한 건 아니지만, 이대로 돌아가는 것보다는 나을 것 같았다. 그리고 이번 일에 관해서도 시노카와 지에코에게 물어야 할 게 있었다.

시오리코 씨는 안전벨트를 맨 채 바위처럼 꿈쩍도 하지 않았다. 물론 나 역시 억지로 만나게 할 생각은 없었다. 좌우지간 오늘은 물러나야겠군.

그런 생각을 하며 시동을 걸려던 순간, 누군가가 유리창을 똑똑 두드렸다.

"으앗!"

검은 코트 차림의 시노카와 지에코가 차 안을 들여다보고 있었다. 나는 잠시 망설이다 운전석 유리창을 내렸다.

"……무슨 일이시죠?"

"기타가마쿠라에 가는 거면 나도 태워줄래요?"

그녀는 환하게 웃으며 말했다.

"네?"

"집에 들러서 아야카와 만나기로 했거든. 아까 가게로 전화했더니 일단 오라지 뭐예요."

집에 와서 얼굴이라도 보여달라던 아야카의 말이 떠올랐다. 그러니 오라고 했겠지. 이것저것 '할 말'이 많은 모양이었지만.

사정이 그렇다면 거절할 수도 없었다. 시오리코 씨도 아무 말 없었기에 나는 시노카와 지에코를 뒷좌석에 태우고 출발했다.

춥지는 않았지만 차 안 분위기는 싸늘했다. 아무도 입을 열지 않았다.

평일인데도 쓰루가오카하치만구 앞 사거리는 꽉 막혔다. 와카미야 대로의 벚꽃이 활짝 피어 사방으로 꽃잎이 흩날렸다. 걸음을 멈추고 카메라나 휴대전화로 그 광경을 찍는 사람도 많았다.

"……예쁘네."

침묵을 깬 건 시노카와 지에코였다. 딸과 목소리가 너무 비슷해서 혼란스러웠다. 룸미러를 보니 무릎을 딱 붙이고 허리를 꼿꼿이 편 채 앉아있었다. 자세까지 딸과 똑같았다.

“어째서 기시로 씨 댁에 계셨던 겁니까?”

시오리코 씨가 아무 말도 하지 않았기 때문에 내가 물을 수밖에 없었다.

“물론 금고 때문이죠.”

“금고?”

“기시로 씨가 날 찾는다는 소문을 들어서 직접 만나러 갔어요. 그 금고를 열려고 그랬겠지. 시오리코, 네가 대신 맡았다면서?”

딸은 대답하지 않았다. 소문을 듣고 갔다면 우리가 의뢰를 받은 시점에는 이 사건과 상관없었다고 봐야 한다. 뭐, 어디까지가 사실인지는 모르지만.

“그럼 기시로 씨와 면식은 있었습니까? 아니, 그보다 그 금고에 대해 전부터 알고 계셨습니까?”

“기시로 씨와 직접 만난 건 처음이에요. 전화 통화를 한 적은 있지만. 다이스케 군, 금고에 대해 아는지 묻기 전에 나와 가야마 씨의 관계에 대해 먼저 확인해야 하지 않을까? 그 편이 상황을 파악하기 쉬울 텐데.”

“아, 그렇구나.”

무심코 고개를 끄덕인 건 항상 듣던 목소리와 똑같기 때문이다. 고개를 돌리자 조수석에 앉은 시오리코 씨가 찡그린 표정으로 나를 노려보고 있었다. 아니, 저 사람하고 친하게 수다를 떤 것도 아닌데.

“나도 볼일이 끝나면 금고 비밀번호를 알아보려고 했어요. 반나절이면 충분하니까.”

시오리코 씨는 화들짝 놀란 듯 뒷좌석을 돌아봤다. 시노카와 지에코는 눈을 가늘게 뜨며 미소 지었다. 눈가에 잡힌 주름까지 왠지 아름답게 느껴졌다.

“이제야 눈을 마주치네. 틀린 말 아니잖아. 원래 나한테 의뢰하려던 일이었는걸. 그쪽에선 금고만 열 수 있으면 누구든 상관없다, 먼저 비밀번호를 알아낸 사람에게 장서를 팔겠다고 했어.”

나는 그 이야기에 위화감을 느꼈다. 그뿐이라면 그 자매가 그토록 당황한 기색을 보이지 않았으리라. 다른 뭔가…… 자매가 대답하기 곤란한 이야기를 꺼낸 게 아닐까? 이 사람이라면 그러고도 남는다.

“그러고 보니 재미있는 문제를 내더라고. 커버를 씌운 초판본 제목을 맞추라지 뭐니, 너한테도 물어봤지? 제대로 맞췄니?”

“……네.”

시오리코 씨는 마지못해 대답했다.

"쉬운 문제니까. 대답하는 데 1초도 안 걸릴걸."

시오리코 씨가 살짝 눈을 떴다. 분명 몇 초는 생각에 잠겼었다.

나는 룸미러로 시노카와 지에코의 표정을 살폈다. 아까부터 반나절이면 알아낼 수 있다는 둥, 1초도 안 걸린다는 둥 뭔가 허풍 섞인 이야기가 많다. 정말 비상한 두뇌를 가진 사람일까?

"그렇게 쉽게 푸는 게 가능합니까?"

내가 물었다.

"란포의 초판본 정도는 쉽게 알아맞힐 수 있지. 전에는 무슨 책이었는데?"

시험 삼아 말해보라는 건가. 나는 운전을 하며 기억을 더듬었다.

"전전에 출판된 사륙판인데, 분명……."

"원래 커버와 박스가 없는 책이고 꽤 두꺼워요."

마치 남을 대하듯, 가시 돋친 목소리로 시오리코 씨가 말을 받았다. 그러자.

"『외딴섬 악마』네. 쇼와 5년에 나온."

말이 끝나기가 무섭게 시노카와 지에코가 대답했다. 정말 1초도 걸리지 않았다.

"그리고 쇼와 11[1936]년에 발행된 평론집 『귀신의 말』도.

그 조건에 해당하는 책은 두 권이야.”

“아.”

조수석에 앉은 시오리코 씨가 숨을 삼켰다.

“하지만 실물을 보면 두께나 판형의 미묘한 차이로 어느 쪽인지 바로 알아맞힐 수 있겠지. 내 딸이라면 당연히 풀 수 있는 문제야.”

으쓱해하는 어머니의 말을 들으며 딸은 입술을 깨물었다. 두 번째 선택지를 알아채지 못했기 때문이다.

시오리코 씨의 고서에 대한 지식은 엄청나다고 생각했지만, 뛰는 놈 위에는 나는 놈이 있는 모양이다.

기타가마쿠라 역에 도착한 봉고차는 일단 비블리아 고서당 앞을 지나쳤다. 유리문에는 커튼이 쳐져있었고, ‘임시휴업’ 이라는 종이가 써 붙여져있었다. 아야카의 글씨였다.

“어머…….”

시노카와 지에코가 쿡 웃었다. 딸이 백 퍼센트 환영해준다는 보장은 없으니 웃고 있을 때가 아닌 것 같은데. 동생인 아야카도 어머니에게는 나름대로 복잡한 감정을 가지고 있었다.

반대편에 있는 안채 주차장에 차를 세우러 들어가자, 남색 교복 차림으로 현관에 서있는 시노카와 아야카의 모습이 보였다. 차를 세우자마자 회색 교복 치마를 휘날리며 우리 쪽으로 달려왔다.

"엄마! 어서 와!"

아야카는 뒷문을 활짝 열고 환한 미소로 어머니를 반겼다. 예상을 뛰어넘는 열렬한 환영이었다. 시노카와 지에코는 털끝만큼도 동요한 기색 없이 미소로 답했다.

"오랜만이네, 아야카. 정말 많이 컸구나."

"응, 많이 컸어! 어서 들어와."

아야카는 엄지손가락으로 현관을 가리켰다.

어쩌다 보니 빠져나갈 타이밍을 놓쳐서 나 역시 거실까지 따라갔다. 넷이서 탁자 주변에 앉자 아야카는 금세 차를 가져왔다.

"왜 아직도 교복 차림이야?"

나는 작은 소리로 물었다. 오늘은 분명 오전 수업이라고 했는데.

"음, 뭘 입어야 할지도 모르겠고…… 난 고등학생이니까 교복이 정장인가 해서."

"잘 어울려. 차도 맛있고."

어머니의 칭찬에 아야카는 쑥스러운 듯 머리를 긁적였다. 여전히 시오리코 씨는 말이 없었다. 언제 분노를 폭발시켜도 이상할 게 없다는 생각이 들었다.

"엄마, 오늘 저녁 먹고 갈 거야? 내가 차릴게."

"오늘은 일 때문에 누굴 만나야 돼. 다음에."

지에코는 단칼에 거절했다. 나는 저도 모르게 그녀의 옆모습을 노려보았다. 저녁도 같이 안 먹을 거면 대체 뭣 하러 온 거야?

"그래? 아쉽다."

아야카는 다소 기운 없는 목소리로 대답했다.

시오리코 씨가 찻잔을 탁, 소리 나게 내려놓았다. 방금 대화로 인내심이 한계에 다다른 모양이다. 하지만 동생이 먼저 기선을 제압하듯 손가락을 세 개 펴며 말했다.

"엄마한테 궁금한 게 세 개 있어요!"

흉내 내려는 건 아닌 것 같지만, 종종 언니가 하는 행동과 제법 비슷했다.

"그게 뭘까?"

시노카와 지에코가 말했다. 아야카는 힘겹게 약지를 접으며 말했다.

"지난 10년 동안 어디서 뭐하고 지냈어?"

"고서에 관한 일을 하느라 여러 나라를 돌아다녔어."

제대로 된 대답은 아니었지만 아야카는 얌전히 고개를 끄덕였다.

"내가 보낸 메일은 꼬박꼬박 읽었어?"

"전부 읽었어. 사정이 있어서 답장은 못 보냈지만."

"흐음, 그랬구나."

"무슨 사정……."

무슨 사정이 있었는지는 설명해야 하는 게 아니냐고 추궁하고 싶었지만 억지로 말을 삼켰다. 질문하는 본인이 가만히 있는데 식구도 아닌 내가 발끈해서 어쩌겠는가.

아야카는 마지막 집게손가락을 접으며 주먹을 꽉 쥐었다. 어느새 입가에서 미소가 완전히 사라졌다.

"왜 나한테는 책을 남겨주지 않았어? 언니는 줬으면서."

무거운 침묵이 실내를 가득 채웠다.

아야카가 가장 묻고 싶었던 건 바로 이 질문이겠지. 언니와 달리 나 같은 건 아무래도 좋았던 거냐는 뜻이다.

나도 몸을 내밀며 시노카와 지에코의 대답을 기다렸다. 지금까지 그랬듯 어처구니없는 대답을 한다면 비록 제삼자지만 한마디 해줄 작정이었다.

"……너한테도 남겼는데?"

지에코는 의아스런 표정으로 대답했다. 아야카는 고개를 갸웃거렸다.

"뭐?"

"너희 둘에게 각각 다른 책을 남기고 떠났는데……. 시오리코, 넌 모르니?"

시오리코 씨는 고개를 홱 돌리더니 마지못해 대답했다.

"……내가 가지고 있어."

순간 아야카의 입이 떡 벌어졌다.

"뭐? 자, 잠깐, 거짓말이지?"

"아니. 그때 매일같이 울기만 하고…… 이런 책은 필요 없다며 복도로 던져버렸잖아."

"나, 난 전혀 생각 안 나! 정말 그랬어?"

"넌 아직 어릴 때라…… 좋은 책이었지만, 내용이 좀."

시오리코 씨의 표정이 어두워졌다. 대체 무슨 책이지? 아야카는 언니의 팔을 붙잡고 흔들었다.

"그 책 안 버렸지? 어디 있어? 보여줘!"

"……2층 정리하다 찾았어. 내 책상 위에 있어."

아야카는 말이 끝나기도 전에 벌떡 일어나 2층으로 달려갔다. 마음이 급한지 여기저기 부딪치는 소리가 들렸다.

언니에게 남긴 『크라크라 일기』는 동생이, 동생에게 남긴 책은 언니가 보관하고 있던 거다. 참 별난 우연이었다.

눈 깜짝할 새에 2층에서 내려온 아야카가 어머니와 언니에게 녹색 표지의 책을 들이댔다. 유럽 어느 마을의 풍경이 그려져있었다.

"이거야? 이 책 맞아?"

두 사람이 동시에 고개를 끄덕였다.

안노 미쓰마사의『여행의 그림책』. 나는 아연실색했다. 집 나간 어머니를 가진 딸이 질색할 만한 제목이었다. 책이 무슨 죄겠느냐마는, 두고 간 사람의 센스가 의심스러웠다.

"우와, 엄마, 고마워!"

당사자는 지금 뛸 듯이 기뻐하고 있지만.

아야카가 탁자에 놓인 그림책을 넘기자 모두 머리를 맞대고 책을 들여다봤다. 하늘에서 내려다본 마을 풍경이 조금씩 변화하며 이어졌다. 글자는 하나도 없는, 그림만으로 만들어진 책이었다.

"말을 탄 주인공이 여행을 하는 그림책이에요. 어느 페이지든 반드시 어딘가에 주인공이 그려져있죠. 여기도 있잖아요. 그걸 찾아보는 게 재미있어요."

시오리코 씨가 손으로 짚어가며 설명하자 시노카와 지에코도 말문을 열었다.

"아야카는 책을 잘 안 읽는 애니까, 이런 책이 좋겠다 싶어서."

"응. 좋다……. 옛날에는 몰랐나 봐. 그땐 책 읽을 정신도 아니었고."

아야카가 말했다. 시오리코 씨가 책장을 넘기며 설명을 계속했다.

"주인공이 여행하는 곳의 사람들이 사는 모습이 재미있

어요. 운동회를 하거나, 시장에서 장을 보기도 하죠."

"맞아. 곳곳에서 유명한 명화를 찾아보는 재미도 있지. 쿠르베나 밀레의 작품 같은…… 내가 참 좋아하던 책이야."

시노카와 지에코가 말했다. 낡은 책을 펼치자마자 모녀 사이에 흐르는 공기가 달라졌다. 참으로 신기한 모녀 사이다.

불현듯 아야카가 손을 뻗어 그림책을 덮었다. 지에코가 고개를 들었다.

"엄마, 집에 돌아올 거야?"

"……질문은 세 개 아니었니?"

지에코는 장난하듯 웃었지만, 이내 진지한 표정을 지었다. 그녀 역시 중요한 질문임을 아는 것이다.

"당분간 돌아올 생각은 없어. ……너희에겐 미안하지만."

진심으로 미안해하는 것 같지는 않았다. 갑자기 아야카가 가슴을 펴고 자세를 바로 했다. 소녀의 작은 몸이 순간적으로 커다랗게 보였다.

"……저기, 솔직히 억지로 돌아오지 않아도 돼."

그녀는 낭랑한 목소리로 말했다.

"난 엄마가 보고 싶었어. 하지만 이제 필요하지는 않아. 언니는 가게를 잘 꾸려가고 있고, 나도 집안일을 돕고 있어. 엄마가 없어도 우리 둘이서 잘 살고 있어."

그 표정과 목소리에서 비난의 빛은 전혀 찾아볼 수 없었다. 모두 말없이 그녀의 이야기에 귀를 기울였다.

"엄마가 하고 싶은 일을 위해 집을 나가 있는 걸 알아. 하지만 지금까지처럼 연락도 없고, 얼굴도 비추지 않을 거면 머지않아 보고 싶다는 생각조차 들지 않을 거야. ……그러면 이제 집에 못 들어오게 할 거고."

시노카와 지에코는 그제야 선글라스를 벗고 새삼 교복 차림의 딸을 똑바로 바라보았다. 똑똑히 눈에 새겨두려는 듯 뚫어지게 바라보더니, 이내 감개무량한 목소리로 말했다.

"우리 아야카, 정말 많이 컸네……."

2

나와 시오리코 씨에게 할 이야기가 있다는 지에코의 말에 우리는 어스름한 가게로 이동했다. 오후의 햇살이 커튼 뒤편까지 환하게 비추었다.

"별로 안 팔릴 것 같은 책장이네. 아, 그렇군. 이런……."

검은 코트 차림의 지에코는 중얼거리며 책장을 둘러보았다. 마치 고서와 대화를 나누는 것 같았다.

"할 얘기가 뭐죠?"

시오리코 씨가 굳은 목소리로 물었다. 지에코는 통로에 쌓인 고서 더미에서 한 권을 뽑아 책장을 넘기고 있었다.

"내일 오전까지 스케줄이 있지만, 일이 끝나면 가마쿠라로 돌아올 거야. 비밀번호는 내가 알아봐줄게. 너희는 열쇠를 찾았으니, 기시로 씨의 장서는 반씩 나누는 게 어떠니?"

"싫어요."

시오리코 씨는 즉시 대답했다. 하지만 만일 이 사람이 개입하더라도 우리에게 막을 권한은 없다. 그녀도 그 점은 알고 있겠지.

"그게 싫으면 서둘러 알아내야겠는데? 안 그래도 가야마 씨와 직접적인 면식이 없는 너에게는 무거운 짐 같은데."

시오리코 씨가 이를 악무는 게 느껴졌다. 나는 벽에 걸린 시계를 올려다보았다. 내일 오후에 다시 온다고 했는데, 이제 남은 시간은 24시간밖에 없다.

"가야마 아키라 씨와 얼마나 가깝게 지내셨죠?"

나는 아까 차 안에서 지적받은 일을 떠올리고 물었다. 지에코는 쓴웃음을 지었다.

"사람 말을 참 잘 듣네. 히토리서방의 이노우에 씨한테 얘기 못 들었어? 그 사람 도움으로 가야마 집안에서 열쇠를 찾아냈잖아."

"네, 그건 그런데……."

"능력 있는 사람이야. 좀 요령은 없지만."

"……그러니까 당신한테 협박을 당했겠죠."

시오리코 씨가 비난의 화살을 날렸다. 지에코는 꿈쩍도 하지 않고 내 쪽을 보며 말했다.

"서재 문 속에 숨겨진 공간이 있었다면서? 거기서 나온 게 열쇠만은 아니지?"

"전전의 《소년탐정단》 시리즈도 같이 들어있었습니다. 가야마 씨가 서재에 책을 숨겨둔 걸 알고 계셨습니까?"

"아니. 하지만 예상은 했어. 열한 살 때 처음 읽은 란포 작품, 아동용 작품이 자신의 원점이라고 말씀하셨거든. 그런 의미 있는 작품이니 당연히 가까이 두셨겠지."

"가깝게 지내셨군요, 가야마 씨와."

"물론이지. 한때는 친한 친구처럼 지냈어. 일본을 떠나고 나서도 한동안은 가끔 연락을 주고받았지. 배울 점이 많은 분이셨어. 애서가인 손님에게 정보를 얻는 건 고서상에게 중요한 일이야. 시오리코 넌 그런 일에 서투르지? 책장을 보면 알아."

친구로서 가깝게 지냈다기보다는 단순히 정보 제공자로서 이용했던 것처럼 들렸다. 시오리코 씨는 불쾌한 듯 미간을 찌푸렸다.

"학생 시절에 가야마 씨가 소설가를 꿈꿨던 건 알죠?"

"……네."

나는 고개를 끄덕였다.

"암호를 소재로 한 추리물이나 환상적인 괴담류를 몇 편 써서 잡지에 투고했다고 들었어. 란포의 초기작뿐 아니라 란포에게 영향을 준 에드거 앨런 포도 좋아하셨지. 당시 유행에서 벗어난 작풍이었다며 웃으셨어."

에도가와 란포라는 필명이 에드거 앨런 포에서 따온 것이라는 이야기는 들은 적이 있다. 뭐, 포가 어떤 작가인지는 모르지만.

"포는 19세기 미국의 작가 겸 시인이야. 괴기소설 작가로 알려졌지만, 「모르그 가의 살인」이나 「황금충」 같은 추리물이나 암호물의 원조라 할 수 있는 작품도 썼지. 란포뿐 아니라 많은 작가들에게 영향을 줬고……. 다이스케 군은 궁금한 게 있으면 바로 얼굴에 티가 나는구나."

시노카와 지에코는 유창하게 설명했다. 이런 점도 시오리코 씨와 꼭 닮았다.

"……가야마 아키라 씨가 작가 지망생이었던 게 이 일과 무슨 상관이 있는데요?"

시오리코 씨가 나지막한 목소리로 물었다. 당장 감정을 정리할 수는 없겠지만, 지금은 지에코와 이야기를 해야 한다는 사실을 깨달은 모양이었다. 내일 오전 중에 금고를 열려면 조금이라도 정보를 알아내야 한다.

"가야마 아키라 씨의 성격을 설명해주지. 금고를 열 단서를 찾으려면 먼저 그에 대해 알아야 하지 않겠니?"

맞는 말이다. 지금까지도 우리는 고서를 단서로 가야마 아키라라는 인물의 내면을 탐구해온 것이나 마찬가지였다. 전혀 면식이 없던 고인과 그 가족에 대해 지금은 많은 사실들을 알고 있다.

'……어?'

그 '단서'를 우리에게 말해준다는 건 시오리코 씨를 돕는 것이나 마찬가지다. 내일 오전이 지나면 자신이 금고를 연다고 했으면서.

말과 행동이 앞뒤가 맞지 않는다.

이 사람의 진의는 무엇일까?

"가야마 아키라 씨에게는 소설에 대한 애착과 자신의 재능을 세상에 펼치고 싶다는 욕구가 있었을 거야. 하지만 소설의 세계에서는 그 욕구를 채우지 못했기 때문에 결국 모든 걸 봉인했지. 과거에 쓴 작품을 남에게 결코 보여주지 않았다고 해.

하지만 그 두 감정이 다른 형태로 발원되어, 사업에서 성공을 거둔 일과 남몰래 고서 수집을 계속해온 일로 갈라져

나갔다고 생각해. 가야마 씨에게는 모두 이 세상에서 꾸었던 꿈이었을지도 모르지."

시노카와 지에코는 카운터로 돌아와 아까 뺀 책을 내려놓았다. 에도가와 란포 『나의 꿈과 진실』. 이 역시 그 말, '현세는 꿈, 밤의 꿈이야말로 진실'과 관련이 있겠지. 꽤 오래된 책 같았다.

"이 책은 판매가가 너무 비싸. 이 절반 가격이 좋을 것 같아."

지에코는 카운터를 사이에 두고 딸과 서로 마주보았다. 상대의 질문을 기다리는 듯했다. 그녀의 기운에 넘어갔는지 시오리코 씨가 먼저 입을 열었다.

"그 금고에 뭐가 들었는지 알아요?"

"난 아무 얘기도 못 들었어. 기시로 씨 말고는 아무도 모를 거야. 나름대로 생각하는 바는 있지만. 넌 뭐라고 생각하니?"

"그만한 컬렉션을 가신 분이 몰래 숨겨 오신 물건이라면, 미발표 초고 같은 게 아닐까요."

"꽤 괜찮은 생각이야. 「2전짜리 동전」나 「인간의자」의 초고가 발견된 적도 있으니까. 내 생각을 들어볼래?"

우리는 무심코 고개를 끄덕였다.

"단순한 초고라면 가야마 씨와 기시로 씨가 집요하게 숨길 이유가 없어. 내 생각에 여러 정보들을 놓고 고려했을 때 답은 하나밖에 없다고 생각해."

시노카와 지에코는 그렇게 말하더니 집게손가락을 세우며 다음 말을 이었다.

"「오시에와 여행하는 남자」의 첫 원고."

"……말도 안 돼요. 그런 건."

긴 침묵 끝에 시오리코 씨가 간신히 말문을 열었다. 희미하게 목소리가 떨렸다. 잘은 모르지만 엄청나게 대단한 것인 모양이다.

전에도 「오시에와 여행하는 남자」 이야기를 들은 적 있었다. 가야마 아키라에 관한 '보고서'에도 고인이 높이 평가한 작품에 올라있었고, 기시로 게이코도 좋아하는 작품이라고 했다. 가마쿠라 집에 신기루 사진이 있던 것도 바로 그 때문이었다.

"신기루가 나오는 이야기죠?"

비슷한 생김새의 두 여자가 홱 나를 돌아보았다. 네 개의 눈동자가 반짝반짝 빛을 발했다.

"쇼와 4[1929]년에."

두 여자는 동시에 말문을 떼더니 이내 입을 다물었다. 정말 책 이야기를 좋아하는 사람들이다. 어머니를 찌릿 노려

보더니, 시오리코 씨는 이야기를 계속했다.

"쇼와 4년에 발표된 환상적인 단편으로, 란포 자신도 깊은 애착을 가진 작품이에요. 팬들 사이에서도 인기가 많은, 그야말로 대표작 중 하나죠.

오즈의 신기루를 보러 갔던 주인공은 돌아오는 기차 안에서 커다란 오시에를 가진 기묘한 늙은 남자를 만나요. 오시에란 천이나 솜으로 입체감을 살린 장식 세공 그림의 일종으로, 지금도 장식용 하고이타깃털이 달린 공을 나무판자로 쳐서 주고받는 하네쓰키란 놀이에 쓰이는 나무판자 등에 쓰이죠.

그 오시에에는 아리따운 처녀와, 오시에의 주인인 남자와 꼭 닮은 노인이 그려져있었어요. 남자의 이야기로는 오시에 속 노인은 그의 형으로, 오시에 속의 처녀를 연모한 나머지 망원경의 신비한 힘으로 그림 속으로 들어가버렸다는 거예요. 원래 그림이었던 처녀와 달리 산 사람이었던 남자의 형은 세월이 흐르면서 나이를 먹었고요. 오시에로 변한 형을 안고 남자는 밤의 어둠 속으로 사라지죠……. 짧은 이야기지만 재미있어요. 궁금하면 빌려드릴게요."

"아, 네. 빌려주세요."

조금 으스스하지만 신비로운 이야기였다.

"그 작품의 첫 원고가 어디로 사라진 건가요?"

"사라진 게 아니라, 폐기했어요. 작가 본인이 직접."

"버렸다는 겁니까? 자기가 쓴 원고를?"

"네. 란포는 인기 작가였음에도 이상할 정도로 자기 작품에 대한 평가가 박했어요. 혐오감에 시달리다 절필을 하고 방랑의 여행을 떠났죠. 「오시에와 여행하는 남자」의 첫 원고는 쇼와 2[1927]년 가을, 간사이 여행길에서 썼지만……."

여행하는 남자 이야기를 여행길에 썼다는 건가. 때문에 그런 소재를 택했을지도 모른다.

"란포는 그 원고를 들고 나고야에서 열린 작가 조합 모임에 참가했어요. 원고 의뢰를 한 건 당시 잡지 《신청년》의 편집장이었던 요코미조 세이시였는데……."

"아, 그러고 보니 요코미조 세이시는 편집자로 일하기도 했다고 했죠."

란포와는 수십 년에 걸쳐 가깝게 지냈다고도 했다.

"네. 하지만 자기 작품에 자신이 없었던 란포는 나고야에서 만난 요코미조 세이시에게 원고를 보여주지 못하고 밤중에 호텔 화장실 변기에 찢어서 버렸어요.

지금 우리가 읽는 「오시에와 여행하는 남자」는 그로부터 1년 반 뒤에 다시 쓴 원고에요. 기본적인 착상은 같지만 내용은 꽤 다르다고 해요. 란포 자신은 첫 원고는 완성도가 낮았다고 했지만……."

원체 자기 작품에 대한 평가가 박했던 그였으니 곧이곧

대로 믿을 수는 없겠지. 어쩌면 나중에 새로 쓴 작품을 뛰어넘는 걸작이었을 가능성도 있다는 뜻이다. 시오리코 씨가 흥분하는 이유를 알 것 같았다. 란포 팬이라면 누구나 읽어 보고 싶겠지.

"……찢어서 화장실 변기에 버렸다는 건 본인의 말일 뿐이야."

시노카와 지에코가 반박했다. 시오리코 씨는 어처구니없다는 듯 고개를 저었다.

"란포가 왜 거짓말을 하겠어요? 첫째, 같은 방에 묵었던 요코미조 세이시도 증언했어요. 란포는 원고를 버린 직후에 바로 그 사실을 고백했고, 구멍이 있으면 들어가고 싶은 기분이었다고 수필에도 썼어요."

"「대필 참회」 말이지? 그 수필은 나도 읽었어. 하지만 요코미조 세이시가 목격한 건 란포가 자기 가방을 뒤진 뒤에 방을 나가 다시 돌아온 모습뿐이었어. 직접 찢어서 버리는 장면은 보지 못했지.

아무에게도 보여주고 싶지 않은 원고인데, 어디 있느냐고 캐물어서 못 찾게 하려고 변기에 버렸다고 대답했더라도 이상할 건 없잖아. 버린 게 사실이더라도 변기가 아니라 제삼자가 주울 수 있는 장소에 버렸을 가능성도 있고……."

"그건 가설이 아니라 상상이에요. 그럼 가야마 아키라

씨가 그 원고를 입수한 경로는 어떻게 설명할 건데요? 한 번이라도 고서 시장에 나왔다면 화제가 되지 않았을 리가 없는데."

발끈해 반박하는 시오리코 씨와 달리 어머니는 고서에 관한 이야기를 즐기는 표정이었다.

"고서 시장에 나오지 않았다면? 고서점에서 산 게 아니라 가야마 집안에 원래 있던 거라면?"

"더 어처구니없네요. 그럴 리가……."

"가야마 씨 아버님 고향이 어딘지는 들었니?"

순간 시오리코 씨가 숨을 삼켰다. 시노카와 지에코는 이제야 알았느냐는 듯 미소를 지었다.

"표정을 보아하니 들었나 보구나. 나고야 오스야. 쇼와 2년, 란포가 묵었던 곳도 나고야 오스였지. 오스 호텔이라는 이름이었는데, 원래는 유곽이었다고 했어. 당시 가야마 씨 아버님은 그 근처에서 일했을걸."

지에코가 무슨 이야기를 하는 것인지 나도 파악할 수 있었다. 이노우에는 오스라는 유곽이 있던 마을이었다고 했다. 그러고 보니 가야마 아키라의 '보고서'에는 그의 아버지 소키치가 나고야에 거주할 때 여러 직업을 전전했다는 이야기와 한때 '여관 종업원'으로 일했다는 이야기가 적혀 있었다.

"……우연히 란포 마니아인 종업원이 그 원고를 주웠다, 그렇게 말하고 싶은 건가요?"

"오히려 그게 컬렉션의 출발점이 되었을지도 모르지. 그 날 주운 기묘한 원고…… 거기서부터 란포라는 작가에게 관심을 가졌고, 인기 작가의 소설을 깡그리 찾아 읽었다. 초고는 이내 같은 취미를 가진 아들이 물려받았고."

"억측일 뿐이에요."

반박하는 시오리코 씨의 목소리가 작아졌다. 옆에서 듣던 나도 점점 수긍이 됐다. 시오리코 씨도 이처럼, 책벌레의 억측에서 시작해 고서에 숨겨진 진실을 찾아낸 적이 있다. 하지만 쇼와 초기의 사실까지 알아맞히는 건…….

무슨 일이든 한계는 있다. 무엇보다 80년도 더 지난 옛날이야기다.

"지금 그 얘기, 기시로 씨에게 확인해봤죠? 그분은 뭐라고 하시던가요?"

이번에는 내가 물었다.

"기시로 씨는 긍정도 부정도 하지 않았어. '당신이 찾는 건 아니라고 생각해요' 라고만 대답했지."

그때 일을 떠올렸는지 지에코의 얼굴에 웃음이 번졌다.

"그럼 아니란 뜻 아닙니까?"

뭔가 석연치 않은, 의미심장한 대답이지만.

"꼭 그렇다고 볼 수도 없지. 완전히 부정하진 않았으니까."

시노카와 지에코는 어린애처럼 신이 난 목소리로 말했다. 고서에 대해 이야기하는 동안 점점 생기가 돌며 다시 젊어지는 것 같았다.

"좌우지간 금고를 열면 모두 밝혀지겠지. 이번 일에 기대가 커. 정말 「오시에와 여행하는 남자」의 첫 원고가 있다면 무슨 짓을 해서든 읽어보고 싶지 않니?"

나는 반응하지 않았지만 시오리코 씨는 무엇에 홀린 사람처럼 고개를 끄덕였다. 하지만 이내 후회한 듯 어머니에게서 눈을 돌렸다.

"난 그만 갈게. 내일까지 열심히 해봐."

코트 주머니에 손을 넣고 시노카와 지에코는 유리문을 향해 걸어갔다. 도중에 멈춰서더니, 잠시 망설이다 뒤돌아 딸을 보았다.

"내 말을 믿을지는 네 마음이지만…… 힌트를 하나 줄게."

시오리코 씨는 복잡한 표정을 지었다. 힌트를 달라고도, 됐다고도 하지 않았다. 아마 말할 수 없었던 것이리라.

"몇 년 전에 가야마 씨와 마지막으로 통화했을 때였어. 내가 그 금고에 대해 묻자 이렇게 대답했지. '게이코에게 내는 퀴즈' 라고."

"……퀴즈?"

시오리코 씨는 작은 소리로 중얼거렸다.

"당신이 세상을 떠난 뒤에 기시로 씨가 금고를 여는 과정을 즐기길 바랐던 거지. 열쇠를 찾아, 비밀번호를 알아내 금고 안에서 '보물'을 꺼내게 하려고 오랜 시간을 들여 준비를 했어. 혹시라도 일이 잘 풀리지 않았을 경우에 대비해, 일정 시간이 지나면 그녀가 해답을 알 수 있도록 준비하겠다고 했지."

"네? 그럼 그 답은 어떻게 된 겁니까?"

나는 저도 모르게 물었다. 그 답을 안다면 우리에게 의뢰할 필요도 없었을 텐데.

"준비가 끝나기 전에 가야마 씨가 세상을 떠난 거지. 일정 시간이 지나면 답이 발송되도록 준비하지 못했기 때문에 혼란이 생긴 거고."

가야마 아키라의 성격을 생각하면 그런 게임을 준비했더라도 이상할 건 없다. 하지만 그게 사실이라면 준비하는 데 꽤 오랜 시간이 걸렸으리라. 하지만 그토록 오랜 세월이 필요한 뭔가를 이번 일을 조사하는 과정에서 우리는 보지 못했다. 다이기리 저택에 있던 소파나 문의 장치도 기시로 게이코와 만나기 전부터 있던 것이다.

"금고 비밀번호에 대해서도 아주 조금이지만 힌트를 알

아냈어. '나 말고는 아무도 모르는 이름으로 할 작정이다' 라고 했지."

지금 이야기를 머릿속에서 반추했다. 이건 뭐 안 들은 것이나 마찬가지다. 힌트를 알아냈다고 한 걸 보면, 시노카와 지에코는 예전부터 금고의 내용물에 관심을 가졌던 것이리라.

문 여는 소리에 나는 반사적으로 고개를 들었다. 지에코의 모습은 어느새 사라져있었다. 열린 문과 커튼 사이로 들어온 환한 햇살이 바닥을 비추었다.

'……힌트까지 주고 갔네.'

나는 문을 닫고 다시 커튼을 쳤다. 뭔가 찜찜했다. 본인의 말대로 정말 믿어도 되는 내용일까. 우리를 교란시키려고 던진 말일지도 모른다.

"다이스케 씨!"

가게 안쪽에서 다급한 목소리가 들렸다. 나는 카운터에 있는 시오리코 씨를 돌아봤다. 그녀는 당황한 기색이 역력한 얼굴로 안채로 들어가려 했다.

"왜 그래요?"

"지금 당장 가야마 씨 댁에 가봐야겠어요. 차 준비해주세요!"

3

도로를 달리는 차 안에서 시오리코 씨는 먼저 가야마 가에 전화를 걸었다. 그녀는 무척 중요한 일을 다시 확인해야 한다, 잠시라도 좋으니 서재를 보여달라고 부탁했다. 그리고 자기가 아닌 다른 사람은 절대 서재로 들여보내지 말고 기다리게 하라고 거듭 못을 박았다.

"……무슨 일입니까?"

나는 통화가 끝나기를 기다렸다 물었다.

"어머니가 그 집으로 가고 있을지도 몰라요."

"네? 그걸 어떻게 압니까?"

"그 사람이 아까 우리에게 그랬죠, 비밀 장소에서 나온 게 열쇠만은 아닐 거라고. 그 말이 계속 마음에 걸렸어요. 다이스케 씨가 전쟁 전의 《소년탐정단》 시리즈가 나왔다고 했는데도 별 관심을 보이지 않았죠. 우리가 다른 단서를 찾아냈는지 확인하려던 건지도 몰라요."

"아……."

지에코가 아무 반응도 없었기에 나도 별 생각 없이 넘겼다.

"전 그 비밀 장소를 샅샅이 조사하지 않았어요. 열쇠를 보고 긴장이 풀린 거죠……. 제가 방심했어요."

“하지만 어머님이 그 집에 간다는 보장은 없잖아요. 단순한 착각일 수도 있고요. 만일 가더라도 바로 서재로 들여보내주지는 않을 겁니다. 가야마 씨에게 전화로 부탁도 해두었으니까요.”

“……그러면 다행이지만.”

시오리코 씨의 불안은 사라지지 않는 모양이었다.

후지사와 시 다이기리에 도착하기까지 생각보다 시간이 오래 걸렸다. 오후나 역 근처의 철도 건널목을 피해서 육교를 건넜는데, 교통사고가 일어난 바람에 오히려 그쪽이 더 막힌 것이다. 하지만 그리 오래 걸린 건 아니니, 시노카와 지에코가 곧바로 다이기리로 직행했더라도 충분히 먼저 도착할 거라고 생각했는데…….

“……그분은 서재를 보시고 방금 돌아가셨는데요.”

문을 열어준 가정부의 말에 시오리코 씨는 정신을 잃은 듯 우두커니 그 자리에 섰다. 그녀가 염려한 대로 시노카와 지에코는 벌써 이곳에 다녀간 것이다.

“왜 서재에 들여보냈습니까? 저희가 도착할 때까지 기다리게 하라고 부탁드렸잖습니까.”

나는 저도 모르게 언성을 높였다. 가정부는 당혹스러운 표정으로 시오리코 씨를 보았다.

"처음 전화를 끊고 다시 전화하셨잖아요? '어머니를 대신 보낼 테니 도착하자마자 서재를 보여달라' 고."

대체 무슨 소리지? 전화는 한 번만 했다.

"……어머니 짓이에요. 당했네요."

시오리코 씨는 분한 듯 중얼거렸다. 그제야 나도 무슨 일이 일어났는지 알아챘다. 시노카와 지에코는 타이밍을 보다 딸인 척 전화를 건 것이다. 시노카와 모녀는 생김새뿐 아니라 목소리까지 비슷하다. 잘 모르는 사이라면 십중팔구 똑같은 사람인 줄 알겠지.

우리가 급하게 이곳으로 향하리라는 것도, 가야마 가에 미리 연락하리라는 것도 예측하고 있던 것이다.

결국 아까 말한 '힌트' 는 우리를 방심시키기 위한 포석이었는지도 모른다. 어쨌든 가야마 가에서 얻은 단서를 없애버리면 우리가 비밀번호를 알아낼 길은 영영 사라진다.

서재에 들어간 우리는 놀라서 눈이 휘둥그레졌다. 아까 떠났을 때와 너무 달랐기 때문이다. 떠나기 전, 우리는 가정부에게 사정을 설명하고 비밀 장소를 다시 닫아놓았다. 하지만 지금 문 안쪽의 패널은 모두 벗겨져, 텅 빈 비밀 장소가 드러나 있었다. 모든 칸은 비어있었고, 고단샤 판 《소년탐정단》 시리즈조차 없었다.

주변을 둘러보자 소파 위에 낡은 표지의 책 네 권이 널브러져 있었다. 다행히 가져가지는 않은 모양이다.

"저희가 돌아가고 나서 가족 분들 중에 집에 오신 분이 계신가요?"

시오리코 씨가 물었다.

"아드님이 오셨다 30분쯤 전에 다시 나가셨는데……."

"어머니가 찾아오기 전에요?"

"네."

"감사합니다. 이제 저희가 알아서 할게요."

"볼일이 끝나면 불러주세요."

가정부는 문을 닫고 나갔다. 시오리코 씨가 내 귓가에 속삭였다.

"어머니가 한 짓은 아니에요."

"네?"

"그 사람이 고서를 험하게 다룰 리가 없으니까요."

그녀는 소파 위에 널브러진 책을 가리키며 말했다. 분명히 가치를 아는 사람이라면 이런 식으로 다루지는 않았으리라.

"그럼 대체 누가……?"

그때 다시 문을 열고 누군가가 들어왔다. 검은 재킷에 가죽 바지 차림의 젊은 남자였다. 나와 비슷한 또래 같다. 가야마 요시히코처럼 얼굴이 길고 입술이 두꺼웠지만, 그래도 잘생긴 축에 속했다. 원래 곱슬머리인지, 자연스럽게 왁스로 세운 머리카락이 좌우로 뻗쳐있었다.

남자는 우리를 보고 순간 놀란 듯했지만, 이내 싱글벙글 웃으며 말했다.

"안녕, 아, 그쪽이 고서점을 한다는 그……? 점심에 왔다 갔다고 들었는데."

그는 시오리코 씨에게 친한 척 말을 건넸다.

"아, 네. 비블리아 고서당의 시노카와라고 합니다. 잠시 볼일이 있어서…… 다시 왔습니다. 이쪽은 저희 직원인 고우라……."

"뭘 그렇게 어려워해요. 난 가야마 와타루. 만나서 반가워요."

웬일로 더듬지 않고 나를 소개하나 싶었는데, 남자는 말이 끝나기도 전에 자기 소개를 했다. 그러고 보니 가야마 집안 가계도의 맨 아래에서 '가야마 와타루'라는 이름을 본 기억이 난다. 가야마 요시히코의 외아들이다. 고지식해 보이는 부모와 달리 가벼워 보이는 남자다.

와타루는 뜨거운 눈빛으로 시오리코 씨를 훑어보았다. 특히 니트 아래의 풍만한 가슴에 시선이 집중됐다. 이렇게 노골적으로 흑심을 드러내는 걸 보니 옆에 있는 내가 다 기분이 나빴다.

"저기, 이 문에 대해 좀 여쭤봐도 될까요?"

"그럼요, 뭐든지 물어봐요."

그는 그렇게 말하며 은근슬쩍 한 발짝 다가왔다. 시오리코 씨는 당혹스러운 표정으로 한 발짝 뒤로 물러났다.

"무, 문의 비밀 장소는 누가 연 건가요?"

"아, 이거? 내가 열었어요. 낮에 대학 친구 집에 갔다 왔더니 네기 아줌마, 가정부 아줌마가 서재에서 옛날 책을 발견했다고 해서. 그 얘길 듣고 뭐 다른 건 없나 해서 열어봤죠. 비블리아면 거기죠? 기타가마쿠라 역 바로 옆에 있는 데."

그렇게 말하며 다시 한 발짝 다가오는 와타루를 보고 시오리코 씨도 다시 한 발짝 물러났다. 지팡이로 바닥을 짚은 순간 몸이 비틀거렸다. 나는 공연히 부아가 치밀었다.

"아, 네, 그런데요."

시오리코 씨는 몸을 움츠리고 작은 소리로 대답했다. 상당히 동요한 모양이었다.

"나도 기타가마쿠라의 사립고등학교를 나왔는데, 매일 요코스카 선을 타고 다녔거든요. 가끔 거기 승강장에서 그쪽을 봤어요. 아니, 저런 곳에 숨은 미인이! 했죠."

'숨은' 이라는 수식어는 필요 없다. 나는 슬쩍 몸을 내밀어 더 다가가려는 그를 막았다. 가야마 와타루는 불쾌한 듯 인상을 찌푸리며 고개를 들더니, 그제야 내 얼굴을 보았다.

"저희가 오기 전에 여기 있던 사람을 만났습니까?"

나는 그렇게 물었다. 냉정해져라, 냉정해져라, 나는 속으로 주문처럼 되뇌었다.

"아니. 잠깐 후지사와 역 쪽에 볼일이 있어 나갔다 왔거든. 누구 말하는 거지?"

시노카와 지에코와는 간발의 차이로 만나지 못한 모양이다.

"채, 책 말고…… 이 장식장에 다른 게 없었나요?"

내 뒤로 몸을 숨기며 시오리코 씨가 물었다. 가야마 와타루는 그녀의 얼굴이 보이는 곳으로 이동했다. 마치 나를 중심으로 빙글빙글 도는 것 같았다.

"있기야 있었는데."

"좀 보여주실래요?"

순간, 갑자기 시오리코 씨의 목소리가 뜨거워졌다.

"하지만 별 값어치는 없는 물건이에요. 실은 얼마쯤 하는지 확인해보는 건 괜찮겠지 싶어서 중고 가게에 갔다 왔는데 가짜라 값을 쳐줄 수 없다더라고. 다시 돌려놓으러 온 거고."

잘은 모르겠지만 아무튼 고서는 아닌 모양이다. 가야마 와타루는 빈손이었다. 그리고 시노카와 지에코가 그것을 보지 못한 건 분명했다. 그가 들고 나간 뒤에 나타나, 돌아오기 전에 떠난 것이리라.

"하지만 중요한 것일지도 몰라요. 보여주세요."

시오리코 씨는 고개를 숙였다. 남자의 입가에 기분 나쁜 미소가 번졌다.

"그럼 보여주는 대신 다음에 나랑 데이트해요."

"뭐라고?"

어처구니없다는 듯 언성을 높인 건 나였다.

"그게 무슨 소립니까? 황당하네요."

"그쪽한테 안 물었는데. 혹시 남자친구에요?"

"아니, 그건 아닌데……."

나는 우물거리며 대답했다. 제대로 된 데이트 신청조차 얼마 전에 처음 한 사이다. 이 남자는 만난 지 3분 만에 하는 이야기를 나는 반년도 더 걸렸다고 생각하니 뭔가 한심했다.

"어쩔래요? 안 보고 싶어요?"

그는 바지 주머니를 툭 치며 말했다. 시오리코 씨는 난처한 표정으로 고개를 숙이고 있었다. 데이트 같은 걸 허락할 수는 없었지만, 그렇다고 억지로 보여 달라고 할 수도 없었다. 마땅한 방법이 생각나지 않았다.

"그런 데는 일이 힘들잖아요. 가끔 숨 좀 돌려야죠. 매일 옛날 책이나 뒤지고 있으면 질릴 법도……."

순간 시오리코 씨가 고개를 들었다. 딴 사람처럼 의연한 표정에 가야마 와타루는 눈을 끔뻑거렸다.

"……저와 데이트를 하면."

그녀는 그렇게 말했다. 난처해하는 기색은 온데간데없었다.

"옛날 책 이야기만 듣게 되실 거예요. 이를테면."

시오리코 씨는 고단샤 판 《소년탐정단》 시리즈가 널브러진 소파를 가리켰다. 그 밑에는 고분샤 판과 포플러샤 판 초판도 들어 있다.

"여기 있는 26권의 시리즈, 각 작품의 백미, 집필, 간행된 시대 상황, 장정이나 삽화의 특징, 현재 가격에 대해 얼마든지 이야기해드릴 수 있어요. 아마 휴식 없이 열 시간 정도는요. 휴식 시간과 식사 시간을 포함하면 더욱 길어지겠죠. 그래도 저와 데이트하실래요?"

"뭐?"

가야마 와타루의 마음에서 뭔가가 썰물처럼 빠져나갔음을 알 수 있었다. 데이트하고 싶은 숨은 미인이 아니라, 뭔가 안쓰러운 사람을 보는 눈빛이었다.

"뭐야. 오타쿠였어?"

그는 쯧, 혀를 차더니 나를 힐끗 보았다. 당신 취향도 참 별나군. 그렇게 말하는 눈빛이었다. 아니, 책 이야기는 좋아하지만 아무리 그래도 열 시간은 너무 길다.

"그럼 데이트 얘기는 없던 걸로 하죠. 이건 마음대로 해요. 가져가도 좋고."

주머니에서 꺼낸 물건을 내 손에 쥐어주더니, 가야마 와타루는 성큼성큼 밖으로 나갔다.

그의 체온으로 조금 온기가 도는 그 물건은 처음 보는 커다란 동전이었다. 보기보다 가벼웠다. 2전이라는 금액이 중앙에 새겨져있었고, 뒷면의 용 그림 주변에는 '다이쇼 12년' 이라고 적혀 있었다. 연대가 오래되었는데도 새것 같은 건 가야마 와타루의 말대로 가짜이기 때문이겠지. 시오리코 씨가 내 손을 들여다보았다.

"2전짜리 동전이네요."

"그러네요. 2전…… 어? 2전짜리 동전이요?"

어디선가 들어본 말이다. 분명 란포의 단편소설 제목이었다.

"「2전짜리 동전」은 일본 최초의 본격추리소설이라 일컬어지는 걸작이에요. 아까 가야마 아키라 씨는 그걸 본떠 가짜를 만드셨을 거예요."

"무슨 내용입니까?"

"친구와 둘이 사는 가난한 청년이 주인공이에요. 그가 우연히 입수한 2전짜리 동전은 안에 빈 공간이 있어서 암호문이 적힌 종이가 숨겨져있어요. 친구는 그 암호문을 푸는 동안 도둑맞은 큰돈을 숨긴 장소를 나타내는 걸 확신하고 이내 어디선가 지폐 다발을 가지고 와요. 암호의 독창성과 빈틈없는 말투의 화자, 뜻밖의 결말 등 지금 읽어도 전혀 손색없는 걸작이에요."

나는 설명을 들으며 반쯤 무의식적으로 2전 동전의 모조품을 확인해봤다. 자세히 보니 가장자리에 수상한 홈이 있었다. 뭔가 장치가 되어 있는 것 같다. 손톱 끝을 집어넣어 살짝 들어 올리자, 동전은 깨끗하게 반으로 갈라졌다. 그 안은 빈 공간이었다.

"소설과 똑같네요."

등골이 오싹해졌다. 「2전짜리 동전」의 등장인물들도 이런 기분이었을까?

"이것도 분명 특별히 주문한 물건이겠죠. 안에 종이가 들어 있네요."

시오리코 씨는 접어놓은 얇은 종이를 꺼내 테이블 위에 놓고 손상되지 않도록 조심스레 펼쳤다. 알 수 없는 한자가 세로쓰기로 적혀있었다.

南無阿佛 南無陀佛 彌 阿彌陀 南彌 南無彌 陀 南無陀佛 南
阿陀佛

"대단하네요……. 이렇게까지 공을 들이다니."

시오리코 씨는 잠긴 목소리로 중얼거렸다. 흥분을 주체하지 못하는 목소리였다.

"이게 뭡니까?"

"……이야기 속에서 나오는 트릭과 관련이 있는데, 말해도 되겠어요?"

"네? 아, 네."

"「2전짜리 동전」에 등장하는 암호문은 '나무아미타불南無阿彌陀佛' 여섯 글자의 조합으로 구성됐어요. 이 여섯 글자를 왼쪽부터 세 글자씩 두 줄로 배열하면 그에 해당하는 점자기호가 만들어져요……. 암호문의 한자가 점자의 점을 찍는 장소가 되는 거죠."

나는 머릿속으로 점자를 떠올렸다. 그러고 보니 세로 세 점에 가로 두 점으로 글자를 나타냈던 것 같다.

"띄어쓰기마다 하나의 점자로 간주하고 변환하면, 원작에서는 지폐를 숨긴 장소가 나타나요. 이건 원작하고 다르네요. 아마 가야마 씨가 만드셨겠죠."

아무 의미도 없이 이렇게 공들인 암호를 남겼을 리는 없다. 2전 동전 안에 있는 암호가 원작에서도 '보물'을 찾는 단서가 되었다. 그렇다면…….

"이게 기시로 씨에게 낸 퀴즈일까요?"

"아마도요. 금고 비밀번호일 가능성이 커요."

테이블에 놓인 암호문을 바라보던 우리는 고개를 들고 서로 웃음을 나눴다. 이 동전의 비밀을 아는 사람은 우리 둘밖에 없다. 이제 이 암호문을 점자로 변환하기만 하면 금고를 열 수 있으리라.

4

시오리코 씨와 나는 2전 동전 모조품을 빌려 서둘러 기타가마쿠라로 돌아왔다.

가게를 보던 아야카가 전화를 걸어 바빠 죽겠다며 얼른 돌아오라고 했기 때문이다. 그렇지 않아도 기시로 게이코의 '의뢰'로 가게 일에 너무 소홀했다. 시오리코 씨가 손님이 들고 온 책들을 감정하는 동안 매입한 책을 매대에 내놓고 통판 물품의 발송 작업을 하느라 눈코 뜰 새 없이 바쁘게 돌아다니는 동안, 어느새 영업 마감 시간이 됐다.

암호문은 밤에 천천히 풀어보고, 해결하면 기시로 씨에게 연락하겠다는 시오리코 씨의 말에 나도 지친 몸을 이끌고 집으로 돌아갔다.

어머니와 둘이서 저녁을 먹고 거실 창가에 앉아 두꺼운

문고본을 읽기 시작했다. 소겐 추리문고에서 나온 『일본탐정소설전집2 에도가와 란포』다. 「2전짜리 동전」, 「오시에와 여행하는 남자」, 「인간의자」가 수록되어있다고 시오리코 씨가 빌려준 책이다.

내용이 길지 않아서 세 편 모두 단숨에 읽을 수 있었다. 시오리코 씨의 말대로 재미있었다. 저마다 다른 내용 같았지만 읽고 난 뒤에 일맥상통하는 뭔가가 있다는 사실을 깨달았다. 전에도 잠깐 생각했지만, 모두 비현실적인 꿈이 구체적인 형태로 실현되는 요소가 들어있었다.

암호문을 푸는 추리물인 「2전짜리 동전」도 시작은 이런 느낌이다.

"그 도둑이 부럽군."

서로 이런 말을 나눌 정도로, 우리는 그 즈음 주머니 사정이 좋지 못했다. 도시 외곽의 허름한 나막신가게 2층의 한 칸짜리 비좁은 방에서 너덜너덜한 상자 두 개를 책상 대신 놓고 앉아, 마쓰무라 다케시와 내가 이상야릇한 공상을 떠들어대며 뒹굴거리던 시절의 일이다. 사방이 꽉 막혀 꼼짝도 할 수 없었던 우리는 때마침 그 즈음 세상을 떠들썩하게 했던 대도적의 교묘한 수법을 부러워하는, 그런 야비한 마음마저 들고 있었다.

이내 그러한 '공상'이 현실이 된 듯 도둑이 숨긴 큰돈을 둘러싼 소동이 일어난다. 등장인물은 역시 '공상을 떠들어 대는' 녀석들이다.

책을 펼쳐놓고 나는 멍하니 생각에 잠겼다.

어쩌면 등장인물들뿐 아니라 에도가와 란포를 애독하는 사람에게도 그러한 요소가 있는 게 아닐까.

애인의 존재나 자신의 취미를 감쪽같이 숨겼던 가야마 아키라, 가마쿠라의 집에서 죽은 듯이 살던 기시로 게이코, 가족을 버리고 10년 동안 기별도 없었던 시노카와 지에코, 그리고 시오리코 씨 같은 사람들의 눈에 현실 세계는 어떻게 비칠까. 사소한 계기로 꿈과 뒤바뀔 수 있는, 만들어낸 이야기처럼 생각하는 건 아닐까.

어스름한 불안 같은 뭔가가 막연히 가슴에 남았다.

시선을 느끼고 고개를 들자 텔레비전을 보던 어머니가 나를 쳐다보고 있었다.

"왜?"

"그렇게 책 들고 생각에 잠긴 모습이 네 외할머니를 쏙 빼닮았구나 싶어서……."

듣고 보니 할머니의 그런 모습을 자주 보았다. 하루 일과를 마치고 책을 읽는 걸 좋아하던 분이셨다.

"귀신이라도 씌였나 해서 가슴이 철렁했지."

“그런 뜻이었어?”

“당연하지. 돌아가셔서 속이 다 시원해.”

말은 그렇게 했지만 표정은 왠지 쓸쓸해 보였다. 어머니와 할머니는 둘 다 성격이 드세서 얼굴만 마주치면 서로 못 잡아먹어 안달이었다. 하지만 막상 한쪽이 사라지자 재미가 없는지 몇 번이나 ‘속 시원하다’는 말을 했다. 그만큼 자주 할머니 생각을 한다는 뜻이겠지.

“옛날보다 책을 오래 읽네?”

“어…….”

그 말에 나는 문고본을 내려다보았다. 조금 어지럽기는 했지만, 그러고 보니 한 번에 읽을 수 있는 양은 늘어난 것 같다.

“뭐, 매일 고서점에서 일하다 보면 절로 그렇게 되겠지. 이제 당장 장가가도 되겠네.”

나는 짜증스런 티를 내지 않으려 천천히 책을 덮었다. 어머니는 요즘 들어 종종 이런 소리를 한다. 어머니가 자기 이성 관계에 관심을 가지는 걸 좋아하는 아들이 과연 존재할까.

“무슨 소리야. 괜한 소리 마요.”

“하지만 요새 자주 통화하잖아, 사장님하고.”

“일 때문에 그러는 거지. 지진 때문에 일이 많았단 말이야.”

"어머, 그래?"

어머니는 더는 묻지 않고 다시 텔레비전으로 고개를 돌렸다. 화면 속에서는 지진 피해로 생긴 쓰레기를 치우는 장면이 나오고 있었다.

"네가 책을 읽을 수 있게 된 걸 알면 분명 네 할머니도 기뻐하실 거야. ……죽을 때까지 계속 마음에 걸려 하셨거든."

어머니는 화면을 보며 혼잣말처럼 중얼거렸다. 아무 말도 할 수 없었다. 갑자기 그런 모습을 보이면 어떤 반응을 보여야 할지 모르겠다.

그때 갑자기 전화벨이 울렸다. 시오리코 씨 전화다. 금세 호기심에 눈을 빛내는 어머니를 피해 나는 복도로 나가 통화 버튼을 눌렀다.

"여보세요? 암호문 풀었어요?"

침묵. 끊어진 줄 알았는데 숨소리는 들렸다. 나는 방에 들어가 불을 켰다.

"……안 풀려요."

"네?"

"잠깐 제 이야기 좀 들어주실래요?"

그녀는 힘없는 목소리로 말했다.

나는 컴퓨터를 켜고 시오리코 씨가 보낸 사진을 보았다. 표를 만들어 휴대전화로 찍은 사진이었다.

"히시…… 우에지마?"

알아들을 수 있는 글자만 읽어봤다.

"암호를 점자로 바꿔봤는데 도저히 읽을 수 없는 부분이 있어요."

"지명입니까?"

"그럴 가능성도 있지만, 해당하는 지명이 없어요. 어쩌면 독자적인 법칙을 가진 점자라, 다른 점자기호 해석도 틀렸을 가능성도 있고요……."

평소에는 어떤 수수께끼도 막힘없이 푸는 그녀였지만 이번만큼은 정말 힘들어하는 것 같았다.

나는 손으로 미간을 문질렀다. 달리 생각할 수 있는 가능성이라면…….

"가야마 씨가 실수했을 가능성은 없을까요? 점자에 대해 잘 몰랐을 수도 있고."

"저도 처음에는 그렇게 생각했어요. 하지만 그 서재에 점자에 대한 자료도 있는 걸 봤죠? 아까 요시히코 씨와 통화도 했는데, 가야마 아키라 씨는 점자 학습 지원 단체의 이사도 맡으셨어서, 직접 점자를 공부하신 경험도 있다고 해요."

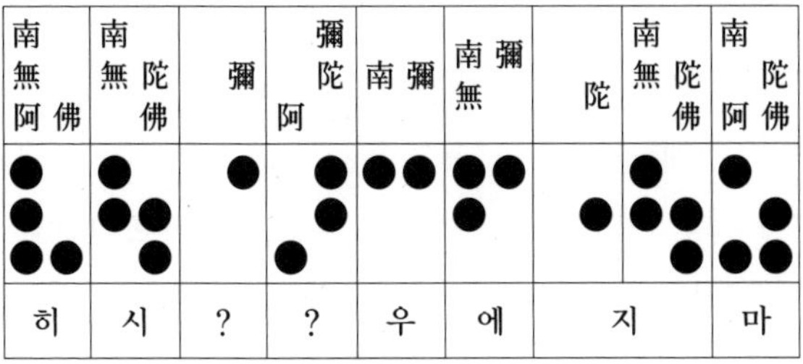

그렇다면 어떤 의도가 있어서 이렇게 썼다는 뜻인데. 나는 어릴 적부터 쓰던 의자에 기대 생각에 잠겼다.

"기시로 씨 댁에도 전화했는데, 그분은 점자에 대해 전혀 모르시는 것 같더라고요. 그러니 아주 복잡한 법칙은 아닐 거예요. 란포 작품 속에 힌트가 있지 않을까 하는 생각이……."

그렇다면 관련 지식이 전혀 없는 나한테 물어도 별 소용이 없다. 무엇보다 나는 방금 전에야 「2전짜리 동전」을 읽은 사람이다.

"그러면 그런 쪽으로 잘 아는 사람에게 물어보는 게 낫지 않을까요? 저 말고, 이노우에 씨나……."

가장 먼저 떠오른 건 시노카와 지에코였지만, 이 상황에서는 가장 도움을 청해서는 안 될 사람이다.

"아뇨."

그녀는 단호하게 말했다.

"다이스케 씨와 이야기할래요."

"네? 그래도……."

"전 다른 사람과 이런 얘기하고 싶지 않아요. 다이스케 씨와 이야기하다 보면 항상 답을 찾을 수 있을 것 같은 기분이 들어요. 이유는 모르겠지만 다른 사람하고는 그런 기분이 안 들어요."

마지막 말은 비밀 이야기를 하듯 속삭였다.

전화로 이야기하고 있어서 다행이라고 생각했다. 손닿는 거리에 시오리코 씨가 있었다면 자제심을 지켰으리라는 보장이 없다. 나는 깊이 숨을 들이마시며 다시 사진을 보았다. 그녀가 답을 찾을 때까지 함께하자, 생각나는 건 뭐든 말해보자.

"……그럼 다이쇼 시대에 사용했던 점자가 아닐까요? 지금과 법칙이 다를지도 모르잖아요."

"일본 점자표기의 초석은 메이지 시대에 이미 확립되었으니, 그것도 아닐 거예요."

단박에 부정당했지만 실망하지는 않았다. 내가 답을 찾아낼 필요는 없다. 시오리코 씨의 생각에 도움이 되면 된다.

"그럼……."

"잠깐만요."

"네."

"왜 다이쇼 시대죠?"

"네?"

그러고 보니 왜지?

가야마 아키라가 모조품 동전을 만든 건 현대니까 다이쇼 시대는 상관없는데. 하지만 어딘가에서 그런 옛날 시대를 본 것 같은데. 분명 오늘…….

"아, 맞다. 그 2전 동전 뒷면에 다이쇼 12년이라는 글자가 있어서."

"네?"

호들갑스러운 반응에 나 역시 놀랐다. 희미하게 쇳소리가 들렸다. 아마 동전을 확인해보는 것이리라.

"정말이네요, 다이쇼 12년……. 대체 왜? 아!"

이번에는 둔탁한 소리가 들렸다. 무거운 걸 내려놓은 듯한 소리다. 그 방을 생각하면 분명 책이겠지. 책장을 넘기는 소리가 들리더니, 수화기 너머가 갑자기 조용해졌다.

"시오리코 씨?"

"……알아냈어요."

그녀는 환한 목소리로 말했다.

"암호를 풀었어요."

5

이튿날, 기시로 게이코의 집에 도착한 건 오전 11시가 지나서였다. 상대의 스케줄에 맞춰 방문한 것이었지만, 우리도 그때까지는 가게 일로 바빴다. 어제 끝내지 못한 일이 남아서 아침 일찍부터 일을 마무리하느라 정신이 없었다.

가게는 아야카에게 맡겼다. 시오리코 씨가 출발하기 전에 사정을 자세히 설명하려 했지만, 반쯤 듣다 일방적으로 이야기를 끊었다.

"어, 대충 사정은 알겠어. 내가 들어도 무슨 소린지 못 알아듣는 얘기라는 건 알겠네. 좌우지간 그 금고를 열면 비싼 책을 사들일 수 있고, 덤으로 엄청난 보물도 구경할 수 있다는 거지? 그럼 열심히 해봐야지. 우리 집 가게를 위해서도!"

아야카는 그렇게 말하며 흔쾌히 우리를 보내줬다. 어제 시노카와 지에코가 집에 들른 뒤로, 아니, 『여행의 그림책』을 같이 보고 난 뒤로 자매의 사이는 예전으로 돌아온 것 같았다.

차에서 내려 현관으로 걸어갔다. 시오리코 씨는 커다란 토트백을 메고 있었다. 암호문을 설명하는 데 필요한 모양이다. 그녀가 어떻게 암호를 풀었는지, 그 결과는 무엇인지 자세한 이야기는 아직 듣지 못했다. 물론 궁금해서 물어봤지만, "「2전짜리 동전」의 암호 해결법으로는 풀지 못했지만, '2전짜리 동전'을 통해 풀 수 있었어요"라는 수수께끼 같은 대답만 돌아왔을 따름이었다. 말로는 설명이 어려운, 뭔가 복잡한 사정이 있는 모양이다.

지팡이를 짚고도 시오리코 씨의 발걸음이 가벼운 걸 알 수 있었다. 오랜만의 큰 거래에 기뻐한다기보다도 암호를 푼 만족감과 무엇보다 금고를 열고 내용물을 구경할 수 있다는 데 대한 기대가 큰 모양이었다.

「오시에와 여행하는 남자」의 환상의 첫 원고가 정말 존재하는 걸까? 여기까지 오는 길에도 내내 그 이야기뿐이었다. 어머니의 설을 지지할 생각은 없는 것 같았지만, 실제로 존재한다면 꼭 보고 싶다며 조심스레 인정했다.

문을 지나 걸어가자 현관에 누군가 나와 있는 게 보였다. 검은 후드재킷 차림의 젊은 남자가 다나베 구니요와 이야기하고 있었다. 생김새가 비슷한 건 모자지간이기 때문이리라. 분명 예전에 말했던 '가즈히로'다. 그의 발치에는 바퀴가 달린 작은 여행 가방이 놓여 있었다. 우리를 본 구니요는 손을 흔들더니 아들의 등을 툭 치며 말했다.

"조심해서 가, 가즈히로."

가즈히로라 불린 남자는 말없이 고개를 끄덕이더니 여행 가방을 끌고 걸음을 옮겼다. 우리 옆을 지나치며 고개를 숙였을 때도 마찬가지였다. 어머니와 달리 과묵한 성격인 모양이다.

"아, 안녕하세요. 아드님이 다녀가시나 봐요."

남자의 모습이 문 밖으로 사라지자 시오리코 씨는 그렇게 말했다.

"방학이라 잠깐 거들러 왔다가 이제 가네요."

"어디 여행 가시나 봐요."

"아니에요, 가방 안에는 생수가 들었어요. 집이 도쿄잖아요. 아직 가게에 물이 별로 없대서 여기서 잔뜩 사서 들려 보낸 거예요."

그랬구나. 몇 주 전에 도쿄 수돗물에서 기준치 이상의 방사성 물질이 검출됐다는 발표가 난 뒤로 순식간에 마트에서 생수가 동이 났다는 뉴스를 들은 적이 있다. 지역에 따라 아직 그 영향이 남아 있는 것이리라. 이 부근은 비교적 수치가 낮았기 때문에 큰 소동은 일어나지 않았지만.

"자, 안으로 들어와요. 언니가 기다려요."

다나베 구니요는 그렇게 말했다.

기시로 게이코는 거실에서 우리를 기다리고 있었다. 평

소처럼 편안한 원피스 차림이다. 시오리코 씨가 먼저 금고를 열지, 암호문에 대해 이야기를 들을지 물었더니, 동생을 통해 암호문에 대해 말해달라고 했다. 나도 그 이야기가 먼저 듣고 싶었다. 아까부터 계속 궁금했기 때문이다.

의자에 앉은 시오리코 씨는 먼저 2전 동전 모조품을 꺼내 테이블에 내려놓았다.

“이 모조품을 아시나요? 가야마 아키라 씨의 주문으로 만드셨다던데요.”

시오리코 씨는 앉자마자 신이 나서 말문을 열었다. 기분이 좋아서인지 오늘은 평소보다 더 일찍 변신한 모양이다.

“어머, 그러고 보니 언니, 이런 거 가지고 있지 않아?”

동생의 질문에 기시로 게이코는 고개를 젓더니 대답했다.

“……진짜는 서재에 있는데 이건 본 적 없대요.”

가짜를 만들게 했으니, 당연히 진짜도 가지고 있겠지. 시오리코 씨는 동전을 반으로 쪼개 암호문이 적힌 종이를 꺼냈다. 다나베 구니요는 감탄한 듯 탄성을 질렀다.

“어머, 정말 신기하네.”

“그렇죠? 만듦새가 상당히 정교해요. 어제도 말씀드렸다시피 이건 점자로 추측되는 암호문인데, 도저히 읽을 수 없는 부분이 있더라고요.”

시오리코 씨는 가방에서 종이 한 장을 꺼냈다. 어젯밤에 나에게 보낸 암호문 해독 메모였다. 물음표가 들어 있던 세 번째 칸 밖에 '요음 부호', 네 번째 칸 밖에는 '요'라는 글자가 새롭게 적혀있었다.

"뜻을 알 수 없었던 두 개의 기호를 그대로 해석한 게 칸 밖에 써놓은 글자에요."

그녀는 글자를 가리키며 말했다. '요'는 그렇다 치고, '요음 부호'가 뭐지?

"이 요음…… 부호란 게 뭡니까?"

"일본어에서 '야や', '유ゆ', '요よ' 같은 작은 글자를 덧붙여 표기해야 하는 음절이 있잖아요. 이를테면 '캬きゃ'나 '류りゅ' 같은…… 그게 요음이에요."

예를 들 때의 입술 모양이 귀여웠지만 물론 티는 내지 않았다.

"요음 부호라는 건 이다음 점자기호가 요음이라는 걸 나타내는 부호에요. 이 경우에는 이 두 번째 기호는 작은 '요'로 읽는다는 뜻이죠."

나는 속으로 발음해 봤지만 잘 되지 않았다.

"그런 게 있습니까?"

"없어요. 그래서 해석이 잘 안 됐던 거예요."

시오리코 씨는 그렇게 말했다. 어제 그녀가 무엇 때문에 고민했는지 그제야 알 것 같았다.

"처음에는 요음 부호를 잘못 사용했나 생각했지만, 가야마 아키라 씨는 점자에 대한 전문적인 지식을 가지고 계셨어요. 그때 생각했죠. 이 오류 자체가 '퀴즈'의 일부일지도 모른다고요."

거기서 말을 끊더니, 시오리코 씨는 우리를 둘러보며 말했다.

"실은 이처럼 요음 부호를 잘못 쓴 사람이 90년 전에도 있었어요. 가야마 씨는 일부러 그 실수를 모방해 암호문을 만드신 거예요."

그녀는 가방에서 너덜너덜한 책자를 꺼냈다. 표지에는 《신청년》이라는 제목이 적혀 있었다. 분명 옛날 추리소설 잡지다. 메모지가 붙은 페이지를 펼치자 '창작 탐정소설 2전 동전'이라는 제목이 눈에 들어왔다. 작가의 이름은 물론 '에도가와 란포'였다.

"그 사람이…… 란포에요?"

"네. 란포는 데뷔작인 「2전짜리 동전」에서 암호문을 틀렸어요."

나는 숨을 삼켰다. 그러고 보니 가야마 아키라에 대한 '보고서'를 읽었을 때 시오리코 씨가 분명 그런 말을 했다. 데뷔작에서도 트릭의 근간이 되는 부분을 틀렸다고. 그게 바로 이 작품인 것이다.

"이 잡지는 「2전짜리 동전」이 게재된 《신청년》이에요. 탐정소설 작가로서 란포가 탄생한 호죠."

시오리코 씨는 그렇게 말하며 다른 책을 한권 더 꺼냈다. 노란 표지에 『파노라마섬 기담』, 『엄지동자』, 『호반정 사건』이라는 제목 세 개가 적혀 있었다.

"이건 란포 만년에 출판된 도겐샤 판 전집인데, '2전 동전' 암호, 특히 요음이 나오는 부분을 유심히 봐주세요."

"……암호문이 다르네요."

"네. 처음 발표됐을 때 요음 점자기호를 잘못 쓴 거예요. 전후에 도겐샤 판 전집에서야 개정이 됐죠. 가야마 씨가 만드신 암호문과 잘못된 부분이 똑같아요 바로 이게 수수께끼를 푸는 힌트에요."

그녀는 반으로 쪼개진 2전 동전의 한쪽, 연대가 적힌 면을 가리켰다.

"다이쇼 12년이라고 적혀 있는데, 이 자체가 말이 안 돼요."

"네? 왜요?"

"이 2전 동전은 쇼와 초기까지 유통됐지만 주조된 건 메이지 6년부터 17년 사이에요. 다이쇼 12년에는 만들어지지 않았죠. 다이쇼 12년은 「2전짜리 동전」이 잡지에 게재된 해, 란포가 데뷔한 해에요.

즉, 이 암호문은 다이쇼 12년에 발표된 「2전짜리 동전」…… 란포의 오류를 포함한 점자에 의거해 해석하라는 힌트였던 거죠. 암호문의 '나무아미타불'을 일부러 옛날 한자로 표기한 것도 그걸 암시하는 것이었고요."

전전판

陀	彌 無 佛	南 彌 無 佛	陀 阿 佛	南 無 陀 阿	彌	彌 陀 阿	無 陀	南 無 陀 佛	彌	彌 陀 阿	無 陀	陀
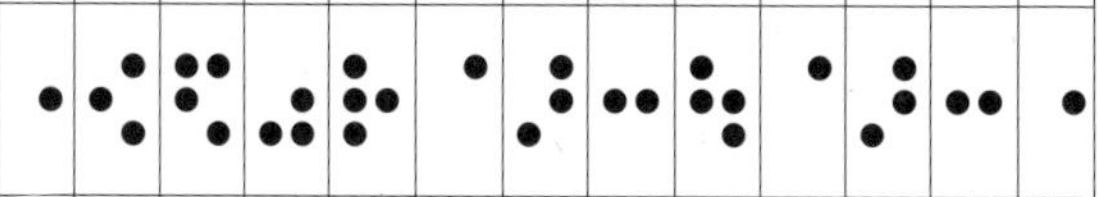												
탁음 부호	고	케	응	치	요음 부호	요	—	시	요음 부호	요	—	탁음 부호

전후판

陀	彌 無 佛	南 彌 無 佛	陀 阿 佛	彌	彌 無 陀 阿	無 陀	彌	彌 無 陀 佛	無 陀	陀	南 無 陀 佛
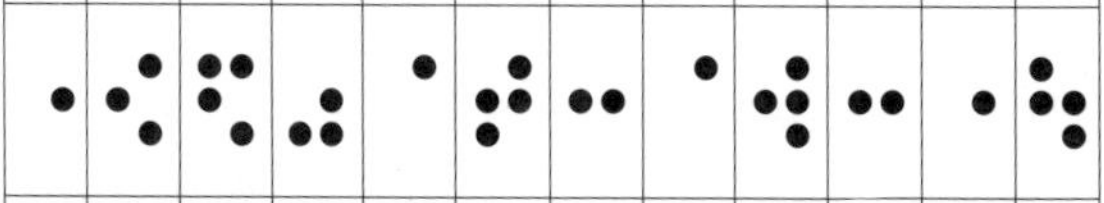											
탁음 부호	고	케	응	치	요	—	시	요	—	탁음 부호	지

「2전짜리 동전」을 통해 풀었다는 그녀의 말이 그제야 이해가 갔다. 란포의 원작 자체가 암호를 푸는 단서였던 것이다.

한동안 아무도 말문을 열지 않았다. 기시로 게이코는 휠체어에 기대 꿈꾸는 표정으로 시오리코 씨의 이야기를 기다렸다.

“그럼 이 암호문의 답은……?”

시오리코 씨는 펜을 꺼내 자기가 쓴 메모의 물음표 밑에 작은 ‘요’를 썼다.

히쇼에지마ひしょうえじま

“이게 무슨 뜻입니까?”

“저도 잘 모르겠어요.기시로 씨, 짐작 가시는 데가 있나요?”

휠체어에 앉은 기시로 게이코는 그 물음에 눈을 한 번 깜빡일 따름이었다. 안다고도, 모른다고도 볼 수 있는 애매한 태도였다. 왜 대답하지 않는 거지?

“어쨌든 금고를 열어보죠. 이게 비밀번호가 맞는지 먼저 확인해봐야죠.”

다나베 구니요가 말했다. 그녀의 말대로 이 말이 정답이라는 보장은 없다. 나와 시오리코 씨는 일어나 구석에 있는 벽장문을 열었다. 기시로 게이코도 안에 있는 금고가 보이는 위치로 이동했다.

"그럼 언니 대신 내가 열게요."

다나베 구니요는 금고 다이얼을 돌린 다음 열쇠를 넣었다. 3중 잠금장치 중 두 개가 풀렸지만, 금고는 아직 반응을 보이지 않았다.

그 다음 암호문을 보며 비밀번호를 순서대로 눌렀다.

"……."

옆에 서 있는 시오리코 씨가 지팡이에 체중을 싣고 앞으로 몸을 숙였다. 앞으로 일어날 일을 조금도 놓치지 않겠다는 양 렌즈 너머의 까만 눈동자가 반짝이고 있었다. 어느새 나도 두 손에 힘을 주고 있었다.

마지막 버튼을 누른 순간, 금고 안쪽에서 달칵, 소리가 났다. 삐거덕거리는 소리와 함께 두꺼운 금속 문이 천천히 열렸다.

그 안에는 나무로 된 속문이 있었다. 그 문을 열자 둘로 나뉜 금고 윗칸에 반으로 접힌 낡은 종이 뭉치가 덩그러니 놓여 있었다. 들어 있는 물건은 그뿐이었다.

다나베 구니요는 그 종이를 꺼내 언니에게 건넸다. 우리는 휠체어를 에워쌌다. 기시로 게이코의 무릎 위에 놓인 종이의 뒷면이 보였다. 한 번 찢어졌다 나중에 다른 종이로 이어붙인 흔적을 한눈에 알아볼 수 있었다.

기시로 게이코는 떨리는 손으로 종이를 펼쳤다. 큼지막한 칸의 원고지를 만년필로 쓴 글씨가 빼곡히 채우고 있었다.

하지만 제목과 저자의 이름은 똑똑히 눈에 들어왔다.

오시에와 여행하는 여자

에도가와 란포

기시로 게이코는 아련한 눈빛으로 그 제목을 바라보더니, 갑자기 원고지를 꼭 껴안고 고개를 숙인 채 꿈쩍도 하지 않았다.

6

"……제목이 다르네요."

나는 시오리코 씨에게 작게 속삭였다. 주인공이 기차 안에서 만나는 게 '남자'가 아니라 여자일지도 모른다. 그림 속으로 들어가 버린 남자의 그림을 가지고 여행하는 여자.

그 역시 흥미를 자극하는 소재다.

대답이 돌아오지 않아서 얼굴을 들여다보자, 시오리코 씨는 정신이 나간 사람처럼 멍한 얼굴로 서있었다. 존재할 리 없다던 첫 원고의 등장으로 충격은 받은 모양이다.

"잠깐 언니를 혼자 있게 해줄래요? 잠깐이면 돼요."

다나베 구니요가 우리에게 속삭였다. 다른 장서를 처분하면서까지 애타게 찾았던 고인의 유품을 품에 안았으니 감개무량하겠지. 나는 이의가 없었지만…….

"시오리코 씨, 들었어요?"

나는 그녀의 팔을 붙잡으며 말했다. 그제야 제정신으로 돌아온 눈치였다.

"네? 아, 네. 저희도 나중에 구경할 수 있을까요?"

마지막 말은 기시로 게이코에게 던진 물음이었다. 상대가 고개를 끄덕이는 걸 보고 나서 시오리코 씨는 복도로 나왔다. 나도 그 뒤를 따랐다.

"그럼 언니, 천천히 봐."

동생은 그렇게 말하고 나서 거실의 문을 닫았다. 우리는 그녀를 따라 서고로 이동했다. 전에 보았던 탐정소설 컬렉션이 우리를 맞이했다.

"언니를 위해 이렇게 애써줘서 정말 고마워요. 약속대로 비블리아 고서당에 이 책들을 팔 테니까 천천히 둘러봐요."

"아니에요, 저희가 감사하죠."

시오리코 씨는 그제야 미소를 보이며 고개를 숙였다. 기분 탓인지 뭔가 자랑스러워 보였다. 어머니가 나타나기 전에 자기 힘으로 의뢰를 완수했다는 만족감 때문이겠지.

그때 거실에서 전화벨 소리가 요란하게 울렸다. 다나베 구니요는 불쾌한 듯 인상을 찌푸렸다.

"이 중요한 때 누구람? 미안해요, 금방 갔다 올게요."

그녀는 서둘러 복도로 나가 문을 닫았다. 서고에는 우리 둘만 남았다.

"저번에 봤을 때랑 똑같네요. 빠진 책이나 잡지도 없는 것 같고요. 전혀 정리가 안 된 것 같은 느낌……."

시오리코 씨는 서재를 한 바퀴 둘러보며 말했다. 나도 시오리코 씨를 따라 둘러봤지만 머릿속에 든 건 고서와는 전혀 상관없는 생각이었다. 이걸로 이번 일은 거의 마무리됐다. 시오리코 씨와의 데이트가 기다리고 있다.

"다음 휴일에 어디 갈까요?"

서재는 여전히 조용했다. 그녀는 고개를 돌린 채 아무 말이 없었다. 마치 내 질문을 빨아들인 것처럼.

"저기……."

"다이스케 씨, 저거 보세요."

시오리코 씨는 내 말을 끊으며 입구 옆 책장을 가리켰다.

서둘러 책을 꽂은 탓인지 칸마다 꽂힌 책의 숫자가 제각각이었다. 빈틈없이 빼곡하게 꽂아놓은 칸에 일전에 내가 꺼냈던 『에가와 란코』가 보였다. 시오리코 씨의 손끝은 그 부근을 가리키고 있었다.

"『에가와 란코』가 왜요?"

"아뇨, 그게 아니라, 그 옆의……."

"『공중신사』 말입니까? 그게 아니면…… 『살인미궁』?"

나는 눈을 가늘게 뜨고 양 옆에 있는 책 제목을 읽었다. 어느새 시오리코 씨의 얼굴이 새파랗게 질려 있었다.

갑자기 그녀는 홱 몸을 틀어 책장으로 다가가더니 책을 한 권 뽑아 나에게 건넸다. 『창작 탐정소설 선집 제3권』. 상당한 세월의 흔적이 느껴지는 책으로, 표지에도 파라핀지를 씌워놓지 않았다. 상태는 그리 좋지 않았다.

"이걸 들고 절 따라오세요!"

시오리코 씨는 서재 문을 열고 복도로 나갔다. 지팡이의 도움을 받았지만, 그 발걸음에는 힘이 실려 있었다. 이렇게 말하면 이상하게 들리겠지만, 나는 이때 새삼 그녀가 회복했음을 실감했다.

거실 앞에서 걸음을 멈춘 그녀는 주저 없이 문을 활짝 열었다. 지금 열어도 되느냐고 물어볼 새도 없었다. 창가 휠체어에 앉아 있던 기시로 게이코가 놀란 표정으로 돌아봤다.

통화는 벌써 끝났는지 다나베 구니요의 모습은 보이지 않았다. 하지만 아까까지 없었던 물건이 둥근 테이블 위에 놓여있었다. 다나베 구니요가 입고 있던 재킷과 저가 휴대전화였다.

시오리코 씨는 사이드보드 위에 있던 메모지와 펜을 집어 기시로 게이코에게 떠넘겼다.

“제 질문에 하나만 대답해주세요.”

그녀는 감정을 죽인 목소리로 말했다.

“이 집의 두꺼비집이 어디 있나요? 위치를 알려주세요.”

순간적으로 정신이 멍해졌다. 두꺼비집? 그게 대체 무슨 소리지? 하지만 펜과 메모지를 든 기시로 게이코는 덜덜 손을 떨더니, 이내 두 손을 힘없이 무릎 위로 떨어뜨렸다. 그러고 보니 아까 금고에서 꺼낸 원고지가 보이질 않는다. 어디 있는 거지?

“고맙습니다. 다이스케 씨, 가죠. 죄송하지만 제 가방 좀 들어주세요.”

“그야 상관없는데, 어디 가는 겁니까?”

“역이요. 어쩌면 아직 늦지 않았을지도 몰라요.”

쓰루가오카하치만구로 통하는 도로는 차도뿐 아니라 인도까지 사람들로 붐볐다. 벚꽃이 한창 핀 주말이니 그럴 법도 하다. 우리는 미나모토노 요리토모의 묘를 찾는 단체 관광객들과 엇갈려 서둘러 걸음을 옮겼다.

"역에는 왜 가는 겁니까?"

나는 앞장 선 시오리코 씨를 향해 물었다.

"따라잡을 수 있을지도 모르니까요. 그 원고를 가져간 분을."

벌써 숨이 가쁜 것 같았다. 보폭은 지팡이를 짚지 않은 사람들과 비슷했지만, 아직 장거리를 걷기는 어려운 것 같았다.

"따라잡다니, 다나베 씨를요?"

달리 떠오르는 사람이 없었다. 그 집에서 사라진 건 그녀뿐이었다. 하지만 돌아온 건 뜻밖의 대답이었다.

"……다나베 씨가 아니에요. 나중에 자세히 설명할게요."

그럼 대체 누구지? 힘들어하는 사람에게 미안했지만 궁금한 게 하나 더 있었다.

"아까 질문은 대체 무슨 뜻이었습니까? 갑자기 두꺼비집 위치는 왜 물었는데요?"

"딱히 두꺼비집이 아니라도 상관없었어요. 그 집을 얼마나 아는지, 그걸 확인하려던 것이었으니까요."

결국 무슨 말인지 이해할 수 없었다.

하치만구의 빨간 도리이가 보였다. 바닷바람을 타고 수

많은 연분홍빛 꽃잎이 도리이를 지났다. 와카미야 대로 앞 사거리까지 왔을 때 시오리코 씨가 하치만구로 이어진 참배로, 단카즈라 너머를 가리켰다.

"……찾았어요, 저기요. 저 앞에……."

먼저 가서 붙잡으라는 뜻인가. 때마침 신호가 파란불로 바뀌어서 나는 횡단보도를 건넜다. 관광객들을 해치고 차도보다 위에 있는 인도를 달렸다. 바람이 불 때마다 활짝 핀 벚나무들이 술렁거렸다.

단카즈라 중간 중간에는 좌우로 뻗은 도로로 내려가는 계단이 있다. 사거리에서 가장 가까운 계단 앞 등롱 옆에 낯익은 인물이 서있었다. 검은 재킷 차림의 젊은 남자다.

'가즈히로라고 했나?'

아까 도쿄로 돌아간다더니, 저런 데서 뭘 하는 거지? 혹시 시오리코 씨가 말한 게 저 사람인가?

자세히 보니 등롱 그늘에 또 다른 누군가가 서있었다. 커다란 가죽 가방을 어깨에 메고 고급 정장을 입었다. 그녀는 여행 가방에서 꺼낸 모자를 쓰고 가방 지퍼를 닫고 있었다.

차림새는 아까와 전혀 달랐지만, 얼굴은 분명 다나베 구니요였다. 여행 가방은 그녀의 발치에 놓여있었다. 한눈에도 여행길에 오르는 사람의 모습이었다.

'아들과 만나 짐을 받은 건가?'

생수병이 들었다는 이야기는 거짓말이었다.

아까 딱 맞춰 전화벨이 울린 것도, 몰래 집을 빠져나올 수 있도록 누군가가 꾸민 일이리라. 거실 테이블 위에 있던 휴대전화를 떠올렸다. 그 방에 있던 기시로 게이코가 걸었는지도 모른다.

하지만 대체 무엇 때문에?

그때 시오리코 씨가 숨을 헐떡이며 나를 따라잡았다. 그녀 대신 내가 말을 걸었다.

"다나베 씨."

처음에 돌아본 건 아들뿐이었다.

"……아."

그는 당혹스러운 표정으로 고개를 숙였다. 그러고 보니 '가즈히로' 역시 다나베 성이다. 어떻게 여길? 그의 얼굴에는 그런 의문이 달라붙어 있었다.

"안녕하세요."

나도 인사를 건넸다. 무엇부터 물어야 할지 망설이는데, 다나베 구니요가 아들의 어깨를 툭 치며 말했다.

"가즈히로, 이제 됐어. 여기까지 짐 들어줘서 고맙다……. 뒷일은 부탁할게. 둘 다 몸조심하고."

가즈히로는 고개를 끄덕였다. 그리고 잠시 망설이다 말문을 열었다.

"이모도 몸조심하세요."

그리고 우리에게 목례를 하고 잰걸음으로 차도를 건너 하치만구 쪽으로 걸어갔다. 역이 아니라 유키노시타 집으로 돌아가는 것 같았다.

'……이모?'

머릿속이 뒤죽박죽이었다. 잘못 들은 게 아니었다. 방금 분명히 이모라고 불렀다. 어머니가 아니라. 설마?

"기시로 게이코 씨."

시오리코 씨는 그제야 호흡을 가다듬고 입을 열었다. 아직도 어깨가 들썩였다.

"어디서 잠깐 얘기 좀 하시죠."

"그러죠."

아까까지 우리가 다나베 구니요라 불렀던 여자, 기시로 게이코는 고개를 끄덕였다.

"고마치 거리에 있는 카페로 가요. 주말이라 자리가 있을지 모르겠네."

7

기시로 게이코의 제안대로 우리는 고마치 거리 한편에

있는 고풍스러운 카페에 들어갔다. 사람은 많았지만 빈자리가 있어서 우리는 금세 정원이 보이는 테이블에 앉았다.

"아키라 씨하고 여기 자주 왔어요. 옛날부터 있던 카페에요."

주문을 마친 기시로 게이코는 그렇게 말했다. 목소리는 잠겼는지 조금 낮았다. 이쪽이 원래 목소리이리라. 복장뿐 아니라 표정이나 차분한 말투도 흡사 딴사람 같았다.

"그분은 동생이신가요?"

시오리코 씨가 물었다.

"맞아요. 그 애가 진짜 다나베 구니요에요. 언니가 동생, 동생이 언니 행세를 했죠. 머리스타일과 복장도 바꿨고요."

"……그분의 병과 다치신 곳은요?"

"그건 전부 사실이에요. 우리가 말한 서로에 대한 정보는 거의 사실이에요. 연기하려면 그러는 게 편하거든요. 동생은 힘들게 벌어서 자식을 대학까지 보낸 뒤에 갑자기 병에 걸렸어요. 그게 반년 전 일이고요. 내가 미야기로 내려가 간병을 했죠."

나는 가야마 요시히코의 이야기를 떠올렸다. 변호사가 기시로 게이코의 집을 찾아갔지만 아무도 없었다고 했다. 본인이 입원한 게 아니라 동생을 간병하러 집을 비운 것이다. 부모를 잃은 자매에게 다른 피붙이가 없다는 이야기도 들었다.

"간신히 퇴원했더니 이번에는 지진으로 크게 다쳤지 뭐예요……. 집으로 데려와 돌보기로 했죠. 그런 몸으로 이번 일에 대해 아무것도 묻지 않고 도와줬어요. 옛날부터 참 의지가 되는 애였죠."

그 아련한 눈빛은 휠체어를 탄 구니요와 똑같았다. 아니, 그녀가 이 사람을 따라한 건지도 모른다. 가마쿠라에 온 지 아직 한 달도 되지 않았으니, 아까 시오리코 씨가 두꺼비집 위치를 물었을 때 대답하지 못한 것이다.

오랫동안 그 집에서 살았다면 당연히 어딘지 알았겠지.

"대체 어떻게 알았어요? 우리 둘 다 감쪽같이 속였다고 생각했는데."

"처음에는 저도 몰랐어요. 하지만 처음 뵌 날, 그 거실에 들어갔을 때 뭔가 위화감을 느꼈죠."

기시로 게이코는 눈을 휘둥그레 떴다. 옆에서 듣던 나 역시 놀랐다. 처음 듣는 소리다.

"그때부터? 왜요?"

"기시로 씨는 테이블에 놓인 『외딴섬 악마』 초판본과 레이스 뜨개 도구를 황급히 치우고 책을 그분께 건넸죠. 그게 이상했어요."

"무슨 소리에요?"

"그 테이블에는 의자 하나가 들어갈 만한 공간이 있었어요. 휠체어를 놓을 위치가 처음부터 정해져있었다는 뜻이죠. 거기서 책을 읽던 사람이 테이블에 책을 내려놓고 일시적으로 자리를 비웠다고 치죠. 같은 자리로 돌아오면 책은 바로 앞에 놓여있을 거예요. 누가 일부러 갖다줄 필요가 없죠."

"……듣고 보니 그러네요."

기시로 게이코는 생각이 난 듯 고개를 끄덕였다.

"다른 의자에 앉아 내가 책을 읽고 있었어요. 동생은 레이스를 뜨고 있었고요. 손이 심심하다며 이것저것 만들더군요. 전화기 커버 같은 걸. 그리고 또?"

"그리고 지진에 대해 말씀하셨을 때도……."

시오리코 씨는 막힘없이 말을 이었다.

"그분은 '조용한 집에 혼자 있어서 무서웠다'고 하셨어요. 하지만 그 집에 있던 건 다이얼식 낡은 전화기였죠. 그 전화라면 전화선에서 공급되는 전기로도 작동하니까 정전이 되어도 전화벨은 울려요. 안부를 확인하려고 동생 분과 조카 분이 여러 번 전화를 걸었는데도 그 얘기를 전혀 하지 않으셔서 뭔가 부자연스럽다는 생각이 들었죠.

지금 생각해 보면 미야기 현에 계셨던 본인 이야기였던 거예요. 기시로 씨가 그 전화기로 도쿄에 있는 조카 분과 연락을 하셨고, 그분이 집까지 오토바이를 타고 내려가 어머니를 구해냈죠. 아닌가요?"

기시로 게이코는 미소를 지었다.

"거의 맞아요. 우리 집도 책장이 쓰러졌지만 난 다행히 무사했죠. 하마터면 깔릴 뻔 했지만."

나는 시오리코 씨의 이야기에 귀를 기울였다. 같은 것을 보고 들었는데도 나는 하나도 알아채지 못했다. 저 통찰력은 항상 놀라울 따름이다.

"생각해보면 이번 일에 관련된 분들 중에 예전부터 기시로 씨와 면식이 있는 분은 없어요. 유일한 예외는 히토리서방의 이노우에 씨지만, 직접 만난 건 아주 오래 전이라고 들었어요. 때문에 두 분이 서로 뒤바뀔 수 있는 조건은 모두 갖춰진 거죠.

무엇보다 결정적인 건 『에가와 란코』였어요. 저도 아까 알아챘는데, 기시로 씨가 그 책을 꽂아놓은 곳은 다이스케 씨가 책을 뺀 곳이 아니라 『공중신사』와 『살인미궁』 사이였죠. 단순한 우연 같지는 않았어요."

"예전에는 그 순서대로 꽂아놨거든요. 그래서 무의식적으로 버릇이 나온 모양이에요."

"저기…… 그게 무슨 뜻이죠?"

대화를 따라가지 못한 나는 조심스레 물었다.

“『에가와 란코』, 『공중신사』, 『살인미궁』은 모두 란포와 다른 작가들이 합작한 소설이에요. 고서를 잘 모르는 분이 일부러 그 사이에 책을 꽂는 건 이상하잖아요? 빈자리도 많았는데요.”

시오리코 씨가 설명해 주었다. 그러고 보니 이노우에가 그 세 권을 언급한 적이 있다. 시노카와 지에코가 합작 소설의 초판본을 가야마 아키라에게 한꺼번에 팔았다고 했다.

“하지만 내가 『에가와 란코』를 떨어뜨릴 뻔했을 때는 꿈쩍도 하지 않으셨잖습니까. 그래서 전 책을 잘 모르시는 분인 줄 알았죠.”

내 말에 기시로 게이코의 눈에서 웃음기가 사라졌다.

“그쪽을 경계했거든요.”

“네?”

순간 잘못 들은 줄 알았다. 누군가가 나를 그런 식으로 봤을 줄은 꿈에도 몰랐다.

“이 아가씨하고 같이 다니는 사람이니, 고서에 문외한인 척 우리를 방심시키려는 건지도 모른다고 생각했죠. 지금도 그럴 가능성이 있다고 생각하고요.”

“왜 그런 생각을?

“처음에 내가 비블리아를 찾아갔을 때 내 모습을 확인하려고 했죠? 일부러 커튼을 걷고.”

"네?"

그러고 보니 그런 일도 있었다. 가게 앞을 지나치는 이 사람의 얼굴을 보려고 했었다. 의뢰인이 어떤 사람인지 궁금했기 때문이었다.

"딱히 의미는 없었습니다. 그냥 궁금해서."

"하지만 난 의심이 들었어요. 『에가와 란코』를 들고 있는 걸 봤을 때 확신으로 바뀌었고요. 일반인이 하필이면 가장 비싼 란포의 초판본을 꺼내다니 이상하잖아요. 그래서 바닥에 떨어뜨릴 뻔했을 때도, 비명을 지르려던 걸 꾹 참았죠."

"정말 우연이었다니까요."

나는 쩔쩔매며 말했다. 에도가와 란포를 여자로 바꿔놓은 듯한 이름이라는 생각에 꺼내봤을 뿐이다. 정말 별 생각 없었다.

"지금 저희가 거짓말을 할 필요는 없죠. 제가 보장할게요. ……다이스케 씨는 고서에 대해 아무것도 몰라요. 정말 문외한이에요."

시오리코 씨가 도움의 손길을 내밀었다. 날 감싸주는 건 분명했지만, 이건 또 나름대로 심란했다. 하지만 기시로 게이코는 그 말을 듣고 의심을 푼 모양이었다.

"……그 문외한의 우연을 계기로 시노카와 양이 내 정체를 간파한 거잖아요. 문외한의 눈에만 보이는 뭔가가 있을지도 모르죠."

물컵을 들려던 나는 그 말에 동작을 멈췄다. 뭔가 폐부를 찌르는 말이었다. 정말 그럴 수도 있을까. 적어도 지금까지는 없었던 것 같지만.

그때 주문한 음료가 나와 이야기가 잠시 끊겼다. 종업원이 커피 세 잔을 테이블에 내려놓았다.

"가야마 아키라 씨에 관한 보고서는 처음부터 저희에게 보여주려고 만드신 건가요?"

시오리코 씨가 다른 질문을 던졌다. 기시로 게이코는 커피를 한 모금 마신 뒤 말문을 열었다.

"그건 내 이야기를 바탕으로 동생이 직접 만든 거예요. 외우려고."

"외우려고요?"

"서로의 역할을 바꿨을 때, 나보다는 동생이 외울 게 훨씬 많았어요. 가야마 집안과 에도가와 란포에 대해서요. 내 이야기를 바탕으로 외우기 쉽게 문장으로 간추린 거예요. 잘 만들었기에 어설프게 말로 설명하기보다 그걸 보내주는 게 이해가 빠를 것 같아서요. 좀 도움이 됐죠?"

우리는 고개를 끄덕였다. 그래서 보고서의 문체가 담담했던 것이다. 쓴 사람에게 가야마 아키라는 중요한 존재가 아니었고, 그 내용도 단순히 암기해야 할 '정보'의 나열에

불과했을 테니까.

"구니요가 정말 애써줬지만, 그럼에도 미처 외우지 못한 부분이나 대답하기 힘든 질문에는 내가 나섰죠. 동생에게 하는 질문 방식에 따라 고개를 저어라, 끄덕여라 하고 지시를 내렸어요. 어떻게 했는지 알겠어요?"

기시로 게이코는 뭔가 신이 난 목소리로 그렇게 물었다. 시오리코 씨는 쥐었던 손을 입술에 대고 잠시 생각에 잠겼다 대답했다.

"……혹시 기본적으로 모든 질문에 고개를 끄덕이지만, '분명히' 라는 말이 들어가는 경우에는 고개를 저을 것. 그런 식이었나요?"

기시로 게이코가 웃는 얼굴로 고개를 끄덕였다.

"맞아요. ……역시 대단한 사람들이야. 우리 존재를 알고 있던 가야마 집안 사람들이나 이노우에 씨도 전혀 알아채지 못했는데."

시오리코 씨가 알아맞혀서 아쉬워하는 것 같지는 않았다. 과정을 이야기하는 것을 즐기는 것이겠지.

갑자기 하늘이 어두워져서 우리는 잔디가 무성한 정원을 내다보았다. 구름 때문에 약간 어두워졌을 뿐인데 가게 분위기까지 달라진 것 같았다.

"이렇게 공들인 거짓말을 하신 건 금고를 열기 위해서인가요?"

시오리코 씨가 창밖을 바라보며 물었다.

"물론이죠."

기시로 게이코는 힘주어 말했다.

"아키라 씨를 보내고 나서 계속 금고에 든 걸 꺼내고 싶었어요. ……그리고 그 비밀번호가 뭔지도 궁금했고요. 하지만 가야마 집안 사람들은 번번이 내 연락을 무시했죠. 마음은 이해했기 때문에 조금 더 시간을 두고 지켜볼 작정이었어요. 하지만."

"……대지진이 일어났죠."

시오리코 씨가 조용히 말을 받았다.

불현듯 이 정원과 비슷한 광경이 뇌리를 스치고 지나갔다. 처음 유키노시타의 집으로 찾아갔을 때, 우리는 이야기를 나누며 서재 창밖으로 정원을 바라보았다.

'사람 일이라는 게 내일 어떻게 될지 모르잖아요. 하고 싶은 건 지금 하지 않으면 두고두고 후회가 남으니까.'

그 말은 불의의 사고와 병으로 괴로워하는 가족을 곁에서 지켜본 그녀 자신의 결의였던 것이다.

"그래요. 그래서 동생을 이용했죠. 그런 사람이 부탁하면 그 집 식구들도 들어줄 것 같아서요. 실제로 내 예상이 맞았죠. 아들이 비밀번호와 열쇠를 관리하고 있지 않았다는 건 의외였지만."

그녀는 그렇게 말하며 생긋 웃었다.

'……과연 그뿐일까?'

이번 일에는 뭔가 다른 이유가 있을 것 같았다. 란포 소설에는 다른 사람으로 둔갑하는 모티프가 빈번하게 등장한다고 한다. 기시로 게이코에게도 그런 욕망이 있었던 게 아닐까. 가야마 아키라가 복수의 자신을 '즐겼던' 것처럼.

"저희 어머니는 눈치채셨나요? 두 분의 정체를."

어머니에 대한 불안에서인지 시오리코 씨는 조심스레 물었다.

"뭔가 알아챘을지도 몰라요. 하지만 입 밖으로 내진 않았죠. 이렇게 묻더군요. 장서도 탐이 나지만, 금고 속에 든 걸 팔 생각은 없냐고요."

나는 등골이 오싹해졌다. 그녀의 진짜 목적은 금고에 든 것이었다. 우리에게 일부러 힌트를 준 것도 그것을 위한 포석이었을지도 모른다.

"원고를 가지고 여행을 떠나실 생각이신가요?"

기시로 게이코는 고개를 끄덕이더니 고개를 숙였다. 초점이 미묘하게 어긋난 듯한, 그 아련한 눈빛이었다.

"아키라 씨는 내 소원을 이뤄줬어요. 그러니 나도 아키라 씨의 명복을 빌며 여러 곳을 돌아볼 작정이에요. 「오시에와 여행하는 남자」처럼요. 한동안 집을 비우겠지만, 고서 매입에는 차질 없을 테니 걱정 마요. 동생과 조카에게 부탁해놨으니까 나중에 물어봐요."

그녀는 그렇게 말하며 가방에서 투명한 플라스틱 파일 케이스를 꺼내 테이블에 올려놓았다. 안에는 금고에서 나온 원고가 들어있었다.

"기시로 씨의 소원은 무엇이었나요?"

시오리코 씨는 힐끗 케이스를 보았을 뿐 건드리려 하지 않았다. 그만큼 금고에 무엇이 들었는지 궁금해 하고, 그 환상의 원고라면 꼭 읽어보고 싶다고 했는데도. 그러고 보니 금고를 열었을 때부터 뭔가 태도가 이상했다.

"당신은 이미 알잖아요?"

"대충은요. ……그리고 이 원고의 비밀도요."

"비밀?"

나는 시오리코 씨의 평온한 얼굴을 보았다. 그녀는 갑자기 몸을 돌린 탓에 놀라서 뒤로 넘어가는 줄 알았다.

"다이스케 씨. 『창작 탐정소설 선집』, 가져오셨나요?"

"아, 네."

나는 시오리코 씨의 가방을 열었다. 그녀가 준 책도 여기 넣어 가져왔다. 바래기 시작한 『창작 탐정소설 선집 제3권』을 그녀에게 건넸다.

"죄송해요, 서재에서 잠깐 빌려왔어요."

"상관없어요. 어차피 팔 건데요. 하지만 계산할 때 빼먹으면 안 돼요?"

"물론이죠."

대화를 계속하며 시오리코 씨는 첫 페이지를 펼쳤다. '쓸데없는 이야기'라는 제목이 나왔다. 낡은 종이 특유의 은은한 내음이 커피 향과 희미하게 뒤섞였다.

기시로 게이코는 의미심장한 미소를 지었다. 아까부터 계속 소외됐던 나를 보며 시오리코 씨는 설명을 시작했다.

"이 책은 쇼와 3[1928]년에 처음 간행됐어요. 본문의 '올해'는 그전 해인 쇼와 2[1927]년을 뜻해요."

올해 나는 말 그대로 아무것도 쓰지 않았다. 따라서 이 선집에 실은 작품이 없기 때문에, 개인적으로는 싣지 않을 작정이었지만 편집자가 그러면 마음이 허하지 않겠냐며 서문이라도 써보라고 던져줬다.

마지못해 썼다는 느낌이 전해졌다. 쇼와 2년. 어디서 많이 들어본 해다. 분명히…….

"쇼와 2년이라면 「오시에와 여행하는 남자」의 첫 원고를 쓴 해죠?"

"네. 당연히 이 서문은 쇼와 4년에 새로 「오시에와 여행하는 남자」를 집필하기 전에 쓴 글이고요. 여기 적힌 대로 쇼와 2년에 란포는 작품을 발표하지 않고 각지를 떠돌았어요. 여기 뒷부분을 보세요."

시오리코 씨는 책장을 넘겨 서문 끝을 가리켰다.

예를 들면 「화승총」, 「입술 없는 얼굴」, 「오시에와 여행하는 남자」, 이 「오시에와 여행하는 남자」는 이번 여행길에 교토에서 떠오른 이야기로, 후반부는 우지의 핫카엔에서 하룻밤에 써내려간 뒤에 나고야의 오스 호텔 화장실 변기에 찢어버렸는데……

"아, 이건……."

나는 머릿속에서 내용을 정리했다. '화장실 변기에 찢어버린' 작품의 제목은 분명 「오시에와 여행하는 남자」였다고 똑똑히 적혀있다. 틀림없이 처음에 쓴 원고를 말하는 것이리라. 여기 있는 「오시에와 여행하는 여자」와는 제목부터 다르다.

"변기에 찢어버린 작품의 제목을 란포가 거짓으로 말할 이유는 없죠. 처음 쓴 원고는 「오시에와 여행하는 여자」라는 제목이 아니었어요. 한마디로……."

시오리코 씨는 원고지가 담긴 플라스틱 케이스를 툭 치며 말했다.

"이건 가짜예요. ……가야마 아키라 씨가 쓰신 작품이죠?"

침묵이 계속되자 옆자리 손님들의 이야기소리가 한층 크게 들렸다.

기시로 게이코는 말없이 케이스를 열고 원고지를 꺼냈다. 내 눈에는 여전히 무척 오래된 것처럼 보인다. 가장자리도 구겨졌고, 작은 얼룩과 변색도 찾아볼 수 있었다.

"정말 가짜입니까?"

내 물음에 기시로 게이코는 고개를 끄덕였다.

"아키라 씨는 특별 주문한 원고지가 있다고 했어. 란포의 친필 원고를 참고로 해서 디자인이나 얼룩까지 재현했으니 기대하라며…… 듣던 대로 정말 감쪽같네."

가야마 아키라가 무슨 일이든 완벽을 추구했다는 건 지금까지 그가 주문 제작한 물건들을 통해 알 수 있었다. 준비하는 데 오랜 시간이 걸릴 만도 했다.

"이걸 봐요."

그녀는 첫 번째 장을 넘겨 그 뒷면을 우리에게 내밀었다. 가장자리에 표지와 같은 빛깔의 잉크로 '지은이 에지마 히쇼' 라고 작게 적혀 있었다. 저자의 이름일까.

"에지마…… 히쇼?"

나는 그렇게 되뇌었다. 히쇼에지마. 그 금고의 비밀번호다.

"이게 가야마 아키라 씨의 필명인가요?"

시오리코 씨가 기시로 게이코에게 물었다.

"그런가 봐요. 소설가 지망생이었을 때 썼던 이름이겠죠."

"……본인에게 들으신 건 없으신가 봐요."

"네. 자세히 말해주지 않았어요. 그쪽으로는 재능이 없었다, 이미 버린 길이라면서요. 젊었을 적 쓴 작품도 죄다 태워버린 모양이에요. 그래서 이게 그 사람의 유일한 작품이죠. 내 소원을 이루어주려고 다시 펜을 든 거예요."

안개가 걷힌 듯 여러 가지 일들이 또렷하게 보이기 시작했다. 연인을 위해 쓴 소설을 금고에 넣고, 아무도 모르는 자신의 필명을 비밀번호로 설정해서, 자신이 세상을 떠나고 그녀가 열어보도록 준비했다. 이상한 쪽으로 완벽을 추구했지만, 요점은 연인을 위해 선물을 준비했다, 그뿐이었다.

이렇게까지 복잡한 장치를 걸어놓은 건 자신의 소설을 연인이 아닌 다른 사람에게 보여주고 싶지 않았기 때문이리라. 분명히 이 세상에 둘도 없는 물건이지만, 기시로 게이코 외의 사람들에게는 값어치가 있다고 할 수 없다. 그 모조 2전 동전과 마찬가지였다.

“결국 기시로 씨의 소원이란 건……?”

나는 그렇게 물었다. 아직 대답은 듣지 못했다. 그녀는 조금 쑥스러운 듯 고개를 숙이고 손깍지를 꼈다.

“나이를 먹을수록 애가 된다는 말이 있죠. 옛날 생각을 많이 하게 돼서 그런가…… 지난 몇 년 동안 란포의 작품 속에 들어가 보고 싶다는 생각이 머릿속에서 떠나지 않았어요. 오시에 속으로 들어간 남자처럼. 어처구니없는 소리인 줄은 알지만 아키라 씨에게도 이야기한 적이 있고요.”

현세는 꿈, 밤의 꿈이야말로 진실.

그 이야기를 들은 가야마 아키라는 결코 비웃지 않았으리라. 오히려 그 소원을 완벽하게 이루어주기 위해 오랜 시간에 걸쳐 천천히 준비한 것이다.

준비가 끝나기 전에 그가 세상을 떠난 탓에 혼란이 생기기는 했지만, 가야마 아키라가 남긴 건 지금 기시로 게이코의 품안에 있다.

“아마 이 소설은 나와 비슷한 여자가 나오는 이야기일 거예요. 원작처럼 여행을 하며 천천히 읽어볼 작정이었어요. ……처음이자 마지막 독자로서.”

그렇게 말하며 그녀는 ‘에지마 히쇼’라는 이름을 부드럽게 어루만졌다.

"이 소설에 대해 그 사람에게 자세히 듣고 싶었어요. 이 이상한 필명의 뜻도, 이제 확인할 길은 없지만."

"……기시로 씨."

시오리코 씨는 갑자기 낮고 무거운 목소리로 말했다. 진지한 이야기를 할 때의 버릇이었다.

"가야마 아키라 씨가 처음 읽으신 란포 작품이 『대금괴』인가요?"

순간 기시로 게이코는 어안이 벙벙한 표정을 지었다.

"……맞아요, 누구한테 들었죠? 어린 시절 얘기는 거의 안 하던 사람인데."

"저희 어머니가 가야마 씨에게 들은 이야기인데, 열한 살 때 처음으로 읽은 란포의 아동용 소설이 자신의 원점이라고 하셨대요. 쇼와 3년에 태어난 가야마 씨가 열한 살 때라면…… 쇼와 14년에 《소년클럽》에 연재된 작품이 『대금괴』죠."

그러고 보니 잡지를 통해 처음으로 란포 작품을 읽었다고 했다. 이 이야기, 저 이야기를 종합해서 나온 답이구나.

"『대금괴』는 보물과 그 위치를 나타내는 암호문을 둘러싸고 쟁탈전이 펼쳐지는 이야기죠. 아케치 고고로와 고바야시 소년이 활약하지만, 괴인 이십면상과 소년탐정단은 등장하지 않아요. 그 탓인지 그리 널리 알려진 작품은 아니고요……."

"그럴지도 모르죠. 하지만 분명히 자신의 원점이 된 작품이라고 했어요. 아동용 모험소설이었지만, 추리 요소가 있는 소설을 읽은 건 그때가 처음이었다고요. 다른 작품을 읽은 뒤에도 잊히지 않은 뭔가가 있다고 했죠."

히토리서방의 이노우에도 비슷한 이야기를 했다. 《소년탐정단》 시리즈가 자신의 추리소설 첫 체험이었다고 했다. 어느 세대에나 그런 사람들이 있을지도 모른다.

"『대금괴』의 주인공 이름을 기억하시나요? 암호문의 주인의 아들인데, 미야세 후지오라는 소년이었죠……."

기시로 게이코는 반응하지 않았다. 생각이 나지 않는 모양이다.

"당시 가야마 씨와 같은 또래였고, 그분처럼 대저택에 사는 유복한 소년이었어요. 분명 주인공과 자신을 동일시하며 가슴 설레 했겠죠."

시오리코 씨는 가방에서 메모지와 펜을 꺼내 기시로 게이코가 볼 수 있도록 글씨를 썼다.

miyase hujio

ejima hisyo

잠시 바라보니 나도 의미를 파악할 수 있었다. 애너그램이다. 못 참겠다는 듯 기시로 게이코가 웃음을 터뜨렸다.

"정말 애라니까."

그녀는 눈물 섞인 목소리로 웃더니, 손수건으로 눈가를 훔쳤다.

8

기시로 게이코가 가마쿠라 역 개찰구 너머로 사라지자, 우리는 방향을 틀어 걸음을 옮겼다. 장서 매입 건에 대해 다나베 모자와 상의하기 위해 기시로 게이코의 집으로 돌아가야 했다. 장서와 집 관리는 그 두 사람에게 일임한 모양이었다.

버스 로터리를 지나 와카미야 대로로 향했다. 아까 보니 벚꽃이 예쁘게 펴서, 꽃구경을 하며 천천히 갈 생각이었다. 그것만으로도 멋진 데이트라는 생각이 들었다.

큰길에 우뚝 선 도리이 앞 횡단보도에서 길을 건넜다. 이 도리이가 하치만구까지 이어진 단카즈라의 입구다. 관광객들은 아까보다 더욱 늘어난 것 같았다. 그들도 우리처럼 활짝 핀 벚꽃을 구경하러 왔겠지.

“아름다워라…….”

도리이 아래서 걸음을 멈추고 시오리코 씨가 중얼거렸다. 바닷바람에 검은 머리가 깃발처럼 휘날렸다. 바다까지 일직선으로 난 길이라서인지 이 부근은 다른 곳보다 바람이 셌다. 공중에 흩날리는 무수한 꽃잎들로 앞이 보이지 않을 지경이었다.

꽃잎 때문이었는지, 아니면 다른 원인이 있었는지는 모르지만, 우리는 정면에서 다가온 검은 코트 차림 여자의 존재를 전혀 알아채지 못했다. 목소리가 들렸을 때는 이미 눈앞에 있었다.

“역에 다녀오는 길이니?”

시노카와 지에코는 그렇게 말했다. 시오리코 씨의 표정이 험악해졌다. 그러고 보니 정오가 한참 지났다. 언제 나타나도 이상하지 않았다.

“기시로 씨 댁에 가셨습니까?”

나는 그렇게 물었다.

“갔다 왔어. 빈 금고와 동생밖에 없더라고. 안타까웠지.”

그다지 안타까운 표정은 아니었다. 딸에게서 한순간도 눈을 떼려 하지 않는 게 왠지 으스스했다.

“금고에 들어 있던 건 란포의 친필 원고가 아니었어요. 당신 예상은 완전히 빗나갔어요. 기시로 씨 책들도 우리가 매입할 거고요."

시오리코 씨는 도발적인 말투로 말했다. 그녀가 이런 모습을 보이는 일은 거의 없다.

"정말 「오시에와 여행하는 남자」의 첫 원고가 아니었니? 좀 믿기지가 않네. 그게 아님 대체 뭐가 들어있었는데?"

"궁금하면 가르쳐드리죠."

시오리코 씨는 가시 돋친 목소리로 일의 전말을 설명했다. 딱히 감출 필요도 없었지만, 쉽게 입을 연 그녀를 보고 내심 놀란 것도 사실이다. 왠지 지에코가 입을 열도록 유도한 것 같은 기분이 들었기 때문이다.

가마쿠라 역에서 기시로 게이코를 배웅한 데까지 단숨에 이야기하자, 선글라스 너머의 눈동자가 살짝 깜빡였다.

"……그게 끝이니?"

"네. 더는 할 말 없어요. 다이스케 씨, 가요."

시오리코 씨는 지팡이를 짚으며 걸음을 내디뎠고, 나도 그 뒤를 따랐다. 시노카와 지에코는 떠나는 딸을 뚫어져라 바라보고 있었다.

"역시 너에게는 무거운 짐이었나 보구나."

아쉬운 듯 중얼거리는 목소리에 시오리코 씨가 뒤돌아봤다. 두 사람의 거리는 아까보다 좁혀졌다.

"그게 무슨 뜻이죠?"

"기시로 씨는 만만한 사람이 아니야. 나쁜 사람은 아니지만, 소중한 걸 위해서라면 수단과 방법을 가리지 않는 사람이지."

지에코는 느닷없이 싱긋 웃으며 자신과 딸을 가리켰다.

"꼭 우리처럼 말이야."

순간 소름이 끼쳤다. 예전에 시오리코 씨는 소중한 다자이 오사무의 초판본을 지키기 위해 주변 사람들을 모두 속인 적이 있다. 결국 그 사실은 밝혀지지 않았다. 초판본이 무사하다는 사실을 포함해, 모든 진상을 아는 사람은 나뿐이다.

"쓸데없는 이야기는 듣기 싫어요. 할 말이 있으면 얼른 말해요."

차갑게 쏘아붙이는 딸을 향해 시노카와 지에코는 집게 손가락을 세웠다. 수수께끼를 풀 때의 시오리코 씨와 똑같았다.

"어째서 금고에는 가야마 씨가 위조한 원고만 들어있었을까? 넌 어떻게 생각하니?"

"그분들에게 그게 가장 중요한 것이었기 때문이겠죠. 딱히 이상할 건……."

"기시로 씨의 소원을 이루어주기 위해 가야마 씨가 그 소설을 쓴 건 고작해야 몇 년 전 일이야. 하지만 그보다 훨씬 오래 전부터 그 금고에는 귀중한 뭔가가 들어있었지. 그건 어디로 갔을까?”

그 말을 들은 시오리코 씨는 허를 찔린 표정을 지었다. 그러고 보니 기시로 게이코가 란포의 작품 속에 들어가고 싶다는 생각을 하게 된 건 나이가 들고 나서의 일이다. 하지만 가야마 아키라는 아마 그전부터 금고에 들어있던 귀중한 물건에 대해 히토리서방의 이노우에에게 이야기했다. 금고 안에 그런 물건은 없었다.

“기시로 씨가 모든 원고를 너한테 보여줬니? 고작해야 한두 장 보여줬겠지. 내 말이 틀려?”

대답 대신 시오리코 씨의 어깨가 가늘게 떨렸다. 틀린 말은 하나도 없었다. 우리 역시 오직 연인을 위해서 쓴 소설을 일일이 확인하려고는 하지 않았다. 만일 그것이 맹점이었다면?

“……그게 어쨌다는 거죠?”

시오리코 씨는 신음하듯 말했다. 시노카와 지에코는 한 발짝 앞으로 나서더니 자애로운 미소를 지었다. 곁에서 보던 나까지 깜빡 넘어갈 것 같았다.

“여기까지 말했으면 알아들었을 텐데? 분명 가야마 씨는 연인을 위해 소설을 썼어. 하지만 하나부터 열까지 자기 문장이었다고 할 수 있을까? 아버지에게 물려받은 「오시에와 여행하는 남자」는 전체 원고가 아니라 부분이었을 가능성이 있어. 그 부족한 부분을 자신이 채워 넣는 형태로 소설을 완성한 게 아닐까? 그 편이 기시로 씨의 소원에 부합하는 형태니까. 단순히 환상의 원고를 꾸며내기보다는."

"그건 그냥 가설……."

"그럼 이보다 훨씬 현실적이고 매력적인 가설을 댈 수 있니?"

시오리코 씨는 말문이 막힌 듯했다. 그때 순간적으로 이런 생각이 들었다. 지에코가 하는 말들은 단순한 추리가 아닐까? 눈앞의 상대를 홀려서 뭔가 목적을 이루기 위한 수단이 아닐까?

시노카와 지에코는 딸을 향해 한쪽 손을 내밀었다. 세월의 흐름에서 비껴간 고운 손가락이 날 선 칼날처럼 시오리코 씨를 겨눴다.

"가자, 시오리코."

"……뭐라고요?"

"기시로 씨를 쫓아가자고. 지금이라면 아직 따라잡을 수 있어. 그 사람에게 원고를 보여달라고 하자. 설령 일부일지라도 아직 아무도 본 적 없는, 성숙기 란포의 미발표 원고를 읽을 수 있을지도 모르잖아. 넌 흥분되지 않니?"

시오리코 씨의 얼굴에 핏기가 돌아왔다. 분명 그 원고를 읽는 자신의 모습을 상상한 것이리라. 입가에는 희미한 미소마저 번졌다.

하지만 시오리코 씨는 그 생각을 떨쳐버리듯 고개를 저었다.

"가게는 어쩌고요. 그리고 당신하고 여행이라니……."

"며칠 문 닫으면 되잖니. 오래 비우는 것도 아닌데. 아까 아야카하고 통화했는데 우리가 화해할 수 있는 여행이라면 자기도 대찬성이래. 가게는 얼마든지 봐줄 수 있다고."

"난 당신하고 화해할 생각 없어요!"

시오리코 씨는 날카로운 목소리로 외쳤다. 주변 관광객들이 돌아볼 정도로 큰 소리였다. 이렇게 동요하는 그녀를 본 건 처음이었다.

"그래, 어떻게 금방 용서할 수 있겠니. 지난 10년 동안 널 내팽개친 엄마인데."

시노카와 지에코는 그럼에도 손을 내리지 않았다. 그녀는 귓속까지 스며드는 부드러운 목소리로 말을 이었다.

"날 미워해도 상관없어. 그래도 같이 가자, 시오리코. 「오시에」의 첫 원고 같은 귀중한 것들에 대해 원 없이 이야기해줄게. ……지난 10년 동안 내가 봐온 것들을. 이 세상엔 네가 아직 모르는 게 많아. 너도 궁금하지?"

대답은 하지 않았지만 시오리코 씨의 눈빛은 관심을 보

이고 있었다. 자신을 능가하는 지식을 가진 이와 마음껏 책 이야기를 할 수 있다. 실로 매력적인 제안일 터였다.

상상도 못했던 방향으로 흘러가는 이야기에 나는 어안이 벙벙할 뿐이었다. 시노카와 지에코의 한마디, 한마디에 압도되었기 때문일지도 모른다.

갑자기 시꺼먼 불안이 솟아올랐다.

이대로 시오리코 씨가 어머니와 떠나면 단순한 여행으로 끝나지 않을 것 같다. 일주일? 한 달? 어쩌면 그녀도 영영 비블리아 고서당에 돌아오지 않을지도 모른다.

"가자, 시오리코! 이제 시간이 없어."

갑자기 날카로워진 지에코의 목소리에 시오리코 씨의 손이 천천히 올라갔다. 마치 꿈꾸는 듯 초점 없는 멍한 눈동자였다.

현세는 꿈, 밤의 꿈이야말로 진실.

란포의 말이 번개처럼 머리를 스쳐지나갔다. 보내서는 안 된다. 직감적으로 그런 생각이 들었다.

"시오리코 씨!"

무의식적으로 그녀의 이름을 부르자, 시오리코 씨의 손이 움찔 멈췄다. 하지만 그 다음 말이 생각나지 않았다. 머리를 쥐어짜는 나를 시오리코 씨가 힐끗 보았다.

안경 너머 두 눈동자에 빛이 돌아왔다. 여느 때의 그녀였다.

"안 가요."

"왜? 「오시에」의 첫 원고보다 중요한 게 있다는 거니?"

"……있어요."

한동안 생각한 끝에 그녀는 조용히 대답했다. 대체 그게 뭐지? 고개를 갸웃거리는 나를 시오리코 씨가 갑자기 돌아보며 말했다.

"다음 휴일에 다이스케 씨와 데이트해야 하거든요."

9

한 번 한 약속을 반드시 지키려던 것인지, 아니면 진심으로 나와의 데이트를 중요하게 여긴 것인지는 잘 모르겠다. 대답이 나오기까지 꽤 시간이 걸린 것도 분명했다.

하지만 좌우지간 다음 쉬는 날에 나와 시오리코 씨는 데이트를 했다. 딱히 그녀가 어디 가고 싶다는 말은 없었고, 그보다 데이트란 구체적으로 무엇을 뜻하는 것인지에 대해 머리가 쥐가 나게 고민하는 것 같아서 요코하마의 미나토미라이 근처를 둘러보기로 했다. 원체 역사가 긴 항구도시라 구경할 곳도 많고, 맛집도 많았기 때문이다.

그녀는 웬일로 다리가 보이는 꽃무늬 원피스에 카디건을

걸치고, 머리카락도 목덜미가 보이게 위로 올려 묶었다. 평소에 비해 화장도 제대로 했다. 용기를 내서 예쁘다고 칭찬했더니 오랜 친구인 류가 머리부터 발끝까지 꾸며줬다는 너무 솔직한 대답을 했다. 참고로 안경은 벗지 않았다.

다리가 불편한 시오리코 씨가 힘들지 않도록 중간에 쉬어가며 여기저기 돌아봤지만, 어디 가도 결국은 이번 의뢰에 관련된 사람들의 소식과 에도가와 란포의 책 이야기만 했다.

지금 기시로 게이코가 어디 있는지는 모른다. 다친 데가 나을 때까지 다나베 구니요는 아들과 함께 그 집에 산다고 했다. 약속대로 장서는 모두 비블리아 고서당에서 매입했다. 지금은 창고에서 밖으로 나가기를 기다리고 있다. 시오리코 씨의 말로는 절반은 고서 교환전에 출품하고, 나머지는 가게와 인터넷으로 천천히 팔겠다고 했다.

히토리서방의 이노우에와 가야마 나오미가 어떻게 됐는지 잘은 모르겠다. 하지만 그녀는 지금도 그곳에서 일하고 있다. 잘 되기만을 바랄 뿐이다.

그리고 《소년탐정단》 시리즈에 대해 시오리코 씨에게 많은 이야기를 들었다. 전전에 출판된 책이 전후에 다시 쓰여졌다는 이야기가 특히 재미있었지만, 전에 말했던 것처럼 10시간이나 말하지는 않았다. 고작해야 두어 시간일까.

적절한 가격대의 이탈리아 음식점에서 저녁을 먹고 나오자 시오리코 씨가 관람차를 타고 싶다는 말을 꺼냈다. 거대한 시계 겸 관람차는 미나토미라이의 명소다. 하지만 막상 가보니 대지진의 영향으로 야간에는 운행하지 않는다고 했다.

시간도 늦어서 조금 걷다 돌아가기로 했다. 산책로를 따라 JR사쿠라기초 역으로 향했다. 오래된 폐선을 재이용한 길로, 아직 바닥에 철로가 보였다. 평일이라서인지 오가는 사람은 거의 없었다.

저녁을 먹으며 와인을 한잔해서인지 생각보다 자연스레 손을 잡을 수 있었다.

"다이스케 씨, 오늘 즐거웠어요?"

그녀는 들뜬 표정으로 직설적인 질문을 던졌다. 와인은 잘 못 마신다더니 조금 취한 모양이다. 즐거웠다고 대답하자 환한 목소리로 "저도 즐거웠어요! 진짜로!"하고 대답했다. 그리고 입을 오므리고 그 어설픈 휘파람을 불기 시작했다. 독서에 정신이 팔렸을 때 말고는 거의 나오지 않는 버릇이었다.

책 읽을 때보다 즐거웠느냐는 질문이 머릿속에 떠올랐지만, 입 밖으로 내지는 않았다.

하나의 의문이 가슴속에 맺혀있었다. 단카즈라에서 시노

카와 지에코와 만났을 때, 만일 내가 시오리코 씨의 이름을 부르지 않았다면 어떻게 됐을까. 어머니에게 홀려 환상의 원고를 찾는 여행을 떠나지 않았을까.

만일 다음에 이 같은 일이 생기면, 그때는 유혹을 뿌리칠 수 있을까. 어쩌면 홀연히 자취를 감출지도 모른다. 그녀의 어머니가 그랬던 것처럼.

시노카와 지에코가 지금 어디 있는지 우리는 전혀 모른다. 시오리코 씨에게 거절당한 뒤, 그녀는 곧바로 발길을 돌려 가마쿠라 역으로 떠났다. 오시에가 아니라 친필원고와 여행하는 여자를 따라잡았는지, 그조차 알지 못한다.

떠나기 직전 시노카와 지에코가 보였던 그 비수 같은 싸늘한 눈빛을 나는 아마 평생 잊지 못하리라. 내 모든 것을 기억에 담아두려는 것 같았다.

지금 생각해보면 지에코가 가마쿠라로 돌아온 이유 중 하나는 시오리코 씨가 아니었을까. 그녀 역시 자신의 지식과 사고를 송두리째 쏟아부을 수 있는 파트너가 필요했던 것이다. 피를 나눈 딸이라면 더할 나위 없겠지.

결과적으로 지에코의 계획을 방해한 나는 그 정체 모를 여자의 분노를 샀을지도 모른다. 그밖에도 마음에 걸리는 게 있었다. 가까운 시일 내에 누군가와 상의해…….

"다이스케 씨, 듣고 있어요?"

시오리코 씨가 고개를 갸웃거리며 내 얼굴을 들여다보았다. 지팡이 때문인지 자세가 위태로워 보였다.

“미안해요, 뭐라고 했는데요?”

“또 오자고요.”

한 번 더 말하는 건 쑥스러웠는지, 그녀는 고개를 숙인 채 발그레 뺨을 붉혔다. 술기운은 조금 깬 것 같았지만, 우리는 맞잡은 손을 놓지 않았다.

“……나도 그렇게 생각했어요.”

손바닥의 온기를 느끼며 나는 생각에 잠겼다. 항상 손닿는 거리에 이 손이 있을 거란 법은 없다. 내 마음을 제대로 전해야 한다.

“시오리코 씨.”

나는 산책로에 있는 조그만 철교에서 걸음을 멈췄다. 바람 한 점 없는 평온한 봄날 밤이었다.

“나하고 사귀어주세요.”

수수께끼를 푸는 그녀만큼 유창하지는 않았지만, 그래도 내 나름대로는 막힘없이 말했다고 생각한다.

“좋아합니다.”

에필로그

영업 마감 시간이 얼마 남지 않은 저녁, 비블리아 고서당은 정적에 휩싸여있었다.

금전출납기의 동전을 동전계수기로 옮겨 담던 나는 고개를 들고 시계를 보았다.

가게에 시오리코 씨의 모습은 없다. 안채 공사 때문에 건축사와 만나기로 했다며 외출했다. 어쩌면 나와 얼굴을 마주하기 부담스럽기 때문인지도 모르겠다. 고백하고 사흘이 지났지만 아직 대답은 듣지 못했다.

아야카도 아직 학교에서 돌아오지 않았다. 이 건물에는 지금 나 혼자밖에 없다. 이제 문을 닫아야겠다고 생각한 순간, 밖에서 자전거 브레이크를 거는 소리가 들렸다. 그리고 잠시 후에 조끼에 긴팔 티셔츠, 지난번과 똑같은 차림새의 시다가 문을 열고 들어왔다.

“엔가쿠지의 벚꽃도 이제 끝물이네. ……자네 표정도 여전하군.”

시다는 밝은 목소리로 말하며 카운터로 다가왔다. 오늘은 손에 아무것도 들지 않았다. 날 만나러 왔으니 이상할 건 없지만.

“오늘 아침에 아지트에 갔더니 메모가 놓여있어서 깜짝 놀랐어.”

“죄송합니다. 여기까지 오시게 해서.”

나는 그렇게 말했다. 어젯밤에 시다가 사는 다리 밑을 찾아갔지만, 집에 없어서 메모만 남기고 왔다.

“나한테만 할 얘기라는 게 뭔데? 무슨 상의할 일이라도 생겼어?”

“그건 아니고, 좀 보여드릴 게 있어서요.”

나는 서랍에서 반으로 접은 작은 하얀 카드를 꺼냈다. 어제 히토리서방의 이노우에에게 빌려온 물건이다.

“이게 뭐야? 크리스마스카드인가?”

“……작년 크리스마스에 시노카와 지에코 씨가 히토리서방의 이오우에 사장님에게 보낸 카드입니다.”

나는 카드를 펼쳐 내용을 보여줬다.

이노우에 다이치로 님께.

그쪽은 춥나요?

만날 때마다 우리 애를 겁주던데, 그러지 마요.

지금 우리 가게에서 일하는 고우라 다이스케 군도

좋은 청년 같던데 잘 지내봐요.

책은 못 읽는 것 같지만.

"……이게 어쨌는데?"

"아야카는 작년 내내 어머니에게 메일을 보냈습니다. 날마다 일기처럼 근황을 적어 보냈죠. 그 메일을 통해 우리 정보가 지에코 씨에게 새어나간 줄 알았습니다. 하지만 지금 생각해 보면 이 카드에는 뭔가 이상한 점이 있습니다.

일전에 시다 씨와 셋이서 안채 부엌에서 이야기했던 적이 있죠? 아야카는 히토리서방의 존재를 몰랐습니다. 그러니 시오리코 씨와 이노우에 씨의 사이가 좋지 않다는 것도 알 리 없죠. 지에코 씨에게 정보를 제공한 또 다른 사람이 있었던 겁니다."

시다는 멍하니 이야기를 들었지만, 내가 말을 마치자 난처한 표정으로 말했다.

"무슨 말인지 잘 모르겠는데. 그게 나하고도 상관있는 이야기야?"

"네."

나는 고개를 끄덕이며 말을 이었다.

"지에코 씨는 얼마 전까지 그 인물과 연락을 주고받았어요. 일전에 유키노시타에 사는 분에게 의뢰를 받았는데."

"아, 들었지, 들었어."

"그 집에 지에코 씨가 나타났습니다. 하지만 그 시점에서 우리가 의뢰를 받은 줄 아는 사람은 거의 없었습니다. 의뢰인은 물론 관련된 거의 모든 사람들에게 비밀로 해야 할 사정이 있었죠. 대체 어디서 이야기가 새어 나간 건지 계속 생각해봤는데……."

"그래서, 결론만 말해. 누구였는데? 난 복잡한 이야기는 딱 질색이라고."

"시다 씨."

나는 그를 불렀다.

"시다 씨가 시노카와 지에코 씨의 진짜 정보원이죠? 히토리서방에 드나드는 시다 씨라면 시오리코 씨와 이노우에 사장의 관계도 알 겁니다. 지금까지 계속 그 사람과 연락을 주고받았죠? ……아마 제가 이 가게에서 일하기 훨씬 전부터."

"이봐."

시다의 동그란 눈이 한층 더 휘둥그레졌다.

"자네도 내가 어디 사는지 알잖아. 다리 밑에 사는 노숙자라고. 휴대전화도 없는데, 일본에 없는 여자와 어떻게 연락을 주고받았다는 건가?"

"피시방에서 채팅을 하거나 메일로 했겠죠. 목욕탕 대신 자주 이용한다고 본인 입으로 말씀하셨잖습니까. 저번에 씻어야겠다며 서둘러 돌아가신 것도 지에코 씨에게 연락하기 위해서죠?"

침묵이 흘렀다. 나는 상대의 반론에 대비했다.

시다는 한 곳을 뚫어지게 바라본 채 생각에 잠겼다 이내 겸연쩍은 표정으로 민머리를 만졌다. 먼저 추궁해놓고도 아직 절반은 믿을 수가 없었다. 설마 시노카와 지에코와 시다 씨가 뒤에서 몰래 연락을 주고받았다니.

"……나도 옛날에 여기서 자주 책을 샀지. 목록 통판으로."

"네?"

나는 놀라 소리쳤다. 책등빼기로 벌어먹고 살 정도의 지식을 가졌으니, 고서점의 단골손님이라 해도 이상할 건 없었다. 하지만 우리 가게를 이용한 줄은 꿈에도 몰랐다. 통판은 시노카와 지에코의 관할이었다.

"그래서 그 사람과 가까워진 겁니까? 어, 하지만 고객 명부에 시다 씨 이름은 없었는데……."

"뭐, 그건 깊이 캐묻지 말게. 말할 수 없는 속사정도 있고, 이 가게도 시끄러워질 테니 말이야."

시다는 하얀 이를 보이며 의미심장하게 웃었다. 그랬군. 시다란 이름 자체가 본명이라는 법은 없다.

"대체 왜 그런 사람 말을 들어준 겁니까?"

시다는 미간을 찌푸리며 말했다.

"자네 마음은 알지만, 나한테는 '그런 사람'이 아냐. ……은인이지."

"……은인이라고요?"

"지에코 씨가 떠나고 나서 난 이곳에서 책을 사지 않았지. 그러다 다시 만난 게 3년 전쯤이야. 전에 잠깐 얘기했는데 기억할지 모르겠지만, 하는 일도 잘 안 되고 집안도 엉망이었어. ……자세한 사정을 들으면 나도 자네한테 '그런 사람' 취급을 받을걸. 좌우지간 세상만사가 싫어져서 죄다 내던지고 타이완에 갔어."

"타이완이요?"

"오랜 친구가 있었거든. 설명은 생략하겠지만 결국 그 친구 때문에 트러블에 휘말렸어. 그 때문에 돈이 좀 필요했는데, 당시에는 그런 돈이 없었지. 모두 포기하려고 했을 때 그 사람과 우연히 만난 거야……. 오랫동안 내 이야기를 들어줬어.

그리고 군말 없이 필요한 돈을 융통해주었고, 돌아오는

비행기 삯과 자기가 오랫동안 소중히 여겼던 책을 한 권 줬지."

"……책이요?"

"자네도 아는 그 책, 고야마 기요시의 『이삭줍기 · 성 안데르센』 말이야."

말문이 막혔다. 시다가 소중히 여겼던 책이다. 그 책의 원래 주인이 시노카와 지에코였다니. 우리는 그것도 모르고 원래는 그녀의 것이었던 책을 찾아 사방팔방 돌아다닌 것이다.

"그럼 그 책이 도둑맞았을 때 우리에게 찾게 하려고 이곳을 찾아온 겁니까? 그것도 미리 계획한……."

"그럴 리가 있나. 그건 그냥 우연이었어."

시다는 손사래를 치며 말했다.

"원래 나는 지에코 씨가 이곳에서 어떤 일들을 해왔는지 자세히 몰랐어. ……물론 사장 언니에게 기묘한 의뢰를 해결하는 '능력'이 있는 줄도 몰랐지. 하지만 책을 찾고 싶으면 이곳에 도움을 구하라고 조언해준 건 지에코 씨가 맞아.

책을 찾아준 건 고마웠지만, 뭔가 뒷맛이 찜찜하더라고. 그래서 자네한테 충고한 거야. 그런 쪽으로 너무 재능이 발달하면 종국에는 지에코 씨처럼 집을 나가는 게 아닌가 하는 생각이 들어서."

한마디로 그것은 시노카와 지에코를 염두에 둔 충고였던 건가. 당시의 나로서는 알 도리가 없었지만.

"뭐, 솔직히 그 사람은 마냥 좋은 사람은 아니야. ……하지만 나쁜 사람도 아니라고 생각해. 자네가 믿을지 안 믿을지는 모르지만, 그 사람이 나한테 부탁한 것도 별일 아니야. 그냥 시간 날 때 식구들이 잘 지내나 잠깐씩 들여다봐 달라는 거였지.

지에코 씨는 바깥양반하고도 가끔 연락을 주고받았지만, 그 양반은 자기 병을 숨겼던 모양이야. 다른 식구들도 걱정이 되니까 정보가 필요했겠지. 사정이 그런데 그런 부탁쯤 못 들어주나 싶어서 승낙한 거고."

지금까지 몰랐던 시노카와 지에코의 일면이 밝혀지는 것 같았다. 남편과도 연락을 주고받았던 건가. 그런 까닭에 이혼하지 않고 아직도 시노카와 지에코라는 이름을 쓰고 있는 것이다.

"하지만 아야카가 보낸 메일은 계속 무시했잖아요. 정말 걱정이 됐으면 답장이라도……."

"이 친구야, 머리가 그렇게 안 돌아가나."

시다는 어처구니없다는 듯 말했다.

"지에코 씨는 10년도 전에 집을 나갔어. 아가씨가 메일을 보낸 건 고작해야 작년, 재작년부터였고. 그렇게 오랜 공백이 있었으면 그 주소의 메일을 확인하는 걸 깜빡할 수도 있지 않나."

"아……."

듣고 보니 틀린 말이 아니었다.

"그럼 안 읽었다는 건가요?"

"원래는 딸하고 연락하려고 만든 주소인가 봐. 업무용으로는 쓰지 않는 메일이었으니, 메일이 온 줄도 몰랐다는군. 여기 오기 전에 그동안 쌓인 메일을 몰아서 읽은 게 아닐까."

'전부 읽었어. 사정이 있어서 답장은 못 썼지만.'

메일을 읽었느냐는 아야카의 물음에 시노카와 지에코는 꼬박꼬박 읽었다고 대답하지 않았다. 사정이라는 건 단순히 메일의 존재를 몰랐던 건가.

"그럼 왜 그렇게 말하지 않은 겁니까?"

"그게 변명이 안 된다고 생각한 거지. 집을 비웠던 10년이라는 세월의 무게를 자기도 아는 거야. 그 사람은 자기 나름대로 가족을 생각하는 거라고."

시오리코 씨에게 여행을 떠나자고 했을 때의 시노카와 지에코의 모습이 떠올랐다. 그리고 나를 보던 비수 같은 싸늘한 눈빛도. 분명히 가족을 생각하는 마음도 있을지 모르지만, 보통 사람들이 생각하는 것과는 아주 많이 다를지도 모른다. 그보다 훨씬 강하고 격한 감정이리라.

“아니, 가족을 생각한다면 애초에 왜 집을 나간 겁니까?”

내가 묻자 시다는 대답을 피하듯 눈을 돌렸다.

“아세요?”

“자세히는 몰라. 하지만 아무한테도 말하지 마. 지에코 씨가 단단히 입단속을 시켰거든.”

나는 말없이 고개를 끄덕였다.

“원인은 책이야.”

“책이요?”

나는 되물었다. 시다는 그래, 하고 대답했다.

“책을 좇아 나갔다고 들었어. 제정신으로는 손에 넣을 수 없는, 엄청난 고서라는군. 지금도 계속 그 책을 찾아다니는 모양이야.”

철로 건널목의 경보음 소리에 우리는 입을 다물었다.

가게 밖에서는 해가 저물고 밤이 펼쳐지려 하고 있었다. 이내 저녁노을에 물든 역 승강장으로 천천히 미끄러지듯 들어오는 열차가 보였다.

저자후기

3권을 완성했을 때, 다음 권에서 에도가와 란포를 다루기로 결정했습니다. 단편으로는 어려울 테니 장편으로 하자, 생판 모르는 작가도 아니니까 잘 풀리지 않을까, 그런 물러터진 마음으로 본격적으로 자료를 읽기 시작한 게 작년 5월이었습니다.

3권 후기에서는 '4권은 겨울쯤에' 라고 썼지만, 염두에 두었던 건 12월이었습니다. 뭐, 초가을쯤이면 마무리되겠구나 생각했죠.

그리고 제가 이 후기를 쓰는 지금은 1월입니다. ……결국 시리즈 중에서 가장 오랜 시간이 걸렸습니다.

'생판 모르는 작가도 아니니까', 란포를 그렇게 생각하는 일본인은 적지 않을 거라 생각합니다. 초등학교 시절

《소년탐정 · 에도가와 란포 전집》을 탐독했던 사람이라면 더욱더 그렇겠죠. 저에게도 옛 친구 같은, 그런 그리운 작가였습니다만, 막상 조사해 보니 처음 알게 된 흥미로운 에피소드 천지라, 제가 얼마나 부족한지 뼈저리게 실감했습니다. 저에게는 잊지 못할 즐거운 시간이었습니다. 마감만 없었다면요.

어쨌든 겨울이 지나기 전에 책을 낼 수 있어서 안도의 한숨을 내쉬고 있습니다. 남은 건 읽어주시는 독자 여러분께 재미있는 작품이 되기를 바랄 뿐입니다.

비블리아 1권이 발행된 지 2년이 지났습니다. 미디어믹스나 해외판 출판 등 기쁜 소식이 이어져서 저를 둘러싼 환경은 크게 변화했습니다. 하지만 작가로서 해야 할 일은 하나도 달라지지 않았습니다. 자료 조사를 하고, 플롯을 짜서, 글을 쓴 다음 퇴고한다. 소소하지만 끈기가 필요한 작업들입니다.

그래도 앞으로 무슨 일이 일어날지, 한 치 앞도 예측할 수 없는 이 시대에 이 일로 먹고살 수 있다는 걸 감사하게 생각합니다. 앞으로도 하나씩 주어진 일을 해나갈 작정입니다.

이번에도 많은 분들의 도움을 받았습니다. 특히 릿교 대학 에도가와 란포 기념 대중문화 연구소 센터 여러분, 야기 쇼텐 여러분, 금고와 자물쇠 박물관의 여러분, 귀한 이야기를 들려주셔서 진심으로 감사드립니다.

이 이야기도 이제 후반으로 접어들고 있습니다. 끝까지 함께해 주시면 감사하겠습니다.

미카미 엔